虚ろな十字架

空洞的十字架

東野圭吾
ひがしのけいご

王蘊潔 譯

序幕

井口沙織幾乎沒有關於母親的記憶，因爲母親在她懂事之前，已經離開了人世。她記得讀幼稚園時，每次看到其他小朋友的媽媽來接他們下課時就羨慕不已，忍不住納悶爲什麼自己沒有媽媽。上了小學後，終於知道母親在她三歲時因病去世。五年級時，才得知母親因罹患腦腫瘤去世。當時，母親只有三十一歲。

「妳媽媽很會做菜，是一個溫柔體貼的女人。她屬於健康型，所以做夢都沒有想到，竟然會生那種病。」父親洋介經常這麼對她說。

洋介是一家化工製品公司的技術人員，總公司在大阪，他任職的富士工廠位在鄰町的富士市，所以每天早上都開車去上班。

小學四年級之前，沙織每天放學後，都去公立的安親班。洋介每天都在安親班下課後的六點半才急急忙忙來接她，一看到父親出現，她總是鬆了一口氣。

升上五年級後，無法再讀公立安親班。學校放學後，沙織就直接回家。因爲她不再覺得獨自在家是一種痛苦，看看書，看看錄影帶，時間很快就過去了。雖然她不是沒有朋友，但她很喜歡這樣獨自在家。

洋介從那個時候開始晚歸。在此之前，每天都會爲沙織做早餐和晚餐，但漸漸越來越沒有時間下廚。有時候洋介在下班時買便當回來當晚餐，有時候沙織叫了披薩，一邊吃披薩，一邊等父親回家。

不久之後，她終於想到可以自己下廚。有一天，她去超市買了食材，看著從圖書館借來的食譜，做了洋芋燉肉和味噌湯，和剛煮好的飯一起端上了晚餐的餐桌。洋介那天難得早回家，看到桌上的菜，雙眼發亮地連聲稱讚：「太厲害！太厲害了！」雖然洋芋燉肉太淡了，味噌湯也不太好喝，但沙織想到幫了父親的忙，就覺得很高興。

那天之後，井口家的早、晚餐都由沙織負責。當然，她不可能每天都下廚，所以，有時候會在洋介出門上班前對他說：「爸爸，對不起，今天晚餐請你在外面吃完再回家。我會去便利商店買三明治。」

除了下廚，打掃和洗衣服也都由沙織一手包辦。她絲毫不以爲苦，反而樂在其中，也許是因爲她很喜歡做家事。

「沙織，妳以後一定可以當一個好太太，等妳出嫁後，爸爸也就放心了。」洋介經常心滿意足地對她這麼說，幾乎已經成了他的口頭禪，但是，他每次都不忘再補充一句：「但是，妳除了家事以外，還有很多該做的事。首先要好好讀書，只要讀好書，妳一定可以得到幸福。家裡的事和爸爸可以擺在第二位。」

可能是因爲洋介看到女兒學會做家事後放了心，他下班回家的時間越來越晚，也可能是因爲工作越來越忙。即使回到家，仍然經常接到工作上的電話，假日加班的次數越來越多，也經常出差無法回家。

沙織上中學時，對洋介而言，家漸漸變成只是睡覺的地方而已，父女之間也很少有機會好好聊天。

某個星期天，洋介也像往常一樣出門上班。沙織去超市買晚餐的食材前，去了經常光顧的那家錄影帶出租店，她打算租一部之前一直很想看的電影。

她知道那部電影的錄影帶放在哪一個陳列架，就在掛著寫了『科幻．驚悚』牌子的地方。當她走到那個架前，卻沒有看到那部電影的錄影帶。即使被人租走了，盒子應該還在架子上，如今架上連盒子也沒有，未免太奇怪了。

這時，一名年輕的男店員剛好經過，她叫住了店員。「對不起，我記得《異形附身》之前放在這一區。」

「《異形附身》嗎？對啊，就在這裡啊。」店員看向架上，「咦？奇怪，怎麼沒有了。」

就在這時，旁邊有人問：「呃，請問是這一部嗎？」

沙織看向聲音的方向，忍不住大吃一驚。因爲一臉歉意地遞上錄影帶盒的人竟然是仁科史也。

「啊！」沙織叫了一聲，然後小聲地回答：「對。」她的全身情不自禁地緊張起來。

「原來被人搶先借走了。」店員用輕鬆的語氣說完，轉身離開了，只剩下沙織和史也兩個人留在那裡。

「嗯，」史也看著錄影帶盒問：「這部片子好看嗎？」

沙織微微偏著頭，「不知道……」

「但妳不是想借這部片子嗎？應該覺得好看，才會想借吧？」

「是啊，但沒有看之前，還是不知道……」沙織說話時的語尾微微顫抖。

「嗯哼。」史也用鼻子發出聲音，再度看著錄影帶盒，然後似乎下定了決心，遞到沙織面前。

「給妳。」

「啊？」她不知道史也的這個動作是什麼意思。

「妳先看吧，我只是隨手選到這一部。」

「不用啦，沒關係。」沙織搖著手，慢慢後退，「眞的沒關係，這……沒關係啦。」她有點語無倫次。

「妳不用客氣，如果好看的話再告訴我，我再來借。妳是不是我們學校二年級的？我以前看過妳。」

沙織更驚訝了。因爲她完全沒有想到，史也竟然認識自己。她不知道該如何回答，默默點了點頭。

「給妳啦。」史也再度把錄影帶盒遞到她面前。沙織找不到拒絕的理由，向他道謝後收了下來。

「妳經常來這裡嗎？」仁科史也問道。

「對，有時候……」

「我也常來，那下次遇見時，記得告訴我感想。」

「好。」沙織回答，但懊惱地發現自己的聲音有點沙啞。

接下來的一整天，她都興奮不已。她回味著和史也之間的對話，時而雀躍不已，時而忍不住沮喪，覺得自己應該回答得更得體。

雖然沙織很驚訝史也知道自己是學妹，但她之前就已經認識史也了。不，這麼說不夠準確，應該說，之前就對他有好感。

在她讀一年級那年的九月，她第一次注意到仁科史也。那天放學後，她在操場角落散步時，看到一個男生正在把沙坑裡的沙子鋪平。沙織之前也曾經見過他，知道他是學長。

他把沙子鋪平後，慢慢遠離了沙坑。走到和沙坑有一定距離的位置後，稍微做了一下暖身運動。然後注視沙坑片刻，下定決心跑了起來。他衝刺的速度快得超乎沙織的想像。

他快速奔跑後，在沙坑前跳了起來。他的手腳在空中舞動的樣子深深烙在沙織的視網膜上。

當他落地後，面無表情地站了起來，拿起T字形的工具，再度像剛才一樣把沙坑整平。鋪平之後，再次走向起跑點。

他一次又一次重複著相同的練習。沙織目不轉睛地看著他。她不知道自己爲什麼無法移開視線，如果不是剛好經過的同學叫她，她可能會一直看下去。當同學問起時，她謊稱在看沙坑後方正在進行的足球練習賽。

她很快就知道他是比自己大一屆的學長，是田徑社的選手，也立刻知道他名叫仁科史也。

沙織搞不懂自己爲什麼會在意他，也不知道爲什麼每次想到他，內心就不由得小鹿亂撞。她暗自猜想，這可能就是別人說的單戀吧。然而，她完全不知道該如何處理這種心情，猜想八成會無疾而終——對一個中學生來說，她極其冷靜地分析了自己的狀況。

沒想到一年後，情況突然發生了變化。她竟然和心儀的仁科史也說話了。

回家後，她立刻看了租借的錄影帶，也很期待在學校見到他，希望和他分享那部電影的感想。雖然她好幾次在校內遇到史也，但每次他都和同學在一起。沙織沒有勇氣在有旁人的情況下靠近他。

最後還是在錄影帶出租店，找到了說話的機會。爲了遇見他，她一有空就去那家錄影帶出租店。

「嗨！」史也語氣開朗地向她打招呼，「那部電影怎麼樣？」

「超好看，你一定要看。」

「眞的嗎？好，那我也要租。」

他頭也不回地走向放那盒錄影帶的陳列架。

租完片，沙織和他一起走出那家店，聊著最近看的電影，走向相同的方向。雖然沙織的家在另一個方向，但她不好意思說出口。當然，另一個原因，是她想和他在一起。

附近有一個公園，史也提議在長椅上坐著聊天。沙織沒有理由拒絕。他又去旁邊的自動販賣機買了果汁請她喝。

他們聊了很多。學校的事、音樂的事、電影的事，還有各自的家庭。史也得知沙織只有父親，露出有點驚訝的表情。

「妳自己下廚嗎？眞厲害。」

「一點都不厲害，而且我煮得很難吃。」

「很厲害啊，我什麼都不會。喔，原來是這樣。」

史也一臉佩服的表情，沙織暗自得意，很慶幸自己平時經常下廚。

快樂的時光總是過得特別快。當她回過神時，發現天色已經暗了。

「差不多該回家了。」史也說道。

「對啊。」

沒想到他說了一句沙織意料之外的話。「我送妳回家。」

沙織太驚訝了，脫口說了違心的話，「不，不用了。」

「爲什麼？妳不希望我送妳嗎？那就算了。」

她這才終於發現，一旦拒絕，就不會再有第二次機會了。

「……那就麻煩你。」

「嗯。」史也點了點頭，從長椅上站了起來，然後有點不好意思地問：

「我可以打電話去妳家嗎？」

「喔，好啊。」

沙織說了電話號碼，他當場蹲了下來，把數字寫在地上後，嘴裡唸唸有詞。沙織伸長了耳朵，發現他在用諧音背號碼。

「好，記住了。」說完，他站了起來，把號碼唸了一遍。完全正確。

他眞聰明。沙織暗想道。

史也留下了他的呼叫器號碼。他有很多家人，沙織不想打電話過去，所以正合她意。

四天後的星期四，沙織接到了史也的電話。沙織興奮不已。因爲她正在擔心，覺得也許他根本不會打來。

他在電話中說了之前租的那部電影的感想，他說，他無法克制內心的興奮，迫不及待想要告訴別人這部電影有多好看。

「但如果對方沒有看過這部電影，聊起來很無趣。我們要不要約在哪裡見面？」

沙織的心用力跳了一下，然後心跳加速。「好啊……」

他指定了時間和地點。沙織完全沒有意見。無論什麼時候，她都願意去任何地方。

星期六，他們約在超市的屋頂廣場見面。聊完《異形附身》後，他們又聊了很多事，沙織暗自對自己這麼健談感到驚訝。

「下次還可以見面吧？」臨別時，史也問她。

「嗯。」沙織回答。那天之後，她對史也說話時不再用敬語。

之後，他們每個月見面兩、三次。雖然史也正在準備考高中，但他經常瞞著喜歡碎碎唸的母親，抽空和她見面。

每次見面，沙織就發現自己越來越喜歡史也。有一次，她鼓起勇氣問：「你覺得我怎麼樣？」問完之後，她立刻臉紅了。

她沒有勇氣正視他，忍不住低下了頭，但察覺到史也看著自己。

「很喜歡啊。」

聽到這句話的瞬間，沙織覺得整個人都輕飄飄的。

1

將近下午一點時，外面的停車場傳來引擎聲。三樓的辦公室內，坐在電腦前的中原道正起身向窗下張望，一輛深藍色的休旅車正倒車進入停車場。

中原拿起放在桌上的佛珠，整了整領帶，走出了辦公室。

他走下樓梯，來到一樓，發現神田亮子等在那裡。雖然她看起來很年輕，但今年四十歲的她是中原得力的助手。

「齊藤家的人來了。」

「嗯，我知道。」

建築物的入口是玻璃門，中原和神田亮子並肩站在門內。

不一會兒，一個年約四十的男人，和一個看起來像他妻子的女人，以及另外兩個應該是他們兒女的少年、少女走了進來。少年大約十五、六歲，雙手抱著比裝橘子的紙箱稍淺一點的紙箱。一家四口都面色凝重，個子嬌小的少女雙眼通紅，可能前一刻還在哭。

「我是齊藤。」男人對中原自我介紹。

「恭候各位已久，請節哀順變。」中原鞠了一躬，看著少年手上的紙箱說：「呃，那就是……」

「對，我們帶來了。」

「牠叫什麼名字？」

「奧雷。」

「我可以向奧雷打一聲招呼嗎？」

「好，請便。」

中原接過紙箱，放在旁邊的桌子上。雙手合掌後，緩緩打開了蓋子。裡面躺了一隻深棕色的貓。身體四周放了保冷劑，閉著眼睛，四肢伸得很直。

「牠的表情很安詳，」中原說，「離開前沒有痛苦嗎？」

「不知道。」齊藤偏著頭說：「那天我們外出回家，不見牠的身影。雖然牠走路不方便，但平時都會出來迎接。那時就覺得不太對勁，四處找牠，最後發現牠躺在衣櫃裡，身體已經冰冷了。當時，牠張著眼睛，用手指撫摸了一陣子，才讓牠閉上眼睛。」

這種情況很常見。中原點了點頭。

「牠是因爲生了什麼病，所以走路不方便嗎？」

「牠腎臟不好，所以都要定期去醫院報到，但最大的原因就是牠年紀大了。」那隻貓十八歲了，算是長壽貓。所以，可說是壽終正寢。

「深表哀悼。」中原再度低頭鞠躬。

禮儀室位在二樓。那是一間模擬教堂的西式房間，但只點了幾根蠟燭，沒有任何令人聯想到特定宗教的擺設。中原把裝著老貓遺體的盒子放在小小的祭壇上。

「離火葬還有一點時間，請你們在這裡和牠最後道別。」中原說完，轉身走去一樓，室內只留下齊藤一家人。

神田亮子正在挑選花。那些花要放進棺材。棺材雖然很小，卻是桐木材質。齊藤家挑選了最頂級的火葬服務，奧雷生前一定備受寵愛。

「不知道他們打算怎麼處理骨灰？」中原問。『天使船』這裡有以年度方式出租的納骨室，可以寄放寵物的骨灰。

「他們要帶回家裡。」

「是喔。」

這樣也好。中原心想。因為有不少飼主把骨灰寄放在這裡之後，就不曾來看看。

時間到了，他帶家屬前往火葬場。火葬場位在大樓的停車場內，是一棟水泥的四方形建築物。

中原在火葬場入口把貓的遺體從紙箱移到桐木棺材內。因為一直用保冷劑冷卻的關係，遺體冰冷，伸直的四肢僵硬。神田亮子把裝了鮮花的水桶遞到家屬面前，齊藤一家人小聲交談著，把花放在愛貓的周圍。他們似乎已經面對了現實，每張臉上都露出輕鬆的神情，不時展露笑容。

眾人合掌送別，小小的桐木棺材消失在火化爐中。負責火葬的是一位資深作業員，一定會燒得很乾淨。

中原把家屬帶去休息室後，回到了三樓的辦公室，坐在電腦前。這次要推出新的宣傳簡介，只是遲遲無法定案。爲了節省經費，再加上他之前有過相關的工作經驗，所以這次沒有發外包。

乾脆設計得華麗一點——正當他暗自這麼決定，準備移動滑鼠，放在桌上的舊式手機震動起來。

他看了來電顯示，是一個陌生的號碼，忍不住偏著頭納悶，但還是接起了電話。

「喂？」

「啊，喂？請問是中原道正先生嗎？」電話中傳來一個沉穩的聲音。中原以前在哪裡聽過這個聲音。

「是。」他充滿警戒地回答。

「不好意思，在你上班時間打擾，我是警視廳搜查一課的佐山。」

「佐山……先生？」他突然恍然大悟，「該不會是那個時候的佐山先生？」

「沒錯，原來你還記得。我就是當時負責偵辦那起案子的佐山，好久不見。」

烏雲在中原的內心急速擴散。不愉快的回憶甦醒，同時產生了不祥的預感。他爲什麼打電話給自己？

「有什麼事嗎？」中原努力擠出聲音，「那起事件應該都結束了。」

「沒錯，那起事件已經結束了，今天聯絡你，是爲了另一件事。關於你太太的事。」

「我太太……」

「啊，對不起，聽說你們離婚了。」

「是啊……」中原不知道該說多少，況且，有必要向這名刑警解釋嗎？「小夜子怎麼了？」那是他前妻的名字。

「對，不瞞你說，」刑警停頓了一下，又繼續說道：「她在昨天晚上過世了。」

中原忍不住倒吸了一口氣。刑警說的那句話，讓他的腦筋一片混亂，一時說不出話。

「喂？」佐山在電話中叫著，「喂？中原先生，聽得到嗎？」

中原握緊電話，在內心嘆了一口氣。

「是，聽得到。小夜子去世了，所以呢……」他在說話時，發現了一個重大的事實，「佐山先生，你還在搜查一課吧？既然是你打電話通知我，該不會……」他無法繼續說下去。

「對，沒錯，」佐山痛苦地說道，「既然我們出動了，就代表有他殺的嫌疑。昨天晚上，濱岡小夜子女士在住家附近被人刺殺身亡了。」

掛上電話的一小時後，佐山來到『天使船』。齊藤家愛貓的火葬已經結束，但還沒有撿骨，但中原已經交代神田亮子和其他人接手後續的作業，他和佐山面對面坐在辦公室內的沙發上。
好久未見的刑警似乎胖了一圈，感覺比之前更有威嚴和份量。中原看了名片，發現他目前是巡查部長，但不記得他之前是什麼職位。
中原在杯中泡了日本茶的茶包後端到佐山面前，「不好意思。」佐山微微欠了欠身。
「來這裡之後，我有點嚇到了，」佐山喝了一口茶後說道，「因爲我沒想到你目前在做這種工作，我記得以前是……」
「我以前在廣告公司，主要負責設計工作。」
「啊，沒錯，什麼時候辭職的？」
「差不多四年前……不，快五年了。」中原努力回想後說道，然後又補充說：「在離職前不久，和小夜子離了婚。」
啊。佐山微微張了張嘴。
「話說回來，眞是太驚訝了，」中原低著頭，握緊雙手，「沒想到她會發生這種事，到底是怎麼回事？」
「我也很驚訝，眞的太可憐了。」
中原抬起頭。
「你在電話中說，是遭人刺殺……」
「沒錯，呃，」佐山打開了小型筆記本，「案發地點位在江東區木場的路上，幹線道路旁有幾棟公寓，案發地點位在公寓的後方，那裡很少有人經過。你太太……不，濱岡小夜子女士就住在那棟公寓，後方也有入口，也許她打算從後門回家。」

「她一個人住嗎？」

「對，她獨自住在一房一廳的公寓。」

「你剛才說，是昨天晚上發生的？」

「對，昨晚九點時接獲民眾通報，說有一個女人倒在路邊。在接獲通報的同時，救護車也立刻出動，但濱岡小夜子女士在到院前死亡。」佐山抬起頭，「她的後背被銳利的刀刺中，傷口深及心臟。驗屍官認爲，如果不是很用力，無法刺得那麼深。」

「兇手……還沒抓到吧？」中原向刑警確認。

佐山撇著嘴角，輕輕點了點頭。

「雖然立刻在警務系統發布了緊急動員令，但目前尚未發現任何可疑人物，今天上午成立了特搜總部，搜查一課派我們這個股加入了特搜總部。我看了特搜總部的搜查資料，才知道被害人的身分。」他把茶杯舉到嘴邊，喝了一口後，又放回了桌上，「一開始，我並沒有發現她是你太太，因爲她的姓氏和以前不一樣，但看到相片後，我很快就想起來了。」佐山說到這裡，搖了搖手說：「對不起，是你的前妻，我一直說錯。」

「沒關係，」中原說，他不會因爲這種事心情不好，「爲什麼會來找我？因爲我是她前夫？」

「沒錯，就是因爲這個原因。」佐山有點尷尬，「我被分到關調組，負責調查被害人的人際關係，所以要調查被害人的家人和朋友，但我一直放不下你這條線索。」

中原吐了一口氣，抓了抓頭，「我幫不上忙。」

「是嗎？」

「因爲離婚後，我們從來沒見過，甚至不知道她住在那裡。」

「也許吧，但我還是想請教你幾個問題。」

「那倒是無所謂……」中原皺起眉頭，注視著對方的臉，「所以並不是隨機殺人嗎？」

「不知道，目前還不能排除這種可能性。濱岡女士被發現時，手上空無一物，連皮包也沒有，很可能被凶手拿走了。雖然我剛才說，那裡很少有人，但並不是完全沒有，所以有不少意見認爲，如果是爲了錢財犯案，凶手應該會選擇在更晚的時間犯案。」

「會不會是精神異常……或是吸毒的人所爲？」

佐山搖了搖頭。

「不可能，那種人不可能搶走皮包。況且，那種人很快就會被發現。」

中原覺得有道理，默默地點了點頭。

「你剛才說，你們離婚後從來沒見過？」

「對。」中原簡短地回答。

「有沒有電話聯絡？或是簡訊、寫信之類的？」

「離婚後一年左右，曾經互通了幾次簡訊，可能也打過一、兩次電話，但都是爲了處理事情，從來沒有聊過各自的近況。」

「爲什麼？」

「因爲，」中原無力地苦笑著，「因爲沒有意義，我們是爲了忘記彼此，才決定離婚的。」

「喔，原來如此，」佐山有點尷尬地用原子筆的筆尾搔了搔太陽穴，「所以，最後一次接觸是……」

「差不多五年前，那時候她還住在娘家。」

「她是四年前搬到目前的公寓。」

「是嗎？我完全不知道。」

「你們離婚後，你和她娘家的關係也疏遠了嗎？」

「當然啊，因爲沒有理由聯絡。」

佐山皺著眉頭，點了點頭，「關於命案，你有沒有想到什麼？」

「沒有，但如果有人想要殺她，」中原目不轉睛地看著刑警的臉，「應該是……蛭川吧？」

佐山張大了眼睛，緊張的氣氛像一陣風，從他們之間一吹而過。

中原突然笑了起來。

「當然不可能，他已經不在這個世界上了。如果是他的靈魂之類的在作祟，我也會有相同的遭遇。」

佐山不悅地把頭轉到一旁，似乎不知道該怎麼回答。

「對不起，我說了莫名其妙的話。」中原向佐山道歉，他很後悔說了無聊的話。

「想必你當時很痛苦。」

聽到佐山這麼說，中原陷入了沉默。因爲這個問題不需要回答。

「最後向你確認一件事，昨天晚上九點，你在哪裡？」

中原屏住呼吸，眨了眨眼，看著佐山的眼睛。

刑警左右搖晃著原子筆，微微低頭說：

「不好意思，這只是例行公事。」

「喔。」中原放鬆了肩膀的力量。

「我記得上次你也問了我的不在場證明。」

佐山默默點了點頭，準備做筆記。中原回憶了昨晚的情況。

「我七點多離開公司，之後去經常光顧的定食餐廳吃了晚餐，我記得九點左右才離開。」

他的手機上有定食餐廳的電話，他向佐山出示了號碼。

佐山寫下號碼後站了起來，「謝謝，不好意思，打擾你工作。」

「希望可以儘快破案。」

「是啊，我們一定全力以赴。」

中原重重地嘆了一口氣說：

「我可以說出目前正在想的事嗎？」

「……想什麼？」

「我很慶幸離婚了，很慶幸那時候和小夜子離婚了。」

佐山訝異地微微偏著頭，中原對他說：

「如果不是當時已經離婚，我差一點再度成爲死者家屬。」

佐山露出痛苦的表情說：「我深表哀悼。」

中原不發一語地鞠了一躬，茫然地想到，刑警所說的和自己剛才對貓的飼主說的話一樣。

2

十一年前，中原成爲殺人命案的死者家屬。正如他剛才對佐山所說，當時還在廣告公司上班。

那天是九月二十一日，星期四。

當時，中原住在豐島區東長崎的獨棟房子。因爲小夜子之前說，如果要買房子，不想買公寓，她想住在獨棟的房子。雖然他們買的房子不大，而且是中古屋，但屋主重新裝潢過，中原也很喜歡。案發當時，他們才住了一年。

那天早上，中原像往常一樣出門上班，小夜子和讀小學二年級的愛美送他出門。愛美走去就讀的小學只要十分鐘。

進公司後，上午開了會，下午和經常一起搭檔的女同事一起去了客戶的公司，和客戶討論即將新推出的化妝品廣告。

在和客戶開會時，手機響了。他一看來電顯示，發現是家裡打來的。爲什麼這種時間打電話來？他忍不住想要咂嘴。因爲他曾經交代妻子，如果沒有大事，別在上班時間打電話給他。

他想要掛斷電話，但臨時改變了主意。

難道出了什麼大事——他突然有一種不祥的預感。

手機不停地震動，他向客戶和女同事打了一聲招呼，離席去接電話。

一接起電話，他立刻聽到了野獸般的叫聲。不，一開始他根本不知道那是人發出的聲音，只聽到尖銳的雜音，他忍不住把手機從耳邊移開，但隨即驚覺，那是人的聲音，而且是哭聲。

「怎麼了？」中原問。那時候，他的心臟劇烈跳動。

小夜子在電話中哭喊著。她語無倫次，說了一堆單字，卻完全沒有邏輯，但中原還是從這些支離破碎的文字羅列中，猜出了大致的內容，全身的寒毛也同時豎了起來。那是他不願意去想，也絕對不希望發生的事。他握著電話，呆立在原地，腦筋一片空白。

愛美死了。被人殺害了。

他說不出話，一陣暈眩，雙腿跪在地上。

他對之後的記憶很模糊。八成回去向女同事說明了情況，但當他回過神時，發現自己在家門口。他隱約記得自己在計程車上一直哭，司機忍不住擔憂地關心他。

住家周圍拉起了禁止進入的封鎖線。一個看起來像刑警的男人走了過來，盤問他的身分。中原回答後，刑警對像是他下屬的幾個人下達了指示。

下屬問中原：「可不可以請你跟我們回分局一趟？」

「請等一下，到底發生了什麼事？」中原腦筋一片混亂，忍不住問道。

「詳細情況等一下再說，請你先和我們去分局。」

「那至少請你告訴我，我女兒……我女兒怎麼了？」

年輕的刑警露出猶豫的表情看向他的上司，上司輕輕點了點頭，年輕刑警對中原說：

「令千金過世了。」

中原感到一陣暈眩，費了很大的力氣才能夠站在那裡。

「眞的是被人殺害的嗎？」

「目前還在調查。」

「怎麼……」

「總之，請你跟我們去分局。」

刑警半強迫地把他推進警車，帶去了分局。

原本以爲警局內有屍體安置室之類的地方，只要一去警局，刑警會帶他去那裡，就可以立刻見到愛美。沒想到他被帶去一個房間，裡面坐著一個姓淺村的警部補。有幾名看起來像是他下屬的刑警也在一旁。

刑警對他展開了調查。他們不停地追問他從早上開始的行動，以及接到小夜子電話時的情況。

「請等一下，我的行動根本不重要吧？先讓我見一見我女兒，她的遺體在哪裡？」

但是，刑警無視他的要求。淺村露出冷峻的眼神問他：「你說在接到電話前，都在客戶那裡，有誰和你在一起嗎？」

中原立刻察覺，那是在調查自己的不在場證明。開什麼玩笑！他忍不住拍著桌子。

「你們在懷疑我嗎？懷疑我殺了愛美嗎？」

淺村緩緩搖了搖頭。

「你不必想這些，只要回答問題就好。」

「你在說什麼啊？你別忘了是我女兒被人殺害！」

「既然這樣，就請你配合我們的偵查工作。」室內響起淺村宏亮的聲音，「我們只是在做我們該做的事。」

太荒唐了，太荒唐了——憤怒、悲傷和悔恨在內心翻騰。自己明明是受害者，爲什麼會受到這種對待？

「請你告訴我，到底發生了什麼事？請你告訴我，到底是怎樣的事件？」

「等一切都結束後會告訴你。」

「一切都結束？什麼意思？」

「所有偵查工作都結束的意思，在此之前，不能隨便透露消息，請你諒解。」淺村不假辭色地說。

中原完全無法接受，但還是回答了刑警的問題，只不過刑警問的問題讓他越來越感到匪夷所思。

「最近你太太的情況怎麼樣?」

「你太太有沒有和你討論育兒的問題?有沒有向你抱怨?」

「你女兒是怎樣的小孩?會乖乖聽話嗎?還是不怎麼聽話?」

「你覺得自己有積極協助育兒嗎?」

中原終於發現,原來刑警在懷疑小夜子。他們認爲是小夜子對育兒感到厭倦,所以一時衝動,殺了女兒。

「你們太奇怪了,」中原說,「小夜子根本不可能做這種事,她從來沒有爲育兒的事抱怨過,這個世界上,沒有人比小夜子更疼愛愛美了。希望你們瞭解一件事,你們完全搞錯了方向。」

他聲嘶力竭地主張,但那些刑警沒有太大的反應。中原知道,那些刑警根本不理會他說的話。看到刑警的這種態度,他對未來的偵查工作感到絕望。

中原要求見小夜子,他問刑警,小夜子目前人在哪裡?在幹什麼?

「你太太正在另一個房間,刑警在向她瞭解情況。」淺村用冷淡的口吻回答。

深夜之後,簡直和偵訊無異的調查才終於結束。中原被帶到另一個房間,刑警佐山陪著他。

「你父母會來接你回家,」佐山對他說,「你老家在三鷹吧?應該很快就結束了,你們可以一起回家。」

「結束？什麼結束？」

「配合調查。」

「什麼？」中原看著年輕的刑警問：「這和我父母沒有關係吧？」

「是啊，但爲了謹愼起見……」佐山沒有繼續說下去。

中原雙手抱著頭。他完全不知道到底發生了什麼事。

他抬起頭問：「我太太……小夜子還在警局嗎？」

佐山爲難地撇著嘴角，點了點頭。

「因爲還有幾件事要向你太太確認。」

「確認？確認什麼？你們懷疑我太太嗎？」

「我相信她是清白的，其他人應該也這麼認爲。」

「既然這樣，爲什麼……」

「對不起。」佐山深深地鞠了一躬，「爲了查明眞相，必須排除眞相以外的所有可能性。在接獲一一〇報案，警官趕到時，家裡只有你太太，只有你太太和去世的女兒。雖然是你太太報案，但並不能因此斷定她和命案無關。當年幼的孩子離奇死亡時，父母因爲故意或過失造成孩子死亡的情況並不少見，請你諒解。」

他平淡地說完後，又鞠躬說了聲「對不起」。

中原感到心浮氣躁，用力抓著頭。

「我的嫌疑已經排除了嗎？」

「剛才已經向你的客戶確認過了，證明你和命案沒有直接關係。」

「既然這樣，就請你把案情告訴我。我家到底發生了什麼事？」

「對不起，我不能告訴你。」

「爲什麼？不是已經排除了我的嫌疑嗎？」

佐山有點窘迫地抿緊雙唇，慢慢地說：「我剛才只說，證明你和命案沒有直接關係。」

「什麼意思？」中原聽不懂他這句話的意思。

「雖然沒有直接關係，但可能瞭解某些情況，知情不報。」

「難道你們認爲我知道我太太殺了女兒？」

「我並沒有這麼說。」

「別開玩笑了，」中原抓住佐山的衣領，「如果我知道，我當然會說，況且，小夜子怎麼可能做這種事？」

佐山面不改色地抓住中原的手腕，輕輕擰了一下。他的手很有力，中原不得不鬆手。

「不好意思。」佐山說完，收回了自己的手。

「有些眞相只有凶手知道。比方說，現場的狀況、被害人的服裝和行凶方式。在逮捕嫌犯時，讓嫌犯供出這些眞相很重要，因爲在法庭上，這將成爲證據。因此，在目前的階段，必須清楚瞭解誰知道了哪些事。如果你現在提及你女兒的死因，我會立刻把你帶去偵訊室。」

「我什麼都不知道，也不知道死因。」

「我知道，所以你應該和本案無關。即使如此，我們也無法把偵查中的秘密告訴你。如果告訴了你，你又向其他人，比方說媒體洩漏這些事。一旦媒體加以報導，這些內容就不再是只有凶手才知道的眞相，這是我們最擔心的情況。你能瞭解嗎？不透露任何命案的線索，也是偵查工作之一。」

「我絕對不會說出去……」

佐山搖了搖頭。

「並不是不相信你，但警方辦案要力求徹底。對於你來說，能不知道就別知道，這是爲你好。因爲對親人有所隱瞞並不是一件開心的事。」

佐山的話很有道理，中原無法反駁，但他無法接受小夜子至今仍然無法獲得自由。

「你太太在這一、兩天就可以回去。」

「一、兩天……」

還需要那麼久。中原不禁感到愕然。

不一會兒，他見到了父母。他的父母神情憔悴，他們接到警方的通知後，立刻趕來接兒子和媳婦，沒想到在此之前，先接受了調查。他們當然也對案情一無所知。

「他們問了很多奇怪的事，問你們的感情好不好，有沒有聽說你們爲育兒的事感到煩惱。」父親泰輔一臉不悅地說。

「他們也這麼問我，居然還問你有沒有透露對小夜子感到不滿。」母親君子也皺著眉頭。

中原從父母的談話中得知，警方將他們兩人隔離調查。聽母親說，刑警還去了小夜子的娘家。

那天晚上，中原去了三鷹的老家，住在千葉的姊姊也打電話來關心。她得知姪女的悲劇後，忍不住在電話那頭哭了起來。中原聽到她的哭聲時想到，原來警方沒有派人去找姊姊。

他不想吃飯，在以前住的房間看了一整晚的牆壁。他當然不可能睡著，一次又一次回想起愛美熟睡的臉龐，無論如何都無法相信，女兒已經不在人世了。

隔天他向公司請假去了警局，申請和小夜子面會，但沒有見到。刑警把他帶去一個小房間，說有東西要給他看。

中原以爲又要接受調查，但這次的情況稍有不同。刑警拿了幾張相片給他看。相片上是他家的客廳。看到那些相片，他驚愕不已。因爲顯然有人把客廳的東西弄亂了。客廳矮櫃的所有抽屜都被拉了出來，抽屜裡的東西都散亂在地上。

「目前並沒有發現客廳矮櫃以外的地方有被動過的痕跡。」刑警告訴他。這是從前一天邊長的談話至今，警方第一次向中原透露案情相關的消息。
原來是這樣。中原終於恍然大悟。原來是強盜闖進了我家，然後殺了愛美。
刑警又拿出幾張相片。
「這些是散落在地上的物品，應該是客廳矮櫃抽屜裡的東西，有沒有少了什麼東西？」
那些相片上拍到了文具、計算機、膠帶和乾電池之類的東西。中原把家裡的事都交給小夜子處理，所以並不知道抽屜裡放了什麼，或是缺少了什麼。他這麼回答後，刑警問：
「現金和存摺都放在哪裡？」
「啊！」中原想起來了。存摺都放在臥室的櫃子裡，但現金放在矮櫃的第二個抽屜裡。
「有多少現金？」
「這就不清楚了，」中原偏著頭說，「這些事都交給太太處理……」
「是嗎？」刑警說完，開始整理相片，似乎已經確認完畢。
「這很明顯是強盜殺人啊，爲什麼我太太還不能回家？」
刑警面無表情地說：「現在還無法確定是強盜所爲。」
「怎麼會？這根本……」他看著刑警手上的相片，但立刻理解了刑警的意思，所以不再說話。

警方在懷疑故佈疑陣的可能性。他們懷疑殺死孩子的母親爲了隱瞞自己的行爲，僞裝成是強盜所爲。中原已經無力抱怨，只好垂下了頭。

他很想回去看一看家裡的情況，但警方不同意。無奈之下，只好回到三鷹，等待警方的聯絡。下午的時候，小夜子的母親濱岡里江上門，她告訴中原，刑警上門調查了好幾個小時，一次又一次問相同的問題，簡直快把人逼瘋了。

那天晚上，小夜子才終於獲釋。中原在電話中說要去接，但刑警說，會派警車送她回家，所以他不需要多跑一趟。兩個小時後，一輛警車停在老家門口。從警車上走下來的小夜子宛如行屍走肉般面容憔悴，步履蹣跚，靈魂好像出竅了。

「小夜子，」中原叫著她的名字，「妳沒事吧？」

小夜子沒有回答，可能並沒有聽到他說話，而且好像並沒有看到丈夫，視線在虛空中飄忽不定。

中原抓住了小夜子的肩膀，「喂！妳醒醒！」

她的雙眼終於漸漸聚焦，似乎終於發現站在面前的是自己的丈夫。她用力吸了一口氣，整張臉都痛苦地扭曲起來。

嗚啊啊，嗚啊啊——她哭著緊緊抱住了中原。中原抱緊她的身體，忍不住再度落淚。

父母貼心地走開了，讓中原和小夜子獨處。小夜子心情稍微平靜後，把前一天發生的事告訴了他。她說的內容條理清晰，難以想像前一刻六神無主的人說話這麼井然有序。中原把自己的想法說了出來，小夜子嘴角露出落寞的笑容說：「因爲我已經說過很多次了。」

她說的內容大致如下。

下午三點多，愛美從學校放學回家。她在學校的美勞課上用牛奶紙盒做了車子，似乎做得很不錯。小夜子一邊聽女兒得意的自誇，一邊爲她準備點心。

下午三點半時，小夜子坐在客廳的電視前。因爲電視上正在重播她喜歡的連續劇。至於爲什麼不乾脆錄影，她回答說：「因爲我覺得還不到需要錄影的程度。」她在看電視時，愛美吃了點心，開始玩外婆之前送給她的玩具。

連續劇在四點半前演完了，小夜子關上電視，思考晚餐的菜色。原本她覺得用冰箱裡的食材就夠了，但想了一下後，發現少了幾項食材。雖然不是非要不可，但她還是力求完美。小夜子決定在女兒可以獨自在家之前，要當專職的家庭主婦，所以嚴格禁止自己在家事上偷懶。

走路到附近的超市只要十分鐘，平時她總是帶愛美一起去。當時她也問了愛美的意願。「愛美，媽媽要去超市買東西，妳要不要一起去？」

愛美回答說，「不要，妳自己去吧。」

她似乎對新玩具愛不釋手。她之前很黏媽媽，上了小學之後，這種情況慢慢有了改變。

小夜子鬆了一口氣。因爲她覺得帶愛美一起去買菜很麻煩。反正一下子就回來了，之前也曾經多次讓愛美短時間獨自留在家。不要接電話；有人敲門或是按門鈴都不要應門；窗簾拉起來——愛美總是乖乖遵守小夜子的指示。

「那妳一個人在家沒關係嗎？」小夜子向她確認。

「嗯。」愛美明確回答。中原覺得事實應該就是如此，因爲最近感覺愛美長大了。

小夜子在五點多買完菜回家，最先看到院子的門微微敞開著，覺得有點不太對勁。她出門時，都會把門關好，所以，她以爲丈夫臨時有事回家了。

她準備打開玄關的門鎖時，發現門沒有鎖。她心想，果然是丈夫回家了。

但是，一踏進家門，小夜子看到了意外的景象。

通往客廳的門敞開著，矮櫃的抽屜全都拉了出來，抽屜裡的東西散落一地。小夜子倒吸了一口氣。仔細一看，發現地上有鞋印。

有小偷進來家裡。她立刻察覺到這件事。到底偷了什麼？她看著散落一地的東西，但下一剎那，立刻想到必須先確認另一件事。

小夜子叫著女兒的名字，衝出了客廳。但是，沒有聽到女兒的回答。在睡覺嗎？小夜子衝上樓梯，衝去二樓的臥室。如果愛美在睡覺，就會去那個房間。但是，臥室內不見女兒的身影，也不在二樓的另一個房間內。

她回到一樓，走去客房使用的和室，女兒也不在那裡。

被小偷帶走了——小夜子立刻這麼想道。她準備回到客廳，想要立刻報警，但走到一半時，發現廁所的門虛掩著。

她戰戰兢兢地走過去，向廁所探頭張望。

一頭短髮的愛美躺在廁所的地上，雙手和雙腳都被膠帶綑住，嘴裡不知道被塞了什麼東西，所以臉頰鼓了起來。她痛苦地閉著眼睛，粉嫩的皮膚上完全沒有血色。

小夜子說，之後的事，她都記不太清楚了。只記得不顧一切地把塞在女兒嘴裡的東西拿出來，然後拆開膠帶，卻不記得什麼時候知道愛美已經死了這件事。當她回過神時，發現自己坐在警車內。她報了警，之後又打電話給中原，但她似乎對這些記憶都很模糊。

警方向她瞭解案情時，一再追問為什麼把一個八歲的孩子獨自留在家裡。

「他們對我說，通常父母不會做這種事，不會有這種不負責任的行為。」小夜子呻吟般地說道，捂住了臉。「他們說得對，我為什麼會把她一個人留在家裡？為什麼沒有想到，她獨自在家時，小偷可能會闖進來。對不起，眞的很對不起。」

刑警會用那種方式說話，應該只是為了確認小夜子證詞的眞實性，但她覺得刑警在指責她的過失。中原內心也想要責備她，但很快就發現，那只是在推卸責任。因為他之前就知道愛美有時候會短時間獨自在家，並沒有對此多說什麼。

除此以外，警方還問了很多令人不愉快的問題。當時，愛美的小腿上有三公分左右的擦傷，那是她在上體育課時跌倒造成的，警方對這個傷口也一問再問。小夜子說，他們可能懷疑愛美遭到了虐待。
但是，警方長時間向小夜子調查案情並不光是因爲警方懷疑她，更因爲她破壞了現場。必須詳細問清楚各個細節，才能正確還原現場。尤其關於屍體的狀態，更是要求她鉅細靡遺地說明所有細節。比方說，因爲小夜子把愛美抱了起來，所以無法得知愛美以怎樣的姿勢倒在廁所。她拆下了綑住女兒手腳的膠帶這件事，也讓偵辦人員傷透了腦筋，但她用圖示的方式努力說明了當時的情況。她說，因爲她不太會畫畫，所以費了很大的工夫。
小夜子說，愛美的雙手被綑在背後，雙手雙腳都被膠帶綑住了，而且還綑了好幾圈。塞在她嘴裡的是海綿球。那是愛美小時候的玩具，中原最近也不時在地上看到那顆球。
「死因呢……死因是什麼？」
小夜子搖了搖頭，「我也問了，但他們沒有告訴我。」
「傷勢呢？愛美身上有沒有流血？」
「應該沒有。因爲我事後看了自己的手，沒有發現血跡。」
「脖子呢？有沒有勒痕？」
「不知道，我不記得了。」
如果沒有刀傷，也不是用繩子勒死，到底是怎麼死的？難道是毆打致死？用什麼重物毆打嗎？中原在思考這些事的同時，很納悶自己爲什麼會在意這件事。
然後他發現，原來自己想瞭解女兒最後的樣子。雖然警方通知他愛美已經死了，但他至今仍然沒有看到屍體。
「凶手是從哪裡進來的?」
小夜子聽了中原的問題回答說,應該是浴室的窗戶。
「浴室?」
「對,因爲刑警問我,在命案發生之前,浴室的窗戶是否有異狀,所以,我猜想窗戶應該遭到了破壞。」
中原回想起家裡的浴室窗戶,小偷的確很容易從那個窗戶爬進屋內。他這才發現自己住家的安全多麼脆弱。
小夜子說,應該只有客廳矮櫃抽屜裡的四萬圓現金遭竊。那是案發前一天,她去自動提款機領的錢。
「只爲了這麼一點錢……」
中原的全身因爲憤怒而顫抖不已。
翌日早晨,警方聯絡了他,希望他去確認現場。
這是他在案發之後第一次踏進家門。原本雜亂的客廳稍微整理過了,散落在地上的物品可能拿去採集指紋了。
「如果發現有什麼異常,請立刻告訴我們。」之前負責向中原問案的淺村說道,他似乎是現場的負責人。

他和小夜子一起檢查了所有的房間，果然不出所料，浴室窗戶的玻璃被打破了。

「打破的時候沒有發出聲音嗎？」

淺村沒有回答他的問題，但同行的佐山小聲告訴他：「因爲用了膠帶。窗戶外發現一些黏了膠帶的玻璃碎片，可能是在打破窗戶之前貼了膠帶，因爲這樣可以降低玻璃敲破時發出的聲音。」

「佐山！」淺村喝斥了一聲，阻止佐山繼續說下去，但他的表情並沒有很嚴厲。

他們也去看了廁所，但廁所內並沒有異常，中原想到愛美嬌小的身體躺在那裡的情景，不由得感到心碎。小夜子不敢看廁所。

只有客廳、廚房和走廊上發現了外人入侵的痕跡，二樓和一樓的和室並無異狀。

「果然是這樣。」淺村說。

「果然……是什麼意思？」

「凶手穿著鞋子走進來，目前只在客廳、冰箱前、浴室和走廊上發現了鞋印。」

中原聽了，終於瞭解了這起命案的大致輪廓。凶手打破浴室的窗戶玻璃後進屋，經過走廊，在客廳搜刮錢財。小夜子說，玄關的門沒有鎖，可見凶手是從大門逃走，而且在犯案過程中殺了愛美。

他們暫時無法回家居住，佐山開車送他們回到三鷹的老家。中原和小夜子在車上終於知道愛美是被掐死的。

「凶手用手掐她的脖子嗎？」

「對。」佐山看著前方回答，「你女兒的遺體應該很快就會送回來，但會留下解剖的痕跡。」

聽到「解剖」這兩個字，中原再度陷入了絕望。

「要安排葬禮的事。」小夜子在一旁小聲地說。

愛美的遺體隔天就送回來了。愛美躺在小棺材內，臉上留下了縫合的痕跡，但中原和小夜子還是一次又一次撫摸著女兒的圓臉，放聲大哭起來。

那天晚上是守靈夜，隔天舉行了葬禮。數十名愛美的同班同學前來悼念突然離開人世的同學，中原和小夜子看到他們，忍不住想起愛女，再度淚流滿面。

無盡的痛苦和失落無處宣洩。既然愛美無法復活，他們只剩下一個心願，那就是早一秒把凶手逮捕歸案。

他們一天又一天等待警方的通知。佐山告訴中原，警方終於排除了小夜子的嫌疑。但在此之前，他把一張相片放在他們面前。相片上是一雙運動鞋，佐山問他們以前有沒有看過那雙鞋。中原和小夜子都說沒看過。

「這應該是凶手穿的鞋子，我們根據現場留下的鞋印，分析出是這雙鞋子。我們在屋內和周圍徹底尋找，都沒有發現那雙鞋子，猜想凶手可能穿了這雙鞋子逃走了。」

聽到佐山這麼說，中原覺得根本是廢話。因為凶手不可能光著腳逃跑。佐山似乎察覺了他的疑問，又補充了一句：

「這代表內部的人犯案後，用鞋印僞裝成外人犯案的可能性極低。」

中原終於瞭解了他的意思。警方原本懷疑是小夜子故意製造那些鞋印。

雖然警方已經認定是外人入侵犯案，但仍然無法斷定是單純的強盜殺人。

「也有可能是因爲怨恨、金錢糾紛或是感情糾紛犯案，卻僞裝成強盜殺人。也可能有人想要藉由殺害令千金折磨你們，如果你們想到什麼，請隨時告訴我們，任何小事都無妨。」佐山對他們說。

中原一再說明，之前從來沒有和他人結怨，也沒有遇過任何惡作劇，但佐山只要發現任何線索，就上門向他們確認。比方說，中原幾年前在公司被捲入了糾紛，或是小夜子在愛美就讀幼稚園時，曾經和其他孩童的母親之間有摩擦。沒想到他竟然連這種芝麻小事都可以查到。中原不光是驚訝，更是不由得感到佩服。

然而，這起事件最後以意想不到的方式解決了，而且和佐山以及其他刑警的努力完全無關。案發第九天，逮捕了凶手。

淺村和其他刑警上門向中原夫婦說明了相關的情況，大致內容如下。

破案的契機是有人在芳鄰餐廳吃霸王餐。一個男人用餐結束，準備結帳時，拿出了兩張優惠券。那是只要在餐廳消費，就可以折抵五百圓消費金額的優惠券。但因爲優惠券的使用期限已經過期，所以收銀台的女性員工拒絕接受，而且，即使沒有過期，每次也只能用一張。

那個男人怒不可遏，他說原本以爲可以免費享用一千圓的餐點，所以才會走進這家餐廳，說完之後，揚長而去。女性員工嚇壞了，不敢去追他，急忙聯絡了店長。

轄區分局接獲報案後，數名警官在附近巡邏，最後在車站附近發現了和女性員工描述的特徵完全一致的男人。那個男人正打算買車票。警官叫住他時，他拔腿就跑，於是當場把他逮捕。

警官把他帶回分局，請芳鄰餐廳的女性員工前來確認，發現正是此人無誤。警官立刻開始偵訊，但男人始終不願說出自己的名字，只好比對指紋。當時已經建立了指紋比對系統，如果曾經有前科，只要兩個小時左右就可以查到。

比對指紋後，發現了重大的事實。這個男人叫蛭川和男，今年四十八歲，因爲強盜殺人被判處無期徒刑，半年前剛從千葉監獄假釋出獄。

調查他的隨身物品後，在他口袋中發現了三張萬圓紙鈔。即使問他錢從哪裡來，他也無法清楚交代。

這時，一名刑警發現了一件奇妙的事。蛭川向芳鄰餐廳出示的那張優惠券上蓋了分店的章，東長崎的地名引起了他的注意。

那名刑警想起一週前發生的強盜殺人事件。被害人是一名八歲的女童，因爲那名刑警也有一個年紀相仿的女兒，所以對那起命案留下了深刻的印象。

他向特搜總部聯絡，再度比對了指紋，然後又鑑定了蛭川持有的一萬圓紙鈔，和在餐廳優惠券上的指紋。結果在其中一張一萬圓上，發現了被害人的母親，也就是中原小夜子的指紋。蛭川的鞋子也和在中原家留下的鞋印完全一致。於是，蛭川立刻被移送到特搜總部，搜查一課展開調查後，蛭川供述了犯案過程。

中原和小夜子對蛭川的供述幾乎一無所知，佐山只告訴了他們零星的事項，但他似乎也不瞭解所有的情況。然而，終於找到了凶手這個具體憎恨的對象一事，對中原和小夜子具有重大的意義。因爲他們終於有了目標——等待那個凶手被判死刑。

曾經犯下強盜殺人罪，被判處無期徒刑的人在假釋期間再度犯下強盜殺人案——根本沒有任何讓法官酌情減輕量刑的空間，他理所當然應該被判死刑。

然而，在調查過去的判例後，中原漸漸開始感到不安。他發現之前曾經有過幾起類似的案例，但凶手並不一定都判死刑。不，正確地說，判死刑的案例反而比較少。被告有悔改之意、有教化可能、不是預謀犯案、有值得同情之處。法官似乎千方百計爲避免做出死刑判決找藉口。

有一次，他和小夜子聊起這件事。小夜子空洞的眼神突然露出異樣的光芒，面色凝重地說：「我絕對……不會允許這種情況發生。」她的聲音低沉晦暗，中原以前從來沒有聽過她用這種聲音說話。接著，她露出凝望遠方的表情說：「如果不判死刑，那就讓他趕快出獄，我會親手殺了他。」

「我也和妳一起動手。」中原說。

案發四個月後，第一次開庭審理。中原和小夜子第一次詳細瞭解了所有案情。

案發當天，居無定所的蛭川身無分文，前一天在公園長椅上睡了一夜。他已經兩天沒有進食，正準備去附近的超市，看有沒有試吃品。他身上只有一個小背包，裡面有手套、膠帶和鐵鎚。因爲他覺得「闖空門時也許可以用到」，所以從之前上班的地方偷來的。

當他走在住宅區內，看到一個像家庭主婦的女人從獨棟的房子內走出來。玄關的門上有兩道鎖，看到她把兩道鎖都鎖上了，猜想家裡一定沒人。

主婦走出家門後，沒有回頭看蛭川一眼，直接走向和他來路相反的方向。蛭川猜想她應該去買晚餐的食材，所以不會馬上回家。

等到主婦走遠之後，他戴上了背包裡的手套，按了大門旁的門鈴，但屋內沒有動靜。他確信屋內沒有人，東張西望，發現四下無人後，就打開院子的門，走了進去。爲了以防萬一，他巡視了屋子周圍，屋內果然沒有動靜。

這時，他發現浴室的窗戶剛好位在左鄰右舍都看不到的死角，決定從那裡破窗而入。他從背包裡拿出膠帶貼在窗戶上，用鐵鎚敲破玻璃，小心翼翼地把玻璃碎片拿了下來，旋開月牙鎖後，打開窗戶，從浴室進了屋。

他從浴室觀察屋內。屋內靜悄悄的，完全沒有動靜。他沒有脫鞋，就直接走過走廊，尋找廚房的位置。因爲他想先找食物塡飽肚子。

當他來到客廳旁的廚房時，開始在冰箱內翻找食物，但冰箱裡沒什麼可以馬上吃的食物。他看到有香腸，正想伸手拿香腸時，聽到背後傳來小聲的驚叫。回頭一看，一個小女孩站在客廳，一臉害怕地抬頭看著蛭川。下一剎那，她立刻跑向走廊。

蛭川心想不妙，拔腿追了上去。

女孩已經跑到了玄關，打開了兩道鎖中的第一道鎖。蛭川從背後抓住了她，捂住了她的嘴，把她拖回客廳。

他看到地上有一顆海綿球，用捂住她嘴巴的手撿了起來。女孩叫了一聲：「媽媽！」他立刻把海綿球塞進她嘴裡。女孩立刻安靜下來。

他把自己的背包拉了過來，拿出膠帶，讓女孩趴在地上，用膠帶把她的雙手反手綑住，又把她的腳也綑了起來。

原本以爲女孩這下就會安靜，沒想到女孩扭著身體，激烈地掙扎著。於是，他把女孩拖到廁所，把門關了起來。

他想找錢去塡飽肚子，於是回到客廳，把客廳矮櫃的所有抽屜都拉了出來，發現了幾張一萬圓的紙鈔和餐廳的優惠券，他塞進了口袋。

他很想趕快逃離現場，但想到那名女孩。女孩看到了他的長相。一旦畫出肖像畫，自己恐怕就插翅難逃了。

他打開廁所的門，發現女孩無力地躺在地上，但眼神中充滿敵意，似乎在說：「我一定要告訴媽媽。」

這樣可不行。蛭川心想。他雙手掐住女孩的脖子，用大拇指按著她的喉嚨。她扭動著身體，但隨即就不動了。

蛭川拿起背包，從玄關逃走。他想要吃東西。來到大馬路上，看到一家牛丼店。他走了進去，點了大碗的牛丼，還加了一顆雞蛋。當牛丼送上來時，他狼吞虎嚥地吃了起來，幾乎忘記了前一刻掐死了一名女孩——

這就是那天在中原家發生的事。

在聽檢察官陳述時，中原的身體顫抖不已。想到愛美發現陌生男人闖入家中時的驚訝，被海綿球塞住嘴巴、被膠帶綑住手腳的恐懼，以及被掐住脖子時的絕望，就不由得覺得自己的女兒太可憐了。

他狠狠瞪著憎恨的對象。蛭川個子矮小，是一個看起來很普通的男人，力氣不會特別大。兩道八字眉可能讓有些人留下懦弱的印象，但想到這個男人殺了愛美，中原只覺得他既狡猾，又殘忍。

檢方也強調了他犯案手法的殘虐性，旁聽者無不認爲凶手該判死刑。中原也確信會得出這樣的結論。

然而，在多次開庭審理後，氣氛有了微妙的變化。在辯方的誘導下，漸漸淡化了犯案手法的殘虐性。

蛭川也改變了供詞，他說他無意殺害女孩。

他把海綿球塞進少女嘴裡，用膠帶綑住了她的雙手、雙腳，但女孩仍然沒有安靜，大聲呻吟著。他想要制止，情急之下掐了她的脖子，女孩就不動了。

檢察官問，既然這樣，爲什麼把遺體搬去廁所。蛭川回答說，他不知道女孩已經死了。

「我以爲她只是昏過去，等醒過來時又要掙扎，所以把她關去廁所。」

他聲稱遭到逮捕後，腦筋一片混亂。律師聞言立刻主張「並非故意殺人」。

蛭川在法庭上一再反省和道歉。

「我對死者家屬深感抱歉，是的，我發自內心地感到抱歉。對不起，我竟然害死了那麼可愛的孩子。雖然應該一命抵一命，但我希望有機會彌補。無論如何，我都應該彌補家屬。」

這番話完全是有口無心，中原聽了只覺得空虛，但辯方聲稱：「被告爲此深刻反省。」

怎麼可能？中原心想。這個男人根本沒有反省。會反省的人根本不可能在假釋期間犯罪。

在開庭審理的過程中，中原終於知道蛭川和男是怎樣一個人。

他在群馬縣高崎市出生，有一個弟弟。在他年幼時，父母離婚，所以他跟著母親，在單親家庭中長大。職業高中畢業後，在當地的零件工廠上班，但在單身宿舍中，偷同事皮夾裡的錢被發現，因竊盜罪遭到了逮捕。雖然判了緩刑，但他當然被工廠開除了，之後，他換了幾個工作，最後在江戶川區的汽車保養廠上班。

他在那個工廠時，犯下了第一起強盜殺人案。他把修理好的車子送回客戶家時，殺害了年老的車主和他的太太，搶走了數萬圓現金。當時，他因為賭博欠下了鉅額債務。

在那次審判中，蛭川也聲稱無意殺人，只是一時情緒激動，失手打了對方。

法官接受了他的說詞，在老人的命案中，只追究傷害致死的刑事責任，但老人太太的命案則確定是殺人罪，經過多次審判後，最終判了無期徒刑。

但是，無期徒刑並不是永遠關在牢裡。

只要認為他有反省之意，就可以獲得假釋。他之所以能夠聲請假釋出獄，代表他在監獄內表現出反省的態度。

他出獄後的情況又是如何？

蛭川從千葉監獄獲得假釋後，在監獄附近的某個更生保護設施住了一個月。之後，他唯一的親人弟弟來找他。他弟弟在埼玉縣經營一家小工廠，介紹哥哥去他朋友的資源回收站工作。

他在那裡乖乖工作了一段時間，但不久之後，他惡習復發，再度開始賭博。他整天去柏青哥店打小鋼珠。他和老闆說好，先領相當於別人一半的薪水，看他的表現再加薪。用這點微薄的薪水去賭博，很快就見了底，但他仍然戒不了打小鋼珠的癮，最後打算撬開辦公室的手提金庫。

雖然最後沒有撬開，但老闆立刻察覺了這件事。因爲辦公室內裝了監視錄影機，只是蛭川不知道。他當然遭到開除，老闆對他說，該慶幸沒有報警抓他。

他的弟弟也覺得他無藥可救了。之前一直幫他付房租，但發生這件事後，決定不再負擔他的房租。

蛭川擔心他的假釋遭到取消，只帶了最低限度的行李逃走了。之後靠著僅剩的一點錢過了一段時間，但終於身無分文，再度行兇殺人。

眞是一個愚蠢的男人，如果他因爲這種愚蠢下地獄，那就讓他下地獄，但爲什麼要讓愛美淪爲犧牲品？愛美只活了八年，未來還有漫長的人生，她的人生也是中原和小夜子今後的生命意義。

雖然根本不想要這種男人的命，但如果還繼續活著，愛美就死得太不值了——每次開庭審判，中原就狠狠瞪著被告的背影想道。

3

走出『天使船』，中原像往常一樣，準備前往定食餐廳，但想到佐山剛才問了他不在場證明，立刻改變了方向。佐山或是其他偵查員一定會向餐廳確認，這種時候去那裡，餐廳的人一定會用好奇的眼光看自己。

他走進住家附近的便利商店，買了便當和罐裝啤酒。他住的是套房，當然是租的。他還沒有考慮到退休之後的事。

不知道小夜子如何？他走在路上，忍不住想到這件事。聽佐山說，她也是一個人住。難道沒有交往的男朋友嗎？

他覺得心情很沉重。雖然已經離婚，但曾經共同生活的女人遭到殺害，心情難免鬱悶，但他內心的感情和「難過」又不太一樣。

如果非要形容的話，也許是空虛的感覺。雖然當初決定離婚是希望彼此過得更幸福，結果卻事與願違，兩個人都沒有得到幸福。

無論你怎麼掙扎，你的人生都不可能有光明——他覺得掌握命運的偉大力量似乎對他這麼說。

回到家裡，正在吃便利商店買的便當時，手機響了。一看號碼，忍不住感到驚訝。因爲這個號碼今天白天才剛打來。

他接了電話，佐山在電話中爲這麼晚打電話給他道歉。

「沒關係，你還有什麼事要問嗎？」

「不是，有一件事我覺得應該告訴你。」佐山的語氣很謹愼。

「關於命案有什麼新發現嗎？」

「對，就在剛才，有一個男人來到警局，說自己是這起命案的凶手。」

「啊？」中原倒吸了一口氣，緊緊握住電話，忍不住站了起來。「他叫什麼名字？那個男人叫什麼？」

「目前還無可奉告，還有很多事情需要確認，但應該很快就會公布。」

「爲什麼他要殺小夜子……他們認識嗎？」

「不好意思，目前還在調查，所以無法告訴你詳情，也不知道那個男人是否眞的是凶手。」

中原嘆了一口氣，「是嗎？那也沒辦法。」

他很清楚，即使面對死者家屬，警方也不會透露目前偵查情況，更何況在這起命案中，中原並不是死者家屬，佐山只是對他特別親切。

「不好意思，也許會因爲這起命案，再度去你公司打擾。」

「好，我沒問題。」

「我去你公司之前，會先打電話。不好意思，打擾你休息了，那就先這樣。」

佐山說完，掛上了電話。

中原把手機放回桌上，重新坐在椅子上，茫然地看著半空。

殺害小夜子的凶手抓到了——雖然說這種話太沒良心，但老實說，他有點失望，原本以爲偵查工作會陷入膠著。

但現實就是這麼回事，即使沒有複雜的原因，也會動手殺人。中原比任何人更清楚這一點。

他伸手想拿筷子，但又把手收了回來，起身從旁邊的書架中拿出一本相冊。一打開，以前一家三口去海邊時的相片立刻映入眼簾。愛美穿著紅色泳衣，身上套著救生圈，中原和小夜子站在她的兩側。三個人臉上都帶著笑容。那天的天氣晴朗，海水很藍，沙灘很白。

那時候正是幸福的顚峰，然而，那個時候並沒有意識到身處顚峰，深信這份幸福會永久持續，甚至期待會更加幸福。

不久之後，其中兩個人離開了人世。不是意外，也不是病故，而是遭人殺害。

中原的腦海中響起一個男人的聲音。

「主文。判處被告無期徒刑。」

一審判決當天，中原懷疑自己聽錯了白色眉毛的審判長朗讀的判決。

之後，審判長滔滔不絕地朗讀了判決理由，但中原無法接受。審判長雖然同意犯罪行爲的殘虐性，以及再犯的惡質，但認爲並非計畫犯案，而且被告表現出反省態度，期待可以改過向善，對於判處極刑有一絲猶豫，但這些都只是爲了迴避死刑的牽強理由。中原在聽判決時，忍不住想要大喊，這個國家的司法制度到底是怎麼一回事？

檢方立刻提出上訴，但主任檢察官對中原說，照目前的情況來看，恐怕很難判處死刑。

「對於令千金遭到殺害一事，法官接受了辯方認爲是突發性衝動行爲的主張，我們必須推翻這種說法。」

「有辦法推翻嗎？」中原問。

「一定要推翻。」主任檢察官一臉精悍，鏗鏘有力地說道。

中原也和小夜子討論了這件事，他們決定要攜手奮鬥，直到法院做出死刑判決爲止。

「如果無法做出死刑判決，我就要在法院前自我了斷。」小夜子嘴唇發抖地說完，又補充說：「我是認眞的。」她發亮的雙眼令中原一驚。

「好，」中原說，「我也這麼做，我們一起死。」

「嗯。」她點了點頭。

二審期間，檢方提出了幾個新的證據，其中有三項是關於愛美遭到殺害時的狀況。

首先是留在走廊上的鞋印。

蛭川供稱自己當時從浴室的窗戶闖入後，沿著走廊去了客廳，在那裡被愛美發現。愛美想要逃走時，被他在玄關抓住，再度回到客廳。爲了讓愛美安靜，他把海綿球塞進愛美嘴裡，用膠帶綑住她的手腳，但愛美仍然沒有安靜下來，所以他失手掐她。但他以爲愛美沒有死，所以把她搬去廁所，在客廳尋找財物後，從玄關逃走——

假設如蛭川所說，他從客廳走去廁所只有一次，但在詳細調查鞋印後，發現從客廳往廁所的鞋印有兩道，也就是說，他去了廁所兩次。

這個事實和一審時，檢察官所陳述的內容完全相符——蛭川把海綿球塞進愛美嘴裡，綑住她的手腳後，把她關進廁所。在物色財物後，擔心愛美會配合警方畫出他的肖像，所以就去廁所掐死愛美。

第二個證據是海綿球。

檢方運用科學辦案的方式調查了海綿球，但其實並沒有太複雜。檢方想要瞭解海綿球的重量，雖然小夜子發現愛美的屍體後，把海綿球從她嘴裡拿了出來，但海綿球上沾滿了口水。警方記錄了當時的重量，由此推算出唾液的重量。由此發現，八歲的孩子至少需要十分鐘才能分泌那些唾液量。如果蛭川所說的屬實，海綿球上根本不可能沾到那麼多唾液。

第三個證據是眼淚。

警官接獲報案趕到時，小夜子抱著愛美的屍體。她抱著女兒，用手帕擦拭著女兒的臉。兩名警官記得她當時對女兒說的話。

眞可憐，妳一定很難過吧，所以才會流這麼多眼淚。對不起，眞的對不起，讓妳一個人留在家裡。妳一直哭，一直哭，媽媽都沒有回來，妳一定很害怕吧——當時，小夜子說了這些話。

小夜子聽了之後，也喚醒了當時的記憶。她站在證人席上陳述發現屍體時的情況，證實「我發現愛美時，她的臉上都是眼淚。」

「屍體不會流淚，被害人之所以會流淚，是因爲被綑住手腳，嘴裡又塞了海綿球，然後被丟進了廁所。請各位想像一下，這種狀況是多麼可怕。一個八歲的女孩子遭遇這種情況，怎麼可能不哭呢？」

聽到檢察官在法庭上語帶哽咽地說這番話，中原握緊了放在腿上的雙手。想到女兒所感受的恐懼和絕望，就覺得彷彿墜入了又深又黑的谷底。

中原也以檢方證人的身分站上了證人席。他在證人席上訴說著愛美是多麼乖巧的孩子，她爲這個家庭帶來了多少歡樂，同時也陳述了被告蛭川至今從未寫過任何道歉信，看他在接受審判時的態度，也完全感受不到他有任何反省。

「我希望可以判處被告死刑。只有這樣……不，即使這樣，也無法償還他犯下的罪行。被告犯下了如此重大、極其重大的罪行。」

但是，辯方律師當然不可能袖手旁觀，對檢方提出的三大證據都百般挑剔，認爲這三項證據的科學根據太薄弱。

律師問被告蛭川：

「你把被害人搬去廁所時，並沒有想到她已經死了吧？」

「沒錯。」蛭川回答。

「逃走的時候呢？有沒有想到被害人？」

蛭川回答說：「記不清楚了。」

「有沒有可能你想到被害人，所以去廁所察看呢？」

檢方立刻提出抗議，所以無法聽到蛭川的回答，但辯方顯然想要藉此證明鞋印和被告的證詞並沒有自相矛盾。

關於海綿球上的唾液量，律師反駁說，可能脖子被掐時，會導致比平時分泌更多唾液。關於眼淚的問題，則推測可能是被害人母親自己的眼淚滴在女兒臉上，結果誤以爲是女兒流了那麼多眼淚。

中原在聽律師說這些話時，感受到的不是憤怒，而是不可思議。爲什麼這些人想要救蛭川？爲什麼不願意讓他被判死刑？如果他們自己的孩子也遇到相同的情況，他們不希望凶手被判死刑嗎？

二審多次開庭審理，甚至找來和愛美體型相近的八歲女孩做了實驗，把和命案相同的海綿球放進她嘴裡。那個孩子幾乎無法發出聲音，所以對蛭川供稱因爲愛美叫得太大聲，爲了讓她閉嘴，才掐她脖子的供詞產生了質疑。辯方當然也反駁這個看法，認爲每個人的情況不同。

檢方和辯方的攻防持續到最後一刻，中原發現被告蛭川身上出現了變化。他的眼神渙散，面無表情。雖然他是審判的主角，卻好像臨時演員般，完全感受不到他的存在，讓人覺得是否因爲審理過程拖得太長，他漸漸失去了眞實感，忘了是在審判自己。

終於到了二審判決的日子。那天下著雨，中原和小夜子撐著傘，在走進法院前，仰頭看著莊嚴的建築物。

「如果今天不行……就眞的不行了。」

中原沒有回答，但他也有相同的想法。

雖然按照審判規則，並不是完全絕望。即使二審被駁回上訴，還可以上訴到最高法院，但是，必須有新的證據才能夠推翻二審的判決結果。中原親眼看到了檢方在二審中發揮的堅持和智慧，知道他們已經盡了全力，手上已經沒有新的王牌了。

「你覺得要怎麼死？」小夜子抬頭問他。

「自古以來，爲抗議而死，只有一種方法，」中原說，「那就是自焚。妳沒聽過『法蘭希努之歌』❶這首歌嗎？」

「我不知道……嗯，這種方法也不錯。」

「走吧。」兩個人並肩走向法庭。

他們誓死的決心終於有了回報，在冗長的判決理由後，終於聽到了「主文，撤銷第一審的判決，判處被告死刑。」

中原握住了身旁小夜子的手，她也用力回握。

被告蛭川一直微微搖晃著身體，但聽到判決的瞬間，他的動作立刻停了下來，然後對審判長微微鞠了一躬，但沒有轉頭看中原和小夜子。之後，蛭川被綁上腰繩，離開了法庭。

那是中原最後一次見到他。雖然辯方律師立刻上訴，但蛭川撤銷了上訴。聽一位持續採訪這起案件的報社記者說，因爲他覺得「太痲煩了，懶得再上訴。」

中原闔起相冊，放回了書架。離婚時，和小夜子互分了相片，但離婚之後，很少看這些相片。因爲每次看到相片，就會想起命案的事。其實無論看或不看都一樣，他沒有一天不想起，以後恐怕也會這樣。

阿道，我看到你就會感到痛苦——在蛭川的死刑確定的兩個月後，某天他們一起吃飯時，小夜子這麼對他說。她向來用「阿道」稱呼中原，在愛美面前叫他「爸爸」。

「對不起，」小夜子拿著筷子，無力地笑了笑，「我突然說這種話，你聽了一定很不舒服吧？」

❶ 本曲爲一九六九年廣告作家鄉五郎受法國女性Francine Lecomte自焚反戰影響而創作之歌曲。

中原停下手，看著妻子。他並沒有感到不舒服。

「我應該瞭解妳想要表達的意思，因爲我也有相同的想法。」

「你也一樣？」小夜子露出落寞的眼神，「看到我也會痛苦嗎？」

「嗯……好像會痛苦。」中原按著自己的胸口說，「好像有什麼堵在這裡，有時候會隱隱作痛。」

「原來是這樣，果然你一樣。」

「妳也一樣？」

「嗯，差不多就是這種感覺。只要和你在一起，就會一直回想起以前的幸福時光，有你、有愛美……」她的淚水在眼眶中打轉。

「不必強迫自己不回憶啊，回憶很重要。」

「嗯，我知道，但還是感到痛苦，有時候會想，如果這一切都是夢，不知道該有多好。眞希望這起事件是一場惡夢，但愛美已經不在了，所以並不是夢。所以如果能夠認爲愛美原本就不存在，她曾經和我們在一起的那段日子是一場夢，只是現在夢醒了，如果可以這麼想，心情就會輕鬆許多。」

中原點了點頭說：「我完全可以理解。」

那天之後，他們不時談到這件事。

原本期待死刑確定，審判結束後，自己的心情會發生變化，以爲會大快人心，或是可以放下這件事，說得更誇張一點，以爲自己可以獲得重生。

然而，事實卻是沒有任何變化，反而更增加了失落感。在此之前，人生的目的就是爲了等待死刑判決，一旦完成了這個目標，生活就失去了重心。

蛭川的死刑確定，無法讓愛美死而復生。這是理所當然的事，所以，中原痛切地感受到，這起命案只是在形式上結束而已，自己並沒有因此得到任何東西。

他並不是想要忘記愛美，但希望痛苦的記憶漸漸淡薄，只剩下曾經擁有的快樂時光，然而，事與願違，只要和小夜子在一起，就會清晰地回想她哭喊的樣子，一切就像是昨天才發生。那天，小夜子在電話中告訴他悲劇時的聲音總是在他耳邊縈繞。

小夜子應該也一樣，一定會不時想起丈夫痛哭的身影。

他再度發現，那起事件中，失去的不光是愛美的生命，而且還失去了很多東西。辛苦多年，好不容易買的房子也在審判期間出售了。因爲小夜子說，住在那棟房子內很痛苦。中原也有同感。事件發生後，人際關係也變得很奇怪，許多人怕中原和小夜子觸景傷情，不敢接近他們。中原已經無法從事創意工作，所以在公司內的工作內容也和以前不一樣了。而且，中原再也看不到妻子發自內心的笑，小夜子也看不到丈夫由衷的笑容。

不久之後，小夜子說，她打算搬回娘家住一陣子。她娘家位在神奈川縣的藤澤，那裡靠海，所以愛美生前經常在夏天去玩。

「好啊。」中原回答，「也許可以轉換一下心情，而且，這段時間也讓妳父母擔心了，妳可以回家好好陪陪他們。」

「嗯……阿道，你接下來有什麼打算？」

「我嗎？嗯，怎麼辦呢？」

他們的對話很奇妙，明明只是妻子回娘家住一段時間，卻討論起未來的規劃。回想起來，也許當時就已經隱約覺得，兩個人之間可能到此為止了。

小夜子回娘家後，他們兩個月沒有見面。雖然會打電話或是傳簡訊，但也漸漸減少了。在完全沒有聯絡的兩個星期後，接到了小夜子傳來的簡訊，簡訊上寫著『要不要見面？』

他們約在中原公司附近的咖啡店見面，他們已經很久沒有一起走進咖啡店了。

小夜子似乎比之前有精神。以前總是低著頭，但那天抬頭看著中原。

「我打算去工作。」小夜子用宣布的語氣說，「雖然還沒有找到工作，但我打算回去上班，先踏出第一步。」

中原點了點頭說：「我贊成。」小夜子會說英文，也有很多證照，年紀還輕，應該可以找到工作。她原本就打算愛美讀小學高年級後重返職場。

「但是，」她皺起了眉頭，「我也覺得一個人會比較好。」

「一個人？」中原一臉意外的表情看著妻子。

「對，一個人。」小夜子收起下巴，似乎已經下定了決心。

「妳的意思是、離婚？」

「嗯……是啊。」

中原想不到該回答什麼，既覺得很意外，又隱約覺得在意料之中。

「對不起，」小夜子向他道歉，「這兩個月來，我們不是有時候用電話或是簡訊聯絡嗎？」

「是，怎麼了？」

「我在這過程中發現，我很害怕打電話或是傳簡訊給你。」

「害怕？爲什麼？」

小夜子痛苦地皺起眉頭，微微偏著頭。

「我也說不清楚，打電話時，想到不知道該說什麼，就覺得心神不寧，傳簡訊的時候又煩惱該怎麼回你……而且會心跳加速。你不要誤會，我並沒有討厭你，至少請你相信這件事。」

中原不發一語，抱著雙臂。他似乎能夠瞭解小夜子說的話，他每次打電話或傳簡訊時，也覺得胸口隱隱作痛。

「也許不辦離婚手續也沒問題……」小夜子小聲地說。

聽到這句話，中原猛然驚醒。原來他忘了重要的事。

她未來的人生還很長。因爲她還年輕，所以有機會再次生兒育女，但和自己之間應該不可能了。他們之間已經好幾年沒有性生活了，因爲完全沒有這方面的意願。雖然有些人失去年幼的孩子後，爲了走出悲傷，會很快再生孩子，但中原並不屬於這種類型，他甚至覺得再也不想有孩子。

然而，他無法強迫小夜子也接受這種想法，他沒有權力剝奪她再次當母親的機會。

「可不可以讓我考慮一下？我會儘快回答妳。」中原說，但也許那個時候，就已經做出回答了。

4

在上一次通電話的三天後，上午十一點左右，中原再度接到了佐山的電話。佐山在電話中說中午去找他。中原回答說：「我會等你。」然後掛上了電話。

來得正好。中原心想。雖然這幾天他一直留意網路和電視新聞，但並沒有看到小夜子命案的後續報導，所以也不知道凶手的名字和動機，他一直耿耿於懷。

他確認了當天的工作日程，發現下午第一場葬禮從一點開始，即使和佐山見面時有其他客戶上門，也會有人接待。

佐山也許打算利用午休時間見面，但『天使船』並沒有午休，員工輪流去吃午餐。

中原在五年前，從舅舅手上接手這家公司。舅舅八十多歲，而且曾經生了一場病，所以正在煩惱如何處理這家公司。他沒有兒女，所以一直以來都很疼愛中原。

當時，中原也正在考慮換工作。因爲他被調去新部門後，遲遲無法適應那裡的工作，但舅舅找他去，說有事想要和他聊一聊時，他完全沒有想到竟然是這件事。

「工作本身並不難，」舅舅這麼對他說，「有很多資深員工，專業的事可以交給他們去處理，但是，並不是每個人都能夠勝任這個工作。說得極端一點，如果對貓狗舉辦葬禮嗤之以鼻的人，就無法做這份工作。即使不說出來，對方也可以感受到。失去疼愛的寵物，而且想要為寵物舉辦葬禮的人，通常都因為寵物的死，覺得心裡缺了一大塊，因此，和他們接觸時，必須充分瞭解這一點，協助飼主接受心愛的寵物已經死去的事實，這份心意非常重要。」

舅舅繼續對中原說：

「這方面你完全沒問題。你向來心地善良，也很善解人意，而且經歷過那件事，應該比任何人更瞭解內心的傷痛。雖然收入方面不要抱有太大的期待，但我認為是很有成就感的工作，怎麼樣？你願意接手嗎？」

中原沒有養過寵物，所以一開始有點不知所措，聽舅舅說了之後，認為值得一試。雖然他沒養過，但很喜歡動物，而且，「協助他人接受心愛的寵物已經離開的事實」這句話打動了他，他相信從事這份工作後，自己也會有所改變。

「我願意試試。」中原說。舅舅滿是皺紋的臉上露出了笑容，頻頻點頭說：「很好，很好。」然後又補充說：

「一定會很順利，君子也可以放心了。」

君子是他的妹妹，也就是中原的母親。中原聽到舅舅這麼說，才想到應該是母親向舅舅建議，由他來接手『天使船』。雖然每年沒見幾次面，也從來沒有和母親聊過要換工作的事，但年邁的母親也許從兒子垂頭喪氣的身影中察覺到了。

得知自己老大不小，還讓母親擔心，中原陷入了自我厭惡。他深刻體會到，自己還沒有眞正長大，只是在周圍人的支持下，勉強站起來而已。

現在的自己呢？中原忍不住想道。現在的自己獨立了嗎？然而又想到，小夜子又如何呢？

他打算等佐山來了之後，稍微打聽一下小夜子之前的情況。

佐山在正午過後來到『天使船』，還帶了鯛魚燒當伴手禮。中原叫他不必這麼客氣。

「來這裡的路上剛好看到好吃的鯛魚燒，就順便買了，請大家一起吃。」

「是嗎？那我就不客氣了。」

中原接過紙袋，發現還是熱的。

和上次一樣，中原用茶包爲他泡了茶。

「偵查工作還順利嗎？」中原問，「上次你在電話中說，凶手去自首了……」

「目前各方正在進行調查，但還有很多疑點。」

「但凶手不是供出案情了嗎？」

「是啊，」佐山說話有點吞吞吐吐，然後從皮包裡拿出一張相片放在桌子上，「是這個男人，你以前見過他嗎？」

相片中的男人看向前方。中原看到相片後有點意外，因爲他原本以爲凶手是年輕人，沒想到相片中是一個年約七十歲的老人。瘦瘦的，花白的頭髮很稀疏，相片中的他板著臉，但看起來並不像惡煞。

「怎麼樣？」佐山再度問道。

中原搖了搖頭回答：

「不認識，應該沒見過。」

佐山把一張便條紙放在他面前，上面寫著『町村作造』。

「他的名字叫町村作造，你有沒有聽過這個名字？」

町村。中原唸了這個名字後偏著頭回想著，還是想不起曾經認識這個人。他如實地告訴了佐山，佐山再度拿起相片。

「請你仔細看清楚，相片上是他目前的樣子，但如果是以前見過他，可能和你的印象會有很大的差別。請你想像一下他年輕時的樣子，是不是像你某個認識的人？」

中原再度仔細打量著相片。人的長相的確會隨著年齡改變，之前見到中學時代的同學時嚇了一大跳，差一點認不出來。

然而，無論他再怎麼仔細看相片，都無法喚起任何記憶。

「不知道，也許以前曾經在哪裡見過，但我想不起來。」

「是嗎？」佐山深感遺憾地皺著眉頭，把相片放回了皮包。

「他到底是什麼人？」中原問。

佐山嘆了一口氣後開了口。

「他六十八歲，無業，獨自住在北千住的公寓。目前還沒有查到他和濱岡小夜子女士之間的關係，他也說不認識濱岡女士，只是爲了錢財，跟蹤在路上看到的女人，然後動手襲擊。」

「搞什麼啊，原來是這樣，」中原不禁感到失望，「既然這樣，我怎麼可能認識這個男人？」

「嗯，是啊，是這樣沒錯啦……」佐山語尾呑吐起來。

「你說是爲了錢財，有被搶走什麼東西嗎？」

「他說搶走了皮包，他去警局自首時，據說只拿了皮包裡的皮夾。他說把皮包丟進附近的河裡，而皮夾裡有濱岡女士的駕照。」

「那不是符合他的供詞嗎？」

「目前只能這麼認爲，但有幾個無法解釋的疑點，所以我才會來找你。」

「哪些疑點？」中原說完，立刻輕輕搖了搖手，「對了，你不能說，不能把偵查上的秘密告訴我。」

「這次沒有關係，因爲已經向部分媒體公布了相關的事。」佐山苦笑後，一臉正色地向他鞠了一躬，「你女兒那次，眞的很對不起。」

「沒關係。」中原小聲地說。

佐山抬起頭說：

「首先地點很奇怪，上次電話中也說了，案發現場在江東區木場，濱岡女士公寓旁，但町村住在北千住。雖然不能說是相距很遙遠，但並不是走路可以到的距離，他爲什麼要在那種地方犯案？」

中原在腦海中回想著兩者的地理位置，覺得的確會產生這個疑問。

「他怎麼說？」

「他說沒有特別的理由，」佐山聳了聳肩膀，「因爲覺得在住家附近犯案很危險，所以搭地鐵去其他地方，隨便找了一個車站下車，尋找獵物——他是這麼說的，說是偶然在木場車站下車。」

「……是這樣嗎？」

中原覺得不太對勁，卻又說不出到底哪裡、怎樣不對勁。

「上次有沒有和你提到凶器？」佐山問。

「只說是尖刀……」

「剖魚用的菜刀，在町村的公寓內發現了用紙袋包起的菜刀。菜刀上沾有血跡，DNA鑑定結果，發現正是濱岡女士的血跡。從握把的部分檢驗出町村的指紋，可以認爲是犯案時使用的凶器。」

中原認爲那應該算是鐵證。

「有什麼問題嗎？」

佐山抱著手臂，目不轉睛地看著他：「爲什麼沒有丟棄？」

「丟棄？」

「丟棄凶器。爲什麼在犯案後帶回家裡？通常不是會在路上丟棄嗎？只要把指紋擦掉就好。」

「的確有道理……會不會想丟，卻沒有找到丟棄的地方，結果就帶回家了？」

「他也這麼說，只說沒有多想，就帶回家了。」

「既然這樣，不是只能相信他嗎？」

「是啊，只是總覺得無法接受。町村供稱，他想到可以去搶錢，就把菜刀放進紙袋後出門，搭了地鐵，在木場下車並沒有特別理由。剛好看到一個女人，於是就跟蹤她，確認四下無人後，從背後叫了一聲。女人轉過頭，他就亮出刀子，威脅女人把錢交出來。女人沒有給他錢，試圖逃走。他慌忙追了上去，從背後刺中了她。女人倒在地上，他搶了皮包後逃走。」佐山似乎在想像當時的情景，說話的速度很慢，「時間大約在晚上九點之前。你聽了他的供詞，有沒有什麼看法？」

中原偏著頭說：「只覺得他的行爲很膚淺愚蠢，但並沒有發現什麼奇怪的地方……」

「是嗎？我們可以反過來推算，町村應該在八點左右帶著菜刀離開家裡，如果他想要搶錢，你不覺得時間太早了嗎？」

「聽你這麼說，的確……」

「町村說，他並沒有在意時間，想到可以搶錢，就立刻出門了。」

中原不知道該怎麼回答，他完全無法想像罪犯的心理。

「最令人匪夷所思的是，他為什麼來自首。町村供稱，他隔天發現自己鑄下了大錯，所以越想越害怕，想到早晚會遭到逮捕，決定來自首。只是這些供詞聽起來很不自然，因為雖然他的計畫很粗糙，但還是預謀犯案，從想到要去搶劫到實際付諸行動有超過三十分鐘的時間。既然他會在隔天反省，照理說，在三十分鐘後，應該會冷靜下來，不是嗎？」

「這我就不知道了。」中原偏著頭說，「犯罪者應該有很多不同的心理吧，也許他並沒有真的反省，只是想到早晚會被逮捕，為了減輕刑期，所以想要自首。」

「問題就在這裡。不瞞你說，町村在這次的犯案中並沒有犯下太大的疏失，在第一波搜查行動中並沒有發現重要的證據，原本以為案情會陷入膠著。問他為什麼他覺得早晚會被抓到，他也說不出所以然，只說日本警察很優秀，一定會查到他是凶手。既然事後會這麼想，一開始就不會做出犯罪行為吧？」

中原「嗯」了一聲。佐山的話很有道理，但人做的事往往不合理。

「他也說不清楚襲擊濱岡小夜子女士的理由，」佐山繼續說道：「只說看起來身上應該有錢，卻說不清楚判斷的根據，只說他有這種感覺。雖然這麼說對死者很失禮，但濱岡女士身上的衣服並不高級，穿著襯衫和長褲，很普通的打扮。如果剛去銀行的自動提款機領錢，或許還情有可原，但並不是這樣。即使她帶了皮包，也無從得知她皮夾裡有多少錢，很難想像會對這樣的人下手。」

中原聽了佐山的解釋，也漸漸覺得不像是只爲了錢財犯案。

「剛才的相片，可以再給我看一次嗎？」

「當然可以，請你仔細看清楚。」

中原再度仔細看著佐山遞給他的相片，但結果還是一樣，他不記得曾經見過這個男人。中原輕輕搖了搖頭，把相片還給佐山。

「他住在北千住，有沒有家人？」

原本以爲他沒有家人，但佐山的回答出乎意料。町村有一個已經出嫁的女兒，目前住在目黑區的柿木坂。

「我們去找他女兒瞭解情況，發現她住的房子很漂亮，她老公是大學醫院的醫生。」

「所以經濟上應該很寬裕。」

「應該是。事實上，她之前也曾經多次接濟町村，雖然町村住在廉價公寓，但也是靠女兒、女婿的幫忙，才能住到現在。」

「他卻犯下這起案子嗎？」

「你是不是覺得很奇怪？但在調查後，發現事情不像表面上這麼單純。」

「怎麼說？」

「簡單地說，就是他和女兒的關係不好，女兒也不是很樂意接濟這個父親，」佐山說到這裡，好像在趕蒼蠅般揮了揮手，「不，這件事就不多說了。」

他似乎覺得透露了太多嫌犯的隱私。

「這張相片有沒有給小夜子的家人和朋友看過？」中原問。

「當然，但沒有人認識他。老實說，原本期待可以從你這裡找到線索，因爲我覺得你最瞭解濱岡女士。她的父母也這麼說。」

「小夜子的父母還住在藤澤嗎？」

佐山點了點頭。

「還住在那裡，這次的事對他們造成了很大的打擊。」

中原想起小夜子父母的臉。在愛美還是嬰兒時，他們爭著想要抱她，小夜子的母親濱岡里江經常說：「你們夫妻可以去出國旅行，我幫你們帶孩子，幾天都沒關係。」

「目前也還無法查到被害人的行動路線。」佐山摸著已經冒出鬍碴的下巴。

「你是指命案發生前，小夜子的行動嗎？」

「對，町村說，是從木場車站開始跟蹤她，但目前完全不瞭解濱岡女士在此之前的行動。雖然問了她的同事和朋友，但沒有發現任何線索。」

「會不會是出門買東西？」

「也許吧，但並沒有發現她買了任何東西，當然，有時候只是去逛逛。」

「你剛才說，皮包被丟進河裡了，有沒有查過她的手機？」

「當然有，」佐山很乾脆地回答，「根據她留在家裡的收據，立刻查到了電信公司，在徵求家屬同意後，調查了兩支手機。」

「兩支手機？」

「智慧型手機和傳統的手機，就是所謂的雙手機族。因爲如果只是打電話，傳統的手機比較方便，尤其現在很多人都不是在某個定點工作。」

「不是定點工作……嗎？小夜子做什麼工作？」

「聽說是出版相關的工作，需要外出採訪。」

「是喔……」

中原想像著小夜子同時操作兩支手機的樣子，再度發現小夜子和自己生活在不同的世界。

「聽相關人士說，濱岡女士隨身帶著小筆記本，好像都放在皮包裡。雖然可能和本案無關，但至今仍然沒有找到，讓人耿耿於懷。」佐山說話時看了看手錶，然後站了起來，「已經這麼晚了，感謝你今天的協助。」

他似乎覺得繼續問下去，也問不出什麼新內容。

「對不起，沒有幫上任何忙。」

「千萬別這麼說，日後如果想到什麼，請隨時和我們聯絡，即使再微不足道的事也無妨。」

「好，但請你不要抱有任何期待。」

把佐山送出大門後，中原回到辦公室。低頭看著桌子，發現那張寫了『町村作造』的便條紙還留在桌上。

這個名字很陌生，應該和自己無關，但未必和小夜子沒有關係。離婚至今五年，她應該有了自己的人生。

他突然想起一件事，拿出了手機，從通訊錄中找到小夜子娘家的電話，猶豫片刻，撥打了那個號碼。

電話很快就接通了，他還在思考該怎麼開口，電話鈴聲斷了，傳來一個老婦人的聲音。「喂，這裡是濱岡家。」一定是濱岡里江。

中原猶豫了一下，報上自己的名字。對方愣了一下，隨即用壓抑的聲音「喔喔喔」了幾聲。

「道正……好久不見，最近還好嗎？」

這個問題很難回答，只能不置可否地回答：「馬馬虎虎。」雖然很想問：「你們最近好嗎？」但勉強把這句話吞了回去。因爲他們的女兒剛遇害不久。

「呃……刑警告訴我關於命案的事。」他小心翼翼地提起這件事。

「喔，是嗎？對喔，刑警應該也會去找你。」里江聲音中透露出她的難過。

「我很驚訝，不知道該說什麼好，也不知道怎麼會發生這種事……」

「對啊，爲什麼我們家老是遇到這種事？剛才我也對我老公這麼說……我們根本沒有做任何壞事，只是好好過自己的日子……」里江開始嗚咽，漸漸泣不成聲。中原心想，早知道不應該打這通電話。

「對不起，」里江向他道歉，「你特地打電話來，我卻在電話中哭。」

「我在想，是不是有我可以幫忙的地方。」

「謝謝，現在腦筋還一片空白，但現在終於覺得該做的事還是要做。」

「該做的事？」

「葬禮，」里江說：「警方終於把遺體送回來了，今天晚上是守靈夜。」

從車站搭計程車到殯儀館只要幾分鐘，殯儀館位在綠樹成蔭的大墓園內。

小夜子的守靈夜安排在小型靈堂舉行。僧侶的誦經聲中，中原跟著其他弔唁者上了香，在小夜子的遺照前合掌。相片中的小夜子露出了笑容。看到小夜子和自己離婚後終於可以露出笑容，中原內心稍稍鬆了一口氣。

小夜子的父母已經察覺到中原的出現，當他上完香，來到他們面前時，里江小聲對他說：「如果你不趕時間，等等我和你稍微聊一下。」里江原本個子就很矮小，現在好像更矮了。

「好。」中原輪流看著曾經是他岳父母的這對老夫妻。小夜子的父親宗一對他點了點頭，身材魁梧的他臉頰也凹了下去。

靈堂隔壁的房間準備了酒菜招待來參加守靈夜的人，中原在角落的座位慢慢喝著啤酒。有幾個人向他打招呼，都是小夜子的親戚。他們都知道中原和小夜子絕對不是因爲感情不好離婚，所以才會走過來和他聊天。

「你目前在做什麼？」比小夜子年長三歲的表姊問道。

中原說明了目前的工作內容，在場的所有人都露出驚訝的表情。

「動物葬儀社？爲什麼想到做這種工作？」另一個親戚的男人問道。

「只能說是因緣巧合吧……」

他簡單說明了從舅舅手上繼承這家公司的情況。

「這個工作很不錯，和這裡一樣，和人類的葬儀社差不多。在寧靜、安心的氣氛中，靜靜地做自己該做的事，而且和人類的葬禮不同，完全沒有利害得失或是怨恨，喪主單純地爲心愛的寵物死去感到悲傷。每次看到這一幕，心情就會很平靜。」

那些親戚聽了中原的話都閉口不語，他們一定想到了愛美的死，以及小夜子冤枉的死。

「改天再聊。」他們紛紛離去，中原目送他們的背影，心想以後應該不會再見面了。

不一會兒，里江走了過來。

「道正，謝謝你特地趕來……」她用手帕按著眼角，一次又一次鞠躬。

「這次的事，眞是太令人難過了。」

里江緩緩搖著頭。

「我至今仍然無法相信，警察打電話到家裡時，我還以爲在說愛美的事。因爲聽到警察在電話中說，有可能是他殺時，我還在想，他到底在說什麼？爲什麼重提十年前的事，但仔細聽了之後，才知道是小夜子被殺了……」

「我能理解，因爲我也一樣。」

里江抬起頭，用佈滿血絲的雙眼看著他。

「是啊，我相信你應該最能夠理解我們的心情。」

「警視廳的刑警佐山今天來找我，說凶手是爲了錢財襲擊小夜子。」

「好像是這樣，眞是太過分了，竟然爲了錢行凶殺人。」

「聽佐山刑警說，如果認爲是爲財殺人，有很多不合理的疑點，所以他懷疑小夜子和凶手之間是否有什麼關係。」

「他也這麼問我，但我完全不認識那個男人，我老公也說不認識，也從來沒有聽小夜子提起過。她不可能和別人結怨，我想應該和凶手沒有任何關係。」里江說話的語氣有點激動，她一定不願想像自己的女兒和殺人凶手有什麼關係。

里江問了中原的近況，他說了目前的工作，她一臉了然於心的表情點了點頭。

「很棒的工作，很適合你。」

「是嗎？」

「對啊，因爲你很善良。在愛美出事之後，你就經常說，越是幼小的生命，越是需要大家好好保護。」

「是嗎？」

「對啊，所以發生那件事時，我眞的覺得上天不長眼。」

中原記得自己在審判時說過這句話，但不記得之前就曾經說過，然而如今已經無法確認，到底是自己忘了，還是里江記錯了。

「聽說小夜子一個人住，她過著怎樣的生活？」

里江聽到中原的問題後愣了一下。

「她沒有告訴你嗎？」

中原搖了搖頭。

「離婚之後，我們幾乎沒有聯絡，她應該也不知道我目前在做什麼工作。」

「是這樣啊。」

里江說，小夜子在娘家住了一陣子後，一位在雜誌社當編輯的同學爲她牽線，開始做自由撰稿人的工作。

中原想起小夜子在婚前曾經做過廣告文案的工作，當初也是因爲共同合作一個案子，才會認識在廣告公司工作的中原。那個企劃是爲了讓沒落的城鎮獲得重生，但最後不了了之。

「一開始只是寫女性時尚和美容相關的文章，之後開始接了不少有關少年犯罪、工作環境等社會問題相關的工作，經常去各種不同的地方採訪，之前聽她說，最近正在調查偷竊癮的事。」

「喔，小夜子她……」

雖然中原發出意外的聲音，但立刻覺得其實並沒有太意外。她和中原結婚之前，就經常在假期獨自出遊，而且通常都去印度、尼泊爾、南美這些連男人也卻步的國家。她經常說，因爲想去探尋陌生的世界，所以當然要去那些地方。回想起來，她的個性原本就很活潑。

「媽媽，她……小夜子在那之後，有沒有稍微走出悲傷？關於愛美的事，她的心情是否稍微平靜了些？」

「不清楚，」里江偏著頭說，「我相信應該沒有，你呢？」

「我……老實說，完全不行。至今仍然經常想起那時候的事，越是想要想一些開心的事，反而會想起更多痛苦的事。」

里江扭著身體，似乎完全能夠理解。

「小夜子之前也曾經這麼說，她說，可能這輩子都無法擺脫這種痛苦，但即使原地踏步或是向後看也無濟於事，所以只能向前走。」

「向前走嗎？」

中原搓了搓臉，小聲地嘀咕：「她眞的很堅強。」相較之下，自己呢？這五年來，一直在爲內心的傷痛嘆息。

「小夜子和我離婚後，沒有交男朋友嗎？」

「不太清楚，因爲她向來不和我聊這方面的事，但至少最近沒有，如果有的話，今天晚上應該會出現。」

言之有理。中原點了點頭。

里江似乎突然想到了什麼，問中原：

「你沒有參加遺族會吧？」

「遺族會？」中原覺得里江問得很突然，一時不知道怎麼回答。

「好像是叫被害者遺族會，爲那些因爲殺人事件失去家人的家屬提供諮商和援助的團體。」

中原曾經聽過這個團體的名字，在一審做出他們難以接受的判決，他們感到心浮氣躁時，曾經有人建議，有這樣的團體，要不要去諮詢一下。之後因爲在二審中判處了死刑，所以也就沒有和那裡聯絡。

「小夜子加入了那個團體。」

聽到里江這麼說，中原忍不住挺直了身體問：「是嗎？」

「她說，雖然愛美的案子中，凶手被判處死刑，但還有很多人因爲不合理的判決深受折磨，她希望能夠助那些人一臂之力。她去當義工，也會參加演講和會議。只是她說不希望別人知道她參加了那個團體，因爲會有所謂的抵抗勢力。」

「原來她去參加了這些活動……」

雖然她內心也承受了很大的傷痛，卻想要助他人一臂之力。不，也許正因爲瞭解內心的傷痛永遠無法癒合，所以才決心和他人共同分擔這種痛苦。小夜子所說的向前走，就是指這件事嗎？中原越來越覺得自己很沒出息。

「這件事有沒有告訴警察？」

「有，」里江用力點頭，「因爲我在想，會不會和這起命案有關，既然她這麼努力，我認爲沒必要隱瞞。」

所以，佐山也知道這件事。不知道那位刑警聽了剛才這些話，會有什麼感想。

「我可以請教一個問題嗎？」中原問，「剛才那張遺照是什麼時候拍的？她的笑容很美。」

「你是問那張相片嗎？」里江痛苦地皺起眉頭，「雖然不太敢大聲說這件事，那是在某起命案的審判中，做出死刑判決時拍的相片。她參加了支持遺族的義工活動……說來眞悲哀，只有在別人被判處死刑時，才能夠笑得出來。」

中原低下了頭，很後悔自己問了這件事。

中原向里江道別，準備離開殯儀館時，一個女人叫住了他。那個女人年約四十歲，一頭短髮，感覺很穩重。

「你是中原先生吧？」

「是啊。」

「我是小夜子的大學同學，叫日山，之前也去參加了你們的婚禮。」

她遞上的名片上印著出版社、部門和日山千鶴子的名字。中原不記得在婚禮上見過她，但似乎從小夜子口中聽過她的名字。

中原慌忙遞上自己的名片。

「該不會是妳幫小夜子介紹工作？」他想起里江剛才告訴他的事。

「對，最近也委託她寫了一篇稿子……沒想到會發生這種事。」日山千鶴子眼眶濕潤，看著中原的名片，睫毛動了一下，「喔，原來你目前在做這個工作。」

無論在任何場合，每個人都會對中原的工作感到好奇。

「我每天都和小生命打交道。」

日山千鶴子聽了，深有感慨地點了點頭。

她身後站了另一個女人，似乎和她一起來的。年紀大約三十五、六歲。個子矮小，五官很端正，臉上只有很淡的妝。「那位是？」中原問。

日山千鶴子回頭看了一眼，回答說：「是小夜子採訪的對象，小夜子也幫了她很多忙，聽到我說要來參加守靈夜，她說也想來上香。」說完，她叫著那個女人：「井口小姐，妳過來一下。」

井口小姐戰戰兢兢地走了過來，站在中原面前，微微欠了欠身。

日山千鶴子告訴她說，中原是小夜子的前夫。

「我是井口。」女人自我介紹著，她似乎沒有名片。她的臉上帶著愁容，可能是爲小夜子的死感到哀悼。

「小夜子爲什麼事採訪妳？」

中原問，她的臉上露出困惑的表情。看到她不知如何回答，中原知道自己問了不該問的事，立刻道歉說：

「對不起，可能牽涉到隱私吧？妳不必回答我沒關係。」

「不久之後，就會刊登報導，」日山千鶴子解圍道，「等那一期雜誌出來後，我會寄一本給你，而且那也是小夜子最後寫的報導。」

中原更覺得一定要看。

「是嗎？那就麻煩妳了。」

「那我們就先告辭了。」日山千鶴子帶著那個姓井口的女人離開了。中原目送著她們的背影，突然想到，如果遇害的不是小夜子，而是自己，不知道有哪些人會來上香。

小夜子的葬禮在守靈夜的隔天順利舉行，但中原並沒有參加。

葬禮的一星期後，接到了佐山的電話。因爲沒有找到新的事證，所以將會根據町村本人的供詞起訴。

中原告訴佐山，聽說小夜子加入了被殺害者遺族會這件事。

「我也聽說了，我們也去那裡調查過了。」佐山顯然對這件事並沒有太大的興趣。

「沒有發現任何線索嗎？」

「沒錯。木場車站旁的監視攝影機拍到了濱岡女士和跟在她身後，看起來像是町村的身影，這樣應該就沒錯了。」

「所以，只是單純爲了錢財殺人嗎？」

「恐怕會以這個方式結案。」

「佐山先生，你接受這樣的結果嗎？」

電話中傳來嘆氣的聲音。

「只能接受，身爲刑警能做的也到此爲止了。」

中原感受到他沒有感情的聲音似乎在說，他並不接受這樣的結果。

接下來就是審判了。中原心想。小夜子的父母將再度走進法院。

這起案子八成不會判處死刑。在路上殺害一名女性，搶走了她的錢——這種程度的「輕罪」不可能判死刑。這個國家的法律就是這麼一回事。

「這次感謝你的協助，」佐山在電話中說，「等告一段落後，我會當面向你道謝。」

雖然中原覺得這句話只是客套，但他還是回答說：「恭候大駕。」

5

慶明大學醫學院附屬醫院的一樓大廳內幾乎沒什麼人影，門診掛號只到五點爲止，現在已經快七點了，只剩下已經看診結束，正在等待結帳的民眾。

仁科由美在大廳內巡視，在櫃檯旁的椅子上，看到了正在看周刊雜誌的史也。他沒有穿白袍，可能不想引起別人的注意。

由美走過去打了招呼：「讓你久等了。」

史也抬起頭，「喔」了一聲，對她點了點頭，闔上正在看的周刊，站了起來。沒有多說什麼，就自顧自走了起來，似乎暗示她跟著走。

「對不起，突然找你。」由美追上他後道歉。

「不，沒關係。」史也看著前方回答。聽到哥哥有點冷漠的語氣，由美心想，哥哥可能猜到自己此行的目的。

他們搭電扶梯來到二樓。史也快步走在走廊上，轉了幾個彎後，由美已經搞不清楚方向了，決定離開的時候也要請哥哥帶路。

史也在一個房間前停下腳步，打開拉門，示意她進去。

室內很寬敞，分不清是儀器還是治療器材的機器圍在中央的大桌子周圍，桌上放著電腦。

史也拉了一張鐵管椅給她，她坐了下來，不經意地看向電腦，發現螢幕上有一張黑白的圖像。由美當然不知道那是什麼。

「是脾臟。」史也指著電腦螢幕說道。

「皮臟？……喔，原來是脾臟。成年之後，就不太需要這個器官吧？」

「沒這回事，脾臟具有造血功能和免疫功能，只是即使切除，也不會對人體造成太大的影響。」

「是喔，所以這個脾臟怎麼了？」

「脾臟肥大，才三歲，就這麼大。」

由美再度看著螢幕。即使聽史也這麼說，她也不知道脾臟的正常大小，所以無法回答任何話。

「妳應該沒聽過NPC的病名吧？」

「NPC？」由美跟著唸了一遍，才搖搖頭說：「我不知道。」

「正確的病名是尼曼匹克症C型，那是劣性遺傳導致的遺傳性疾病。病童之前在心智方面和運動功能就有發育遲緩的現象，因爲發燒和嘔吐，發現脾臟肥大，但一開始查不出原因，但在經過多項檢查後，確認是NPC病，通常應該在細胞內分解的老廢物，也就是膽固醇無法分解，導致不斷累積，妳知道結果會怎麼樣？」

「怎麼樣……膽固醇不斷累積，雖然是小孩子，但也會得成人病之類的？」

史也輕輕搖了搖頭。

「沒那麼簡單，如果只是膽固醇累積，只要用治療的方法減少膽固醇就好，更嚴重的問題是，無法正常產生、也因此欠缺膽固醇分解而生成的物質，結果就會造成神經症狀越來越嚴重，無法活動、無法說話、無法看東西，也無法飲食。通常在幼年時發病，很少有人可以活過二十歲。」

「……有辦法治療嗎？」

「缺乏有效的治療方法，目前日本的確診病例有二十人，我們大學完全沒有這方面的治療經驗。科學眞的很無力，進步太緩慢了，所以根本沒時間浪費在一些無聊的事上。」

史也關掉了螢幕。

聽到最後一句話，由美終於知道哥哥爲什麼對自己說病人的事。他果然知道自己今天造訪的目的，所以才特別叮囑，自己沒時間浪費在無聊的事上。

我也不想做這種事啊。由美也很想這麼說。

昨天晚上，她傳簡訊給史也，說有重要的事想和他談一談，可不可以見面？而且還補充了一句。希望別告訴花惠。

史也立刻回覆說，妳明天晚上七點左右來醫院的大廳。他沒有約在咖啡店之類的地方，也許已經察覺由美要說的事，不方便給別人聽到。

「所以，」史也用冷漠的眼神看著她，「妳找我有什麼事？」
由美坐直身體，面對著哥哥。
「之前我去見了媽媽，因爲她說有重要的事找我。」
「媽媽身體還好嗎？」
「嗯……身體方面好像沒有異狀。」
她特別強調了「身體方面」這幾個字。
「那很好啊。」史也面無表情地說，「所以呢？」
由美重重地吐了一口氣後開了口。
「她要我來說服你和花惠離婚。」
史也冷笑了一聲，不屑地撇著嘴角。
「果然是這件事，妳接了一樁苦差事。」
「既然你這麼覺得，可不可以稍微考慮一下？應該說——」由美注視著哥哥黝黑的臉龐問：「你從來沒考慮過嗎？」
「沒有，」史也冷冷地說：「爲什麼要考慮這種事？」
「因爲，」由美巡視室內後，將視線回到哥哥臉上，「大學或是醫院方面沒有對你說什麼嗎？」
「說什麼？」

「就是命案的事啊。」

史也抱起雙臂，微微聳了聳肩。

「老婆的父親殺了人，居然還可以這麼若無其事之類的嗎？」

「應該不至於有人說這麼過分的話……」

「有人在背後說這些話。」史也一派輕鬆地說。

由美張大了眼睛，「大家果然都知道了。」

「刑警來過大學幾次，也向我周圍的人瞭解了情況。雖然刑警沒有提是哪一起事件，但想要查的話並不難。在木場發生的那起殺人案的凶手姓町村，我老婆婚前也姓町村，對喜歡上網，又整天閒著無聊的人來說，當然是最好的八卦題材。可能不到一天的時間，就傳遍整個醫學院了吧。」

「原來有這種事，那你沒關係嗎？」

「有什麼關係？反正又不會開除我，我還是像以前一樣，在小兒科當醫生。」

「但大家不是都在背後議論紛紛嗎？媽媽擔心你以後在大學或是醫院的處境會很爲難。」

「不必她操心，妳轉告她，叫她這外行人閉嘴。」

「那家裡呢？鄰居怎麼樣？會不會用奇怪的眼神看你們？」

「這我就不知道了，我很少遇見鄰居，所以不清楚，花惠也沒有對我說什麼。但刑警應該也去向鄰居打聽了，所以不可能不知道。」史也一副事不關己的態度。

由美用力深呼吸後說：

「哥哥，我再問你一件事，你有沒有爲我們設想？有沒有爲我和媽媽考慮過？」

史也皺起了眉頭，用指尖抓了抓眉間，「有造成妳們的困擾嗎？」

「並沒有造成我的困擾，雖然刑警來找過我，但好像並沒有找我的朋友。但媽媽就不一樣了，親戚都責備、攻擊她，說要趕快讓你們離婚，他們還擔心，繼續這樣下去，會對我的將來造成負面影響。但仔細想一想的確有道理，哥哥的岳父是殺人凶手——這個消息足以讓對方打消向我求婚的念頭。」

史也嘆了一口氣，把一隻手放在桌上，用食指敲著桌面好幾次，似乎表達了他內心的焦慮。「那要不要斷絕關係？」

「啊？什麼意思？誰和誰斷絕關係？」

「我無意和花惠離婚，如果這樣會造成妳們的困擾，那只有和妳們斷絕關係了。」

「哥哥，你是認眞的嗎？」

「我當然是認眞的。無論別人說什麼，妳只要說，我早就和那種哥哥斷絕關係了，不就解決了嗎？」史也看了一眼手錶，「不好意思，我不想讓這件事佔用我太多時間。」

「我再問你一件事，聽說律師費是你出的，眞的嗎？」

「對啊。」

「爲什麼？」

「我無法理解妳問這個問題的理由。我岳父成爲被告，當然要僱用律師啊。」史也瞪著由美，似乎在威脅她，不允許她反駁。

由美垂頭喪氣地站了起來，「打擾了。」

和剛才進來時一樣，史也爲她打開拉門，來到走廊上後，史也開了口，「也讓我問一個問題——爲什麼沒問小翔的事？」

由美愣了一下，驚訝地問：「小翔的什麼事？」

「那些親戚不是很擔心妳的將來嗎？那小翔呢？他們不擔心嗎？妳呢？妳有沒有擔心？」

「這……」由美舔著嘴唇，思考著該怎麼說，「當然擔心啊，但我覺得這是你要考慮的事。因爲小翔是你兒子啊。」

「當然啊。」

「那你就好好爲他考慮。」由美說完，邁開了步伐。

史也送她到電扶梯前，臨別時，由美向他道歉：「對不起，打擾你的工作。」

「我才要對不起，增加了妳的困擾。」

聽到史也這句話，由美驚覺，這是他今天第一次向自己敞開胸懷。

「工作不要太累，把身體搞壞了。俗話說，醫生最不懂養生。」

「好，我會注意。」

史也點了點頭，嘴角露出笑容。由美看到他的笑容後，搭上電扶梯時想，哥哥應該也很痛苦。

由美在靜岡縣富士宮市出生、長大，父親在當地經營一家食品公司，家中的經濟狀況不錯。家庭成員有父母、祖母、比她大五歲的史也，還有淺棕色的柴犬，史也考上了東京慶明大學醫學院，所以最先離家。這是仁科家天大的喜事，收到大學的錄取通知後，父親邀下屬到家裡，在庭院裡舉辦了烤肉派對。父親不停地吹噓，史也怒氣沖沖地躲進自己的房間，沒有再走出房間一步。

接著，祖母離開了那個家。有一天，她倒在庭院，然後在醫院離開了人世，死於心臟衰竭。祖母去世後，她疼愛的柴犬也開始病懨懨的，不吃飼料，動作也開始遲鈍。請獸醫診察後，獸醫只說牠老了。不久之後，牠就跟著祖母離開了人世。

由美和哥哥一樣，在十八歲那一年的春天考上了東京的大學後離家，只不過她考取的學校完全無法和慶明大學醫學院相提並論，父親識破了她，對她說：「妳去東京只是因爲想在大城市好好玩一場吧。」

父親在兩年前因爲蜘蛛膜下腔出血突然撒手歸去。那時候他剛把公司交給後進，想要好好享受餘生。

曾經熱鬧的家如今只剩下母親妙子一個人，六十出頭的妙子身體健康，還依然健談。

父親在世時，只要一有空，她就會打電話給由美，東家長，西家短地抱怨數落一番，又追根究柢打聽由美的交友關係，父親死後，這種情況更嚴重了。

最讓由美感到憂鬱的，就是妙子整天說史也的妻子，也就是花惠的壞話。說她腦筋不好，家教不好，不會做家事，長得一點也不漂亮，可說是很不起眼——妙子批評時毫不留情。最後總會加上這句話：

「眞搞不懂，史也怎麼會在那種笨女人身上暈船？」

在這個問題上，妙子不允許別人反駁，否則等於在火上澆油。有一次，由美忍不住說：「有什麼關係嘛，只要哥哥喜歡就好。」沒想到妙子反唇相譏：「我是因爲不忍心眼看著他越來越不幸，妳眞是無情。」然後喋喋不休地數落了她很久。那次之後，無論母親說什麼，她都左耳進，右耳出，只說：「是啊，是啊。」

史也和花惠五年前結婚。既沒有舉辦婚禮，也沒有舉辦婚宴，只是某一天突然去登記結婚。由美接到妙子的電話，才知道這件事。妙子在電話中怒氣沖沖地問：「他說他們登記了，妳知道這件事嗎？」

不久之後，史也就帶著花惠回家，一看到媳婦，父母立刻察覺是怎麼一回事。因爲花惠懷孕已經八個月了。

他們原本只是玩玩而已，沒想到對方懷孕了，很有責任感的史也決定娶她——父母只能這麼解釋。聽說這件事後，由美也這麼以爲。

妙子認定花惠是迷惑兒子的壞女人，第一印象就很差。

由美並不是無法理解母親的心情。雖然平時很少來往，但參加喪事時會見到花惠，每次都忍不住納悶，哥哥為什麼會娶這個女人，只是這種感覺不像妙子那麼強烈而已。花惠不太機靈，也很粗心大意，無論做什麼事都丟三落四。每次看著她的舉手投足，都忍不住心浮氣躁。

但是，她的個性很不錯。溫柔婉約，待人也很親切，最重要的是，可以感受到她很愛史也。凡事都以史也為優先，幾乎放棄了自我。也許史也認為自己是研究人員，需要這種類型的妻子。

由美很清楚，妙子對花惠的不滿不光在於她本身。妙子經常說花惠「沒家教」，也是因為她父親的關係。

由美對花惠幾乎一無所知，因為史也絕口不提花惠的事，只知道她似乎沒有家人，所以一直隱約覺得花惠是舉目無親的孤兒。

沒想到並不是這麼一回事。她的父親還住在老家富山縣。在由美的父親去世半年後，妙子在電話中告訴了由美這件事。

「我太驚訝了，他突然打電話給我，說要把花惠的父親接去他家同住。我一開始完全聽不懂他在說什麼。」

聽妙子說，町公所為了節省低收入戶補助的開支，調查了低收入者的家屬，發現其中一名低收入者的女兒在東京嫁給一位醫生。那個女兒當然就是花惠。

「什麼意思？哥哥要照顧他嗎？又不是親生父親，根本沒有照顧他的義務啊。」

「我也這麼說，但他說，已經決定了。他很頑固，根本不聽我的話。」母親在電話中嘆著氣。

不久之後，史也把花惠的父親介紹給妙子認識。用妙子的話來說，那個叫町村作造的人是「像魚乾一樣的老頭子」。

「那個人不苟言笑，根本不知道他在想什麼，問他話也回答不清楚，總之，他的一舉手，一投足都很沒品。我終於知道了，正因爲有這樣的父親，才會這麼沒家教。」最後一句話是在數落花惠。妙子還心灰意冷地補充說：「有那個老頭子在，我以後更不能去史也家了。」

妙子的不滿稍微消除了一些，因爲最後史也並沒有和他的岳父同住。雖然請他來到東京，但另外爲他租了公寓，並沒有生活在一起。由美不知道詳細情況，聽說是花惠不願意同住。

「花惠好像一直很討厭她父親。」妙子在電話中說這句話時有點得意。

由美沒有見過町村作造，也不知道史也資助他多少。雖然是哥哥，但終究是別人家的事。由美有由美自己的生活。她從大學畢業後，在一家大型汽車公司上班，在東京總公司負責專利業務，忙得根本沒時間交男朋友，所以她覺得只要哥哥滿意，旁人無可置喙。

但是，一個月前發生的事對她造成了很大的衝擊。她不願意相信。雖然一如往常地是妙子告訴她這件事，但妙子在電話中哭了起來。

妙子在電話中說，町村作造殺了人。

「好像是眞的，剛才史也打電話給我，說他岳父去警局自首了。雖然不知道接下來會怎麼樣，但先打電話告訴我一聲。」

「怎麼回事？他殺了誰？」

「這也不知道啊，史也說，他也不太清楚。到底該怎麼辦？竟然有親戚是殺人凶手……早知道就應該不理那種老頭子啊。」妙子在電話那一頭哭喊著。

不久之後，由美從網路的報導中得知了關於事件的詳細情況。地點位在江東區木場的路上，住在附近的四十歲女人遭到殺害，皮包被人搶走，內有被害人的皮夾。凶手用刀威脅被害女子，想要搶奪財物，但因爲女子想要逃走，所以就從背後刺殺——報導中說，町村作造如此供稱。

簡直就是不經大腦思考的犯罪行爲。如果和自己無關，她一定會帶著冷笑看這篇報導，很可惜，這次的事件並非和自己無關。由於對從未見過面的町村作造產生了強烈的憎恨，覺得妙子說的完全正確，早知道就應該不管他的死活。

案發後一個星期左右，一個男人來公司找她。那個男人對櫃檯說，他姓佐山，是仁科史也的朋友。由美接到櫃檯的電話後，就產生了某種預感。

她的預感完全正確，在會客室見了面的那個人是警視廳搜查一課的刑警，體格很壯碩，即使在笑的時候，眼神仍然很銳利。

佐山問的第一個問題，就是她對這起事件有什麼看法。

「我覺得很愚蠢，覺得他喪心病狂。」由美斬釘截鐵地說。

「有沒有覺得難以置信，或是覺得他——町村作造不太會做這種事？」

由美搖了搖頭。「因爲我從來沒見過他。」

「是嗎？」佐山露出不悅的表情。

「妳最後一次和妳哥哥，還有他的家人說話是什麼時候？」

「我父親去世滿兩周年的忌辰……應該是五個月前。」

「當時妳哥哥和嫂嫂有沒有什麼和以前不一樣的地方？」

「不一樣的地方？」由美忍不住皺起了眉頭。

「任何事都無妨，比方說，他們好像在吵架，或是好像在煩惱之類的。」

「不知道。」由美偏著頭，覺得刑警都問一些奇怪的問題。

「因爲很少說話，所以不太清楚。」

「那麼，」佐山拿出一張相片，「最後請問一下，妳認不認識這個人？」

相片上是一個看起來很好強的短髮女人，年紀大約不到四十歲，長得很漂亮。因爲她沒見過，所以就實話實說了。

「妳有沒有聽過濱岡小夜子這個名字？」

「濱岡小夜子……」說出這個名字後，由美立刻猜到了，「該不會是那名被害女子？」

佐山沒有回答，又繼續問她：「在案發之前，妳曾經聽過這個名字嗎？」

「沒有。爲什麼這麼問？不是剛好在路上遇到她，所以就行凶嗎？難道不是嗎？」

佐山也沒有回答這個問題，說了聲：「謝謝妳的協助。」把相片放進了皮包。

由美事後才知道，那天有其他刑警去了妙子家，也問了相同的問題。

「刑警是不是認爲他們之間有什麼關係？」由美隨口說道。

「有什麼關係？」

「就是老頭子和被害人之間啊，否則應該不會問那些問題吧？」

「爲什麼？老頭子不是爲了錢財行凶嗎？根本沒有挑選對象吧？」

「是啊……」

母女討論了半天，也無法得出任何結論。

之後，由美完全不知道辦案是否有進展，佐山也沒有再來找她。

正如她對史也所說的，不久之前，妙子打電話找她，說有話想要當面和她說，叫她回富士宮一趟。

聽到妙子說，要她去說服史也和花惠離婚時，她幾乎說不出話。忍不住對妙子說，那妳爲什麼不自己說？

「妳覺得他會聽我的勸說嗎？」妙子拿著茶杯，皺著眉頭說。

應該不可能。由美心想，但她也不認爲自己有辦法說服哥哥。

「也許吧，但不管怎麼樣，妳試著勸勸他。史也只有對妳特別好，拜託了。」

看到母親合掌拜託，由美無法拒絕，只能很不甘願地答應試試。

「其實在發生這件事之前，我就覺得應該想辦法處理這件事。」妙子突然壓低嗓門說。

「想辦法處理？」

「就是花惠的事啊，我一直覺得應該勸他離婚。」

「爲什麼？因爲她不聰明，而且家教不好嗎？」

妙子皺著眉頭，輕輕搖了搖手。

「不是啦，我是覺得小翔有問題。」

「喔。」由美點了點頭，她知道母親想要說什麼。

「妳不覺得有問題嗎？上次妳爸去世滿兩周年的忌辰時，妳也看到了吧？妳覺得怎麼樣？」

「是啊……」由美的語氣很沉重，「的確不像哥哥。」

「對吧？親戚也都這麼說，一點都不像。」

「但哥哥堅稱是他的兒子，既然這樣，外人就沒資格說三道四。」

「史也被騙了，我猜想花惠除了史也以外，另外還有一個男朋友，就是腳踏兩條船，但以結婚對象來說，史也的條件更好，所以她才嫁給史也，沒想到孩子出生之後，發現是另一個男人的。一定就是這樣，花惠可能在生孩子之前就知道了，因爲女人心裡最清楚了。眞是的，史也頑固得要死，心卻很軟。」

雖然沒有證據，但妙子語氣很堅定，由美也猜想八成是這麼一回事。不光是史也，仁科家所有人的長相都屬於典型的日本人，輪廓不深，眼鼻也都很小，但小翔的五官輪廓很深，眼睛也很大，而且眼睛也和史也不一樣，是雙眼皮。無論怎麼看，都完全找不到任何像史也的地方。

妙子建議去做DNA鑑定。

「只要去鑑定一下，就一翻兩瞪眼了。如果知道不是自己的親生兒子，史也就會改變想法吧。」

「要怎麼做？妳覺得哥哥會答應嗎？」

「要瞞著他做啊，等結果出爐後再告訴他。」

「不行不行。」由美搖著手，「如果這麼做，哥哥一定會大發雷霆，況且，親子鑑定好像要當事人同意，即使可以瞞著當事人，打官司時，應該也不能當作證據。」

「是嗎？那無論如何都要說服史也。」

「我有言在先，這件事別找我喔。光是叫我勸他離婚，我就已經夠頭痛了，才不敢說什麼叫小翔去做親子鑑定這種事。」

妙子聽了由美的話，用力按著自己的太陽穴，好像煩惱得頭都痛了。

「眞傷腦筋，妳是我唯一可以拜託的人。啊啊，史也又要照顧殺人凶手的岳父，又要養別人的孩子，眞不知道他會怎麼樣。」

由美走出慶明大學醫學院附屬醫院，走去車站的路上，想起了母親的嘆息。妙子認定史也是受騙上當，但果眞如此嗎？

她回想起剛才和哥哥之間的對話。

他顯然知道周圍人都在懷疑他和小翔之間的父子關係，卻刻意避免別人觸及這個問題。

由美猜想，也許哥哥知道眞相。

6

晚上十點多，小翔終於睡著了。花惠悄悄下了床，爲兒子重新蓋好毯子。小翔舉起雙手，好像在高呼「萬歲」。看著兒子的臉龐，花惠覺得他果然像那個男人。雙眼皮、鼻子高挺，而且頭髮有點自然捲，完全沒有任何地方像花惠或史也。

如果像我就好了。花惠心想。如果像母親的話，即使完全不像父親，別人也不至於太在意，但因爲完全不像母親，別人才會覺得奇怪。

她躡手躡腳地走下樓梯，發現燈光從客廳的門縫透了出來。打開一看，發現史也坐在桌前。他手拿鋼筆，面前放著信紙。

「你在寫信嗎？」

「對，」他放下了筆，「我想寫信給濱岡女士的父母。」

花惠倒吸了一口氣。她完全沒想到這件事。

「……要寫什麼？」

「當然是道歉啊。雖然對方收到這種信，也會覺得心裡很不舒服，但我們不能什麼都不做。」史也把信紙撕了下來，遞到花惠面前，「妳要不要看一下？」

「我可以看嗎？」

「當然啊，是以我們兩個人的名字寫的。」

花惠在籐椅上坐了下來，接過信紙。信紙上用藍色墨水寫了以下的內容。

我們深知你們收到這封信會很困擾，但還是有一些事，無論如何都想要告訴你們，所以提起了筆。即使你們立刻撕了這封信，我們也沒有任何話可說，但還是祈求你們能夠看一下。

濱岡先生、濱岡太太，發生這樣的事，眞的很抱歉。我相信你們做夢都沒有想到，悉心呵護長大的女兒，竟然會以這種方式被人奪走性命。我們也有兒子，可以輕易想像你們內心的不甘，根本不是用「心痛」兩個字能夠形容的。

我的岳父所做的事，是人類最可恥的行爲，絕對不可原諒。雖然不知道法院會做出怎樣的判決，但即使法官認爲必須一命抵一命，我們也無話可說。

雖然我們目前還不瞭解有關案情的詳細情況，但根據律師轉述的內容，岳父似乎是爲了錢財才會犯下這起案子。我們深深地嘆息，他做了如此愚蠢的行爲。

然而，如果是因爲這樣的動機犯案，我們也必須承擔一部分責任。我們隱約知道，高齡又沒有工作的他最近手頭拮据，聽內人說，案發幾天前，曾經接到岳父的電話，岳父在電話中要錢，但內人和岳父的關係向來不好，再加上她不想增加我的困擾，所以拒絕給他錢，而且還在電話中對他說，以後不再提供金錢的援助。

雖然不知道岳父的生活到底有多窮困，但如果因爲内人拒絕援助，導致他一時鬼迷心竅，犯下這起案子，有一部分原因也在於我們。當我發現這一點時，渾身顫抖不已。我的岳父當然必須受到法律的制裁，我們也必須向你們家屬表達誠摯的歉意。

濱岡先生、濱岡太太，可不可以讓我有機會當面向兩位道歉？即使把我當成是正在牢裡的岳父，要打要踢都沒有關係。雖然深知這樣也無法消除你們的憤怒和憎恨，但我希望可以讓你們瞭解我的誠意，希望能夠給我這個機會。

當你們深陷悲傷時，看到這篇拙文，或許會更加心煩，再次感到抱歉。

最後，衷心祈願令千金安息。

正如史也所說，最後寫了他和花惠兩個人的名字。

花惠抬起頭，和史也視線交會。

「怎麼樣？」

「嗯，很好啊。」她把信紙交還給史也。自己才疏學淺，當然不可能對史也寫的文章有什麼意見，「你要去和家屬見面嗎？」

「如果他們願意見我的話，但恐怕不太可能吧。」史也把信紙整齊地折好，裝進放在一旁的信封內，信封上寫著『遺族敬啓』。「我打算明天交給小田律師。」

小田是作造的律師。

「不知道妳爸爸會不會寫道歉信，之前小田律師說，打算叫他寫。」

花惠偏著頭說：「他很懶散……」

「表達道歉的意思很重要，和審判有密切的關係。如何減輕量刑，是我們目前最需要考慮的事。所以，我明天會向律師確認一下。」史也打開放在一旁的皮包，把那封信放了進去。「對了，幼稚園的事怎麼樣了？」

「喔，」花惠垂下眼睛，「還是堅持最好可以轉學……」

「幼稚園方面這麼說嗎？」

「對，今天園長對我這麼說。」

史也皺起眉頭，抓了抓眉毛。

「即使轉學也一樣啊，如果那裡也有閒言閒語怎麼辦？又要轉學嗎？」

「轉去遠一點的幼稚園應該就沒問題了，我猜想這次是藤井太太說出去的。」

史也嘆了一口氣，巡視著室內，「所以最好搬離這裡嗎？」

「如果……可以的話。」

「那就必須先賣掉這裡。因爲左鄰右舍都已經知道這件事了，所以恐怕也不好賣。」

「對不起……」花惠鞠了一躬。

「妳沒有做錯任何事。」史也不悅地說完，站了起來，「我去洗澡。」

「好。」花惠回答後，目送丈夫的背影離去。

花惠開始整理桌子，桌上有好幾張揉成一團的信紙。丈夫應該構思了很多次。只要默默追隨史也，或許這次也能度過難關，所以，自己絕對不能懦弱。花惠心想。

上個星期，小翔對她說，幼稚園的小朋友都不和他玩。花惠一開始沒有聽懂他的意思，但在多次對話後，終於知道是怎麼一回事。

小翔，你的外公是壞蛋，所以，我不能跟你玩——幼稚園的小朋友這麼對他說。小翔聽不懂這句話的意思，問花惠：「外公是壞蛋嗎？」

花惠去幼稚園確認，個子矮小的園長先生用謹慎的語氣說：「我們已經知道了這件事。」然後又告訴花惠，仁科翔的外公殺了人的傳聞很快就傳開了，有家長打電話到幼稚園問這件事，要求園方處理，園方也不知該如何是好。

顯然是住在附近的藤井太太四處散播這件事。藤井家的孩子和小翔讀同一所幼稚園，作造遭到逮捕後，有好幾名偵查員在附近打聽，應該也去了藤井家。

雖然得知作造犯下這起案子時，花惠就做好了心理準備，但世人對殺人凶手家屬的態度很冷漠。花惠能夠理解，只要想到和手段凶殘的凶手有血緣關係，就會感到厭惡。如果換一個立場，自己也會有同樣的想法。而且恐怕也會追究家屬的責任，覺得家裡有這樣危險的人物，竟然沒有好好看管他。

只要默默忍受就好。花惠心想。既然父親犯了罪，自己只能接受這個事實。正如史也所說，目前的首要問題是如何減輕量刑，也就是淡化犯罪行爲的殘虐性。也許到時候別人看自己的眼神也會有所改變。

內人和岳父的關係向來不好——她突然想到信上的這句話。

這是事實。

花惠的母親克枝獨自經營一家規模不大的居酒屋。她的父母早逝，她很希望自己可以開一家店，所以就去酒店上班，拚命存錢。三十歲時，她終於開了那家居酒屋。

町村作造是經常去居酒屋的客人之一。當時，他是一家經營皮包和首飾公司的業務員。他對克枝說，總公司在東京，但工廠在富山，所以每週都會來富山幾次。

兩個人很快就密切來往，進而有了男女關係。作造經常在克枝租的房子留宿，又自然而然地結了婚。他們沒有辦婚禮，也沒有宴客，甚至沒有搬家，只是作造搬進來和克枝同住而已。克枝經常嘆息，「我看男人太沒眼光了，只是因爲憧憬結了婚，沒想到一步錯，步步錯。」

結婚半年後，作造的公司被人檢舉違反商標法。富山的工廠生產的都是國外知名品牌的仿冒品，在東京和大阪的飯店以特賣會的方式銷售。

公司當然倒閉了，但作造向克枝隱瞞了好幾個月，遲遲沒有告訴她這件事。對於不再去東京這件事，他解釋說，因爲目前調到負責工廠生產的職務。當克枝得知事實，肚子裡的孩子已經七個月了。

克枝在居酒屋一直工作到分娩，當生下孩子，可以下床活動後，又立刻揹著女兒開店做生意。

花惠曾經問她，爲什麼不叫作造帶孩子？母親皺著眉頭回答：

「一旦這麼做，他就有理由不出去工作了。」

克枝說，作造這個人只想偷懶。

雖然他曾經外出工作，只是並沒有持續太久。在花惠的記憶中，從來不記得父親曾經認眞工作，甚至完全無法把他和工作聯想在一起。他不是躺著看電視，就是去打小鋼珠，或是在喝酒。花惠放學後去克枝的店時，有時候會在還沒有開始營業的店內，看到作造坐在吧檯前一邊喝啤酒，一邊看職棒比賽。光是這樣也就罷了，只要克枝稍不留神，他就會溜進吧檯，從手提式小金庫裡偷一萬圓紙鈔。當花惠用力瞪他時，他總是露出無聊的笑容，把食指放在嘴唇上，示意花惠不要說。

他不去工作賺錢，還整天玩女人。不知道他去哪裡認識了那些女人，整天和一些莫名其妙的女人偷腥。克枝之所以沒有提出離婚，是爲了女兒著想。因爲擔心別人會戴著有色眼鏡看待在單親家庭長大的女兒。

花惠高中二年級的冬天，克枝病倒了。她得了肺癌，醫生說，很難以手術治療。

花惠每天都去醫院探視，母親一天比一天瘦弱。有一天，克枝確認四下無人，叫花惠回家後去冰箱找醃醬菜的容器。

「裡面有存摺和印章，那是我爲妳存的錢。一定要藏好，絕對不能被妳爸爸發現。」

母親顯然在安排身後事，花惠哭著求她，不要去想這些事，要趕快好起來。

「嗯，媽媽也會努力。」克枝無力地笑了笑說。

花惠回家之後，打開了冰箱，發現醬菜容器的底部藏了一個塑膠袋，裡面放了存摺和印章。存摺裡有一百多萬。

那時候，作造和別的女人住在一起，很少回家。花惠不知道是怎樣的女人，也不知道她的電話。

有一天，作造爲無足輕重的事打電話回家。

花惠在電話中說：「媽媽得了肺癌，快死了。」

作造沉默片刻後問：「住在哪家醫院？」

「不告訴你。」

「妳說什麼？」

「人渣。」說完，她掛了電話。

那天之後，不知道作造怎麼找到了醫院，他去醫院探視了克枝幾次。花惠從克枝口中得知了這件事，但並沒有多問，因爲她根本不想知道。

克枝很快就離開了人世，當時還不到五十歲，但正因爲年輕，所以癌症才會惡化得很快。

在左鄰右舍和居酒屋老主顧的協助下舉辦了葬禮，花惠再次瞭解到，克枝深受大家的喜愛。作造不知道從哪裡得知了消息，也在葬禮上現了身。看到他一副自以為是喪主的樣子，花惠難掩內心的憎惡，直到最後都沒有和他說一句話。

那天之後，作造每天晚上都回家，但三餐都在外面解決。花惠每天晚上做一些簡單的菜，獨自吃晚餐。

天一亮，作造就不見人影。每隔幾個星期，矮桌上就會有一個信封。打開一看，裡面裝了錢，似乎是給花惠的生活費。

花惠完全沒有任何感激，她知道那些錢是從哪裡來的。作造讓某個女人繼續經營克枝留下來的那家居酒屋，花惠也知道他和那個女人之間的關係。那是心愛的媽媽留下來的店——花惠無法原諒他。

高中畢業後，花惠就搬離了家裡。她去神奈川縣一家電器零件廠上班，雖然知道會在工廠的生產線工作，她對這份工作也沒有興趣，但關鍵是那家工廠提供女子宿舍，她一心想要離開父親。她沒有告訴作造自己工作的地點和宿舍的地點，在畢業典禮的兩天後，寄完行李，自己又帶了兩大袋行李走出了家門。作造那天也不在家。

她回頭看了一眼居住多年的房子。這棟不大的獨棟房子是克枝懇求房東用便宜的房租出租給他們的，到處都是不忍卒睹的破損。雖然發生了很多不愉快，但也有不少回憶，也似乎可以聽到克枝的聲音。

如果沒有那個男人，不知道有多好。她詛咒著作造。

花惠轉身走向車站。這輩子再也不要回到這裡，再也不想見到那個男人。她暗自發誓。

接下來的十幾年，她的確沒有和作造見面，她對史也說，父親可能還活著，但不知道他的下落。

誰知道發生了意想不到的事。富山縣的町公所為町村作造的扶養問題打電話來家裡，剛好是史也接的電話。他得知作造是花惠的父親，甚至沒有和花惠商量，立刻答應要接來同住。花惠得知這件事後，難得責備了丈夫。

「不要理他就好了，他根本沒資格當父親。」

「這怎麼行呢？町公所也很為難。」史也堅持說要去和作造見一面。

於是，他們去富山縣的舊公寓見了父親。作造已經滿頭白髮，骨瘦如柴，看著花惠的眼中滿是卑微。

「對不起。」這是他開口說的第一句話，然後又看了看史也說：「太好了，妳好像過得還不錯。」

花惠幾乎沒有開口。她有一種預感，覺得壓抑在內心深處的憎恨將再度燃燒起熊熊大火。

回到東京後，史也提議要把作造接來同住，但花惠強烈反對。她說，寧死都不願意和他住在同一個屋簷下。

「他是妳唯一的父親，爲什麼說這種話？」

「你什麼都不知道，你不知道我因爲他吃了多少苦。總之，我絕對不願意，如果你非要接他來同住，那我和小翔搬出去。」

經過一番爭執，史也終於讓了步。雖然不會住在一起，但會把他接來東京，提供經濟上的援助。

花惠很不甘願地同意了。他們決定了援助的金額，也對作造居住的地點有所限制。花惠絕對不願意讓他住在自己家附近，所以在北千住找到了一間公寓。雖然屋齡有四十年，已經很破舊了，但花惠仍然覺得讓作造住太浪費了。

如果當時不接受史也的意見，斷絕和作造之間的關係，不知道現在是怎樣的情形。

花惠搖了搖頭。想這些事也沒用，因爲時間無法重來——

7

撿骨台上鋪著絲綢的布，上面放了一塊原木木板，上面是踏上新旅程的寶貝。

寶貝是山本家飼養的迷你臘腸狗，是一隻十三歲的母狗。飼主說，牠原本就有心臟方面的疾病，所以算是很長壽。

看到寶貝的骨灰，山本家的四個人發出感嘆的聲音。

「好漂亮，」讀高中的女兒忍不住說道，「好像標本一樣。」

『天使船』很注重撿骨儀式。雖然很多飼主會把裝了遺骨的骨灰罈帶回家，但通常帶回家後，就再也不會打開骨灰罈的蓋子。因此，在這裡撿骨是飼主最後一次和寵物接觸的機會。爲了讓這個儀式可以成爲飼主的回憶，工作人員盡可能把遺骨排得很漂亮。把脊椎骨、四肢骨和關節等按照原來的位置排好，頭蓋骨也放在適當的位置，努力重現寵物生前的樣子。如果火葬時焚燒過度，遺骨就會碎裂，無法排出生前的形狀，而且因病而亡的動物骨骼通常比較脆弱，在火葬時的溫度控制需要高超的技術。

神田亮子在解說的同時示範撿骨，家屬也都拿起筷子，撿起愛犬的遺骨。中原在一旁看著他們。

一隻迷你臘腸狗在他們腳下心神不寧地跑來跑去。那是死去那隻狗生下的公狗，今年八歲。今後，牠將集山本家的寵愛於一身。那隻狗咳了幾下，又大聲吐著氣。

在骨灰罈上刻完名字和日期後，儀式就結束了。山本家的人都面帶笑容。

「謝謝你們，讓我們心情愉快地送牠最後一程。」臨走時，山本先生說道，一旁滿面笑容的山本太太似乎也很滿意。

「能夠爲你們效勞是我們的榮幸。」中原說。

每次這種時候，他都很慶幸自己從事這份工作。看到別人將悲傷昇華，覺得自己的心靈也慢慢得到了淨化。

看起來像是小學生的兒子抱著那隻狗，那隻狗又咳嗽起來。中原問了這件事，山本太太說：「對啊，最近經常這樣，不知道是不是塵蟎，但我經常打掃啊。」

「也許是氣管塌陷。」

聽到中原這麼說，山本一家人都露出納悶的表情。

「隨著年紀的增長，氣管會變窄，小型犬尤其容易發生這種情況。牠們不是經常抬著頭看飼主嗎？這個姿勢不太好。」

「氣管變窄的話，會有什麼影響？」山本太太問。

「可能會引起各種疾病，最好帶牠去醫院看一下。現在症狀還不嚴重，只要及時治療，應該不會有太大的問題。」

「那就馬上帶牠去看，牠一定要活久一點。對不對？」

聽到山本太太這麼問，山本先生點了點頭，語帶佩服地說：「你太厲害了，也很瞭解動物的疾病。」

「不，只是經常接觸的關係。請多保重。」

「謝謝。」山本先生說完，一家人轉身離去。目送他們遠去後，中原對神田亮子露出苦笑：「難得被人稱讚。」

「這代表你對這份工作已經得心應手了，啊，對了，有寄給你的郵件。」

神田亮子站在櫃檯內，遞給他一個大信封。中原接了過來，不知道是什麼，但看到信封上印的出版社名字，立刻知道了。翻到背面一看，果然寫了日山千鶴子的名字。那是在小夜子的守靈夜遇見的那位編輯，可能是刊登了小夜子那篇報導的雜誌出刊了。守靈夜時，她答應要寄一本給中原，只是中原並沒有當眞，所以有點意外。

他回到自己的座位，撕開信封，把雜誌拿了出來。這似乎是一本針對三十多歲女性讀者的雜誌，封面上的女演員也代表了那個世代。

其中一頁貼了一張粉紅色的便箋，翻開那一頁，巨大的標題立刻映入眼中。『手就是停不下來　孤獨地對抗偷竊癮』。

中原想起濱岡里江告訴他的話。小夜子在當自由撰稿人後，起初經常寫一些時尚方面的文章，最近開始探討社會問題，好像也曾經提到偷竊癮的事。

所以，守靈夜那天，和日山千鶴子在一起的那個姓井口的女人，正深受偷竊癮之苦嗎？她看起來的確病懨懨的，也難怪問到採訪內容時，她似乎難以啓齒。

中原瀏覽了那篇報導。報導中提到四個女人，介紹了她們染上偷竊癮的經過，以及如何摧毀了她們的人生。

第一個女人是前粉領族，從小成績優異，父母對她的未來充滿期待。她用功讀書，考進了一流大學，也進入了外資的一流企業。但工作很繁忙，壓力越來越大，開始暴飲暴食，然後拚命嘔吐，出現了進食障礙。不僅如此，每次看到自己的嘔吐物，就覺得等於把辛苦賺來的薪水丟在臭水溝裡。有一天，她偷了一個甜麵包，吃了之後，竟然沒有嘔吐，而且有一種身心獲得解放的快感。之後，她持續偷竊，到最後因爲偷竊六百圓的商品被逮，被判緩刑爲止，她已經持續偷竊了十年。之後在專業機構接受了竊盜癖的治療。

第二名採訪對象是一名女大學生。她在高中時因爲減肥而控制飲食後，反覆出現貪食症和拒食症。父親寄給她的生活費無法因應她的飲食開支，所以她開始在超市偷竊，目前已經休學，專心接受治療。

第三名採訪對象是家庭主婦。爲了節省開始偷竊。起初只是食品，但之後覺得付錢買東西太愚蠢，開始偷衣服和日用品。被逮捕三次，最後終於判處了有期徒刑。出獄後，她和丈夫離婚，也沒有和兒女同住，但仍然對自己感到不安，擔心自己會再度偷竊。

第四名採訪對象是三十多歲的女人。她的母親很早就去世，在單親家庭中長大。十幾歲開始情緒不穩定，多次自殺未遂。高中畢業後，她來到東京想當美髮師，但無法克服一緊張，手就會發抖的症狀，只能放棄當美髮師的夢想。她開始在酒店上班，二十四、五歲時和認識的男人結了婚，但那個男人對她家暴，所以在一年後就離了婚。之後再度回酒店上班，沒想到唯一的親人父親意外身亡。她深受打擊，覺得是自己害死了父親，自己沒有資格活在這個世上。不久之後，她發現自己只配吃偷來的食物，為此進了兩次監獄，但並不覺得自己會改邪歸正，整天想著下次要做更大的壞事，在監獄裡關更久——

中原抬起了頭，按著雙眼的眼瞼。不知道是否年紀大了，長時間看小字很容易眼睛疲勞。

原來偷竊癮的原因各不相同，很普通的女人會因為一些小事染上偷竊癮。

中原對第四個女人耿耿於懷。因為他覺得只有這個女人是基於自虐而偷竊，她的目的似乎並不是偷竊行為本身，而是藉由偷竊行為懲罰自己。

他回想起那個姓井口的女人，猜想她應該就是第四個女人。第二和第三個女人的年齡不符，第一個女人的印象不符。

中原繼續看著報導的內容。小夜子在引用專家的談話後，用以下這段話作為總結。

『她們大部分都並非受到經濟因素的逼迫，專家調查發現，有竊盜癖的女人有超過七成罹患攝食障礙，因此，必須將偷竊癮視為一種精神疾病。也就是說，她們需要的是接受治療，而非刑罰。只要聽她們的聲音，就知道刑罰多麼無力。在接受治療期間就再犯，被送進監獄導致治療中斷，出獄之後再度偷竊，簡直是毫無意義的循環。這種毫無意義的循環並非只存在於偷竊行爲的矯正上，一旦犯罪，就要被關一段時間的手段，靠這種手段來防止犯罪的想法本身已經變成了一種幻想，透過這次的採訪，我強烈體會到，目前的刑罰體制已經淪爲政府逃避責任的工具，必須儘快加以修正。』

看完報導後，中原闔上雜誌，看向遠方。

他覺得這篇報導寫得很好，內容很具有說服力，結論部分對於當前刑罰制度的不滿，應該是小夜子累積了多年的想法。她認爲把偷竊犯關進監獄毫無意義，同樣地，認爲把殺人凶手關進監獄就可以讓他們改邪歸正的場面話也毫無意義。

他正在思考這些事時，放在內側手袋的手機震動起來。他一看來電顯示，發現是濱岡里江打來的。

「你好，我是中原。」

「喔，道正啊，我是濱岡。對不起，在你忙的時候打電話給你，現在方便嗎？」

「沒問題，小夜子的事有什麼進展嗎？」

「是啊，目前正在爲開庭審理做各種準備。」

「爲開庭審理做準備？你們嗎？」

那不是檢察官的工作嗎？聽到中原這麼問，里江回答說，情況發生了一點變化。

「關於這件事，有事想要和你商量，所以想問你方不方便見面。」

「好，我去。」

中原立刻回答，因爲他也想瞭解案情的發展。雖然佐山之前說，「等告一段落後，我會當面向你道謝」，但遲遲沒有消息。

里江和他約在新宿某家飯店的咖啡廳見面。中原走進咖啡廳，發現她穿了一套深藍色的套裝，身旁有一個男人。那個男人看起來四十多歲，和中原的年紀差不多，戴了一副眼鏡，看起來像銀行員。中原走過去後，兩個人從沙發上站了起來。

里江爲他們相互介紹。那個男人是山部律師，曾經和小夜子一起參加被殺害者遺族會。

中原在沙發上坐下後，向剛好走過來的服務生點了一杯咖啡。里江他們面前已經放著飲料。

「對不起，你這麼忙，還把你約出來。」里江滿臉歉意地說。

「不，我也很關心這件事。請問要和我商量什麼事？」中原輪流看著坐在自己面前的兩個人。

山部緩緩地開了口。

「請問你知不知道被害人參加制度？」

「被害人參加……喔，我知道，現在被害人或遺族也可以參加審判。在我們那起案子結束後不久，正式通過了這個制度。」

這個制度通過後，被害人和遺族可以像檢察官一樣陳述求刑意見，也可以在法庭上質問被告。當初得知這個制度成立時十分懊惱，如果之前就有這條法律條款，就可以質問蛭川很多事。

山部用力點了點頭，似乎覺得既然知道，說起來就方便多了。

「在這起命案中，我想要請濱岡小夜子女士的父母成爲被害人參加人。」

原來如此。中原看著里江。前岳母看著他用力點了點頭，似乎下定了決心。

中原的咖啡送上來了，他喝了一口黑咖啡。

「最初是檢察官建議我加入被害人參加制度。」里江說，「但是，當時我拒絕了。」

「爲什麼？」

「因爲上法庭……不是去旁聽，而是要詰問證人或是被告，我想我沒有能力做這麼高難度的事，但之後山部律師聯絡我，希望我無論如何都要加入被害人參加制度……」

「因爲我認爲這是濱岡小夜子女士的遺志。」山部有力地說。

「遺志……什麼意思？」

「就是要讓被害人和遺族成爲審判的主角。以前的審判都是以法官、律師和檢察官爲主，根本無法反映被害人和遺族的心聲，只是一味地討論殺了幾個人、怎麼殺的，是計畫性殺人，還是臨時起意這些表面化的問題，決定被告的刑期，幾乎完全不考慮該犯罪行爲造成了被害人或遺族多大的悲傷和痛苦。我相信你應該也深切體會到這件事。」

「你說得對。」中原點著頭。

山部拿起了咖啡杯。

「你對濱岡女士遇害事件的量刑有什麼看法？你之前曾經和濱岡女士對這方面很有研究，應該可以大致猜到吧。」

「量刑嗎？」中原看著杯中的液體，回想起佐山對他說的話，「據我所知，這次只是為錢財而行凶殺人，亮出菜刀威脅小夜子交出錢財，小夜子逃走了，所以從背後捅她。」

山部既沒有否定，也沒有肯定，只問了一句：「如果是這樣的話呢？」催促他說下去。

「如果是強盜殺人，法定刑期為死刑或無期徒刑，凶手有沒有前科？」

「沒有。」

「而且隔天就去警局自首，我沒見過凶手，所以不太清楚，他有反省的態度嗎？」

「據檢方提供的資料，被告一開始就頻頻向被害人道歉，可以感受到他道歉的誠意。」

「那根本只是說說而已，」里江在一旁插嘴，「他去自首，也只是希望減輕刑責而已，根本不是因為反省。」

「另外，還透過律師轉交了道歉信，但並不是被告本人寫的。」山部說。

中原有點不太瞭解狀況。

「信嗎？不是被告寫的？那是誰寫的？」

「被告的女婿。被告有一個女兒，是女兒的丈夫寫的。」

中原越來越搞不懂了。如果是被告的女兒寫的，還合情合理，但爲什麼是女婿寫的？

「他在信中說，這次的事，他也要負一部分的責任，」山部繼續說道，「照理說，應該照顧岳父的生活，但因爲沒有好好照顧，導致貧窮的岳父一時鬼迷心竅，鑄下了大錯，所以，他們也有一定的責任，如果可以，希望可以當面道歉。」

這樣的發展完全出乎中原的意料之外。之前曾經聽佐山說，凶手有一個女兒，嫁給一名醫生，但他並沒有放在心上。

中原問里江：「妳見過他了嗎？」

「才不要見他呢。」她不悅地皺起眉頭，「即使他來道歉，也根本沒有任何意義。」

「這個女婿的行爲會對審判有影響嗎？」中原問山部。

「很可能以瞭解被告生活的情狀證人身分出庭，請求酌情減輕刑責，今後將協助被告更生，請求法官做出充滿溫情的判決。」

「既然這樣，」中原抱起雙臂，「應該不會判死刑，況且，檢方也認爲被告有反省的態度，我看應該會判無期徒刑。」

山部點了點頭，喝了一口咖啡，放下了杯子。

「我也有同感，如果沒有出現新事證，檢方應該會求處無期徒刑。辯方恐怕會請求二十五年的有期徒刑，但因爲被告準備了凶器，所以計畫性並不低。如你所說，法官恐怕會判處無期徒刑，也就是說，這場審判在開始之前，就已經知道結果了。」

「所以，審判沒有意義嗎？」

「不，完全相反，有很大的意義。審判並不是決定量刑而已，必須控訴被告的犯罪行爲有多麼嚴重，必須讓被告知道，他犯下了滔天大罪。如果無法達到這個目的，遺族無法得到眞正的救贖。我也這麼告訴濱岡女士的父母，請他們加入被害人參加制度。」

中原完全理解山部說的話。在愛美遇害事件中，他們無法把失去愛美的痛苦告訴被告。中原點了點頭，轉頭看向里江。

「雖然很辛苦，但請你們加油。」

「我會和老公一起加油，困難的事都已經交給山部律師處理。」

「交給我吧。」山部點了點頭。

中原之前就聽說，犯罪被害人參加刑事審判時，可以委託律師協助做很多工作。

「我瞭解了，我會持續關注這場審判。有沒有什麼我可以幫忙的事？」

山部坐直了身體，看著中原說：

「其實我在考慮，也許要請你站上證人席。」

「我嗎？但我對這起命案一無所知。」

「但你比任何人更瞭解濱岡小夜子女士。因爲曾經經歷過一段痛苦的經驗，所以她才會持續參加支持犯罪被害人的活動。如今，她自己也遇到了類似的事件，爲了讓兇手瞭解自己的罪大惡極，爲了讓法官瞭解小夜子女士死得多冤枉，希望你能夠站在法庭上告訴大家，小夜子女士是怎樣一個人。」

聽著山部說話時，中原想著完全相反的事。自己比任何人更瞭解小夜子嗎？果眞如此嗎？雖然曾經一起痛苦、悲傷，但也許自己並不瞭解她，所以才會離婚。

「道正，」里江叫著他的名字，「我們之所以下定決心加入被害者參加制度，除了山部律師說的這些情況以外，還有另外的理由。」

「什麼理由？」

「因爲，」里江露出嚴肅的眼神，「我們希望被告被判死刑。」

中原大吃一驚，一時說不出話，看著里江滿是皺紋的臉。

她的嘴角露出笑容。

「你是不是覺得我們白費力氣？即使如此……我們還是希望被告被判處死刑。當我們得知被害人參加制度時，聽到了一件很有用的事，就是除了檢察官以外，我們也可以求刑。按照目前的情況，檢方應該只會求處無期徒刑，但我們要求處死刑。山部律師，如果我們要求判處被告死刑，你無法拒絕受理我們的委託吧？」

山部點了點頭，「妳說得對。」

「我們想要聽這句話，」里江對著中原說，「我們想聽求處被告死刑這句話，即使無法如願，至少希望在法庭上聽到『死刑』這兩個字，你應該能夠瞭解我們的心情吧？」

里江的雙眼漸漸紅了起來，中原深有感慨。死刑——那是中原和小夜子曾經追求的目標。

「律師，」里江轉頭問山部，「我想讓道正看那份東西，沒問題吧？」

山部緩緩眨了眨眼睛後，點了點頭，「應該沒有問題。」

里江從放在一旁的拎包中拿出一疊A4大小的資料，用大型長尾夾夾了起來，厚厚的一疊超過了十幾二十張。

「你還記得日山小姐嗎？她是小夜子女子大學時的同學。」

「日山千鶴子小姐嗎？當然記得。」

今天又聽到這個名字實在太巧了。中原告訴里江，今天剛好收到了她寄來的雜誌。

「有這種雜誌嗎？那我回家的時候去書店看看，我在守靈夜那天也和日山小姐聊了幾句，但她告訴我的不是雜誌，而是關於書的事。」

「書？」

「單行本的事。聽日山小姐說，小夜子寫了一些稿子，想要出書，據說差不多快完成了。日山小姐說，如果我想幫小夜子出版，她可以提供協助，雖然我覺得這個主意很棒，卻找不到小夜子寫的稿子。那時候，小夜子的電腦被警方拿走了，當電腦送回來後，在電腦裡找了一下，結果就找到了這份稿子。」

中原接過那份稿子，第一頁上寫著標題。中原看了一眼，立刻嚇了一跳。標題寫著──『以廢除死刑爲名的暴力』

「我猜想日山小姐說的就是這份稿子。」

「似乎是小夜子投入了很多心力完成的力作，我可以看嗎？」

「當然啊。」

他翻了一頁，橫式列印的文字映入眼簾。在『序言』之後，有以下這段文字。

『假設有個孩子，要讓他贊成廢除死刑並不是一件困難的事。法律禁止殺人，死刑這種制度是國家在殺人，但終究是人在營運國家，所以，死刑制度充滿了矛盾──只要這樣告訴小孩，小孩子十之八九會同意。』

小夜子又繼續寫道，『我也希望自己是可以接受這套說法的小孩子。』

中原抬起了頭。

「原來她在寫這些東西。」

里江眨了眨眼睛。

「小夜子家裡堆滿了很多書和資料，都是關於死刑和量刑的內容，我猜想她應該很認眞地寫這些東西。」

中原再度看著標題說：「以廢除死刑爲名的暴力……喔。」

「我相信你看了之後，就可以瞭解我們的心情。」

「我可以帶回去看嗎？」

「我今天帶來的目的，就是希望你帶回去慢慢看。」

「我們打算在開庭時，把這份稿子交給法庭，」山部說，「你看了之後就知道，上面也提到了你們經歷的那場審判。爲了顧及隱私，有些部分用了化名，但如果有什麼問題，請你告訴我。」

「好，那我回去再看。」

中原把稿子收進自己的皮包後，又看著里江和律師說：

「聽說凶手的女婿寫了一封道歉信？」

「對，雖然和他太太一起具名，但看信的內容，應該是凶手女婿寫的。」山部回答。

「是喔，」中原嘟噥了一句，「加害人的家屬寫道歉信給遺族的情況很常見嗎？」

「並不少見，只不過——」山部停頓了一下，微微偏著頭，「只不過通常都是被告的父母寫給遺族，因爲父母認爲自己要對兒女所做的行爲負起責任，但很少有兒女寫這種信。」

「而且是女婿……」

「嗯，」山部說：「至少我之前沒聽過有這種事。」

「聽說是醫生？」

山部瞪大了眼睛，「你知道得眞清楚。沒錯，是醫生。」

「是刑警來找我時告訴我的，既然是醫生，經濟上應該很寬裕啊。」

「應該吧。呃，聽警方的人說——」山部從皮包裡拿出小型筆記本，「他在慶明大學醫學院附屬醫院工作，在靜岡縣富士宮市出生、長大，老家也很富裕。他的太太和被告一樣，都是富山縣人，結婚前在神奈川縣的一家公司上班，和被告已經多年未見，兩年前才重逢。信中也提到，他們父女關係並不好，他們之所以沒有在經濟上援助岳父，應該也有複雜的原因，這方面的情況也許會在法庭上有進一步瞭解。」

聽到山部這麼說，中原發現對事件的態度和之前稍有不同。以前從來不曾想到加害者的家屬。蛭川有一個弟弟，但從來沒有來法庭旁聽，當然也沒有以情狀證人的身分站在證人席上。

之後，他們喝著冷掉的咖啡，聊著彼此的近況。小夜子的父親宗一最近身體不好，所以今天沒有一起來。

「自從小夜子出事後，他好像一下子變老了，也瘦了五公斤。」

「那可不行，必須有足夠的體力才能撐過審判。」

「是啊，我回去之後會告訴他，說你也這麼說。」

中原喝著咖啡，想起在愛美的案子審判期間，自己和小夜子也瘦了不少。

和里江他們道別後，中原在回家之前，去了經常光顧的定食餐廳吃了晚餐。小夜子遇害的那天晚上，中原去了那家餐廳，所以有了不在場證明。案發之後，他有一段時間沒來，但兩個星期前，再度開始來這裡吃晚餐。熟識的店員看到中原後，什麼也沒說。也許刑警並沒有來這裡確認他的不在場證明。

他在四人座的桌子旁坐了下來，點了一份今日特餐。只要點今日特餐，每天可以吃到不同的菜色。今晚的主菜是炸竹筴魚。

他拿出小夜子的稿子放在桌旁，一邊吃飯，一邊看了起來，但看了沒幾行就停了下來，因爲他從字裡行間感受到小夜子的決心和鬥志，顯然不適合邊吃飯邊看。

廢除死刑論者並沒有看到犯罪被害人的處境——他在腦海中回味著剛才看到的這句話。

『遺族並不光是爲了復仇的感情，想要凶手被判處死刑。希望各位想像一下，當家人遭到殺害時，家屬需要經歷多少痛苦和煩惱，才能接受這個事實。即使凶手死了，被害人仍然無法復活。既然這樣，遺族到底想要從死刑中追求什麼，才能讓遺族獲得救贖？遺族之所以想要凶手被判死刑，是因爲除此之外，找不到任何救贖的方法。既然要求廢除死刑，那到底提供了什麼替代方法？』

中原沒有細細品嚐難得的炸竹筴魚，吃完飯後，踏上了歸途。

回到家換好衣服，立刻繼續看了起來。這是他第一次看小夜子寫的文章，更不要說是這麼大量的文字。他不知道小夜子寫得好不好，只知道小夜子的文字很熟練。她顯然對自由撰稿人的工作駕輕就熟。他不由得產生了和文章內容完全無關的感想。

至於文章的內容——

『即使法院做出了死刑判決，對遺族來說，並不是獲得勝利。遺族沒有得到任何東西，只是結束了必要的步驟、完成了理所當然的手續而已。即使死刑執行後也一樣，心愛家人被奪走的事實無法改變，內心傷痛也無法癒合。或許有人說，既然這樣，不判死刑也沒關係。不，有關係。如果凶手繼續活著，「為什麼他還活著？為什麼他有活下去的權利？」這個疑問會一直侵蝕遺族的心。有人認為，可以用終生監禁代替死刑，但這些人完全沒有理解遺族的感情。即使判處終生監禁，凶手還活著，在這個世界的某個地方，每天吃飯、和別人聊天，也許還有興趣愛好。光是想像這件事，對遺族來說，就痛苦得想死。所以，在此一再重申，遺族絕對無法從死刑判決中得到任何救贖，對他們來說，凶手的死是理所當然的事。俗話常說，「殺人償命」，但對遺族來說，凶手的死根本不是「償還」，只是走出傷痛這條漫漫長路上的某一站而已，而且，即使經過了那一站，也無法看到未來的路，完全不知道自己該克服什麼、走向哪裡，才能夠得到幸福。但如果連這種為數不多的歇腳站也被奪走，遺族到底該怎麼辦？廢除死刑，就是這麼一回事。』

看到這裡，中原覺得言之有理，自己內心也有和小夜子相同的想法。文章中所寫的內容，完美地表達他內心的想法。反過來說，在看這些文字之前，他無法清楚而具體地表達這種想法。

死刑判決只是歇腳站——

沒錯。中原點著頭。在審判期間，一直以為死刑判決是目標，但是，當知道並不是這麼一回事時，好像反而墜入了更深的黑暗中。

中原繼續往下看。小夜子除了陳述自己的論點以外，還列舉了幾個實例，並介紹了採訪相關人員的內容，當然也提到了愛美遭到殺害的事件。中原在文章中看到了一個出乎意料的名字——為蛭川辯護的律師平井肇。

她竟然去採訪敵人——

雖然知道辯方的律師並不是壞人，但對中原和小夜子來說，和凶惡罪犯站在同一陣線的人都是敵人。看到他一臉認眞地說蛭川那番侮辱人的道歉是「眞摯的反省」時，甚至想要殺了他。那雙輕度斜視的眼睛讓人猜不透他在想什麼，所以覺得他有點可怕。

文章中記錄了小夜子和平井律師之間的談話，中原仔細看了那部分。原本以為小夜子會充滿敵意，咄咄逼人，沒想到並非如此，反而在平靜的氣氛中，冷靜地回顧那一系列的審判。

小夜子問平井，對於當初自己執拗地想要凶手被判處死刑有什麼看法，平井回答說，他認為很理所當然。

『在我的記憶中，幾乎所有的家屬都希望殺害親人的凶手被判死刑，對律師來說，這才是辯護的起點。被告站在斷崖絕壁的最前端，前面沒有任何路。身為律師，只能為了被告摸索是否有後退的路。只要有可以後退一步的空間，就會想方設法讓被告退後那一步。這就是律師為被告辯護的職責。』

小夜子也問了他對死刑制度的看法。平井認爲，如果可以，他希望廢除死刑制度。

『廢除死刑論中最強烈的意見，就是可能會因爲冤假錯案造成枉死，但我的主張稍微不同。我質疑死刑，是因爲我認爲死刑無法解決任何問題。假設有一起A事件，凶手被判處死刑。另有一起B事件，也判處了死刑。雖然是兩起完全不同的事件，遺族也不一樣，但結論都一樣，都是簡單的一句死刑。我認爲不同的事件，應該有各種不同的、更符合每起事件的結局。』

看到這裡，中原陷入了沉思。因爲他認爲平井的話也有道理。

不同的事件應該有各種不同的、更符合每起事件的結局——

這句話完全正確。中原和小夜子因爲看不到結局，所以才會深陷痛苦。小夜子還問了平井，如果像某些廢死論者所說的，引進終生刑的話，能夠改變什麼嗎？平井回答說，他也不知道。

文章在這裡暫時中斷。空了五行之後，進入了下一章。中原繼續往下看，但沒有再提及和平井律師之間的對話。

他又翻回剛才空白的部分，重新看了一遍平井的談話，思考著爲什麼沒有繼續寫下去。

也許小夜子自己也在猶豫，尚未有定論，她還沒有整理好自己的想法，所以仍無法在這裡落筆。

他闔起稿子，躺在一旁的床上，仰望著天花板。我看到你就會感到痛苦——他永遠無法忘記小夜子說這句話時的眼神。

小夜子很努力地尋找答案，努力思考自己該做什麼，怎樣才能得到救贖。她積極奔走，瞭解別人的想法，努力尋找眞理。

中原坐了起來，看了一眼時鐘。現在還不算太晚。

他從上衣口袋中拿出剛才拿到的名片，看著名片上的號碼，伸手拿了手機。

8

從麻布十番車站步行到那棟建築物只要幾分鐘，距離餐飲區有一小段距離，周圍都是辦公大樓。

走進建築物，看著牆上的牌子，『平井律師事務所』位在四樓。他搭電梯來到四樓，立刻看到了律師事務所的入口。

一個年輕女人坐在櫃檯，可能平井事先已有交代，中原報上姓名後，女人立刻滿臉笑容，伸出左手指著裡面說：「請你去三號房間坐一下。」

裡面有一條走廊，走廊旁有幾個小房間，房間門口有寫了號碼的牌子。

他走進三號房間，房間差不多一坪多大，桌子兩側放著椅子，除此以外，沒有任何東西。

他第一次走進這種地方，原來大家都是在這種地方做法律諮商。

得知小夜子在這裡採訪平井律師，有一種豁然開朗的感覺。因為他從來沒有想過這件事。對中原來說，平井肇一直都是可恨的敵人，即使在法院做出死刑判決後，這種想法仍然沒有改變。得知平井打算向最高法院上訴後，比之前更加痛恨他。

但是，小夜子不一樣，在思考對自己來說，審判到底是什麼的時候，也想要瞭解為被告辯護的律師的想法。任何事只從單方面觀察，無法把握眞相。中原爲自己竟然沒有發現這麼簡單的道理感到羞愧。

他想要沿著小夜子的足跡走一遍，總覺得瞭解她在思考什麼，想要做出怎樣的決定後，可以看清自己未來要走的路。

他思忖著小夜子是怎麼聯絡到平井，於是想到了山部。打電話問山部後，得知果然是透過他。小夜子找他商量了這件事，他把平井介紹給小夜子。

中原拜託山部，是否可以爲自己引見，山部欣然應允。

「我猜想你看了那些稿子，會產生這樣的想法。沒問題，我幫你聯絡。」

中原很快就接到了山部的聯絡，平井也很想見他。所以，中原今天來平井的律師事務所。

一陣敲門聲。中原說了聲：「請進。」門打開了，一身灰色西裝的平井走了進來。他像以前一樣留著五分頭，只是多了不少白髮，眼睛仍然有點斜視。

「讓你久等了。」平井在椅子上坐了下來，「好久不見。」他彬彬有禮地打招呼。

「不好意思，這次爲這種麻煩事找你。」中原鞠了一躬說。

「不會不會，」平井輕輕搖了搖手，「我很想知道你的情況，你的前妻也死得這麼冤枉，你一定很痛苦。」

「你知道小夜子遇害的事嗎？」

「警視廳的刑警也來找過我，想要調查這次的嫌犯和濱岡小夜子女士之間有什麼關係。刑警給我看了嫌犯的相片，但我回答說，完全不認識這個人。」

「好像只是隨機殺人。」

平井面不改色地輕輕點了點頭，斜視的眼睛不知道在看哪裡，雖然在審判時覺得很可怕，但今天覺得他的眼神很眞誠。

「我想你應該沒有太多時間，所以就直接進入正題，」中原說，「小夜子打算出書，內容是批評廢死論。她似乎也來採訪過你，我希望瞭解一下，你們當初談了些什麼。」

中原向平井確認了小夜子稿子上提到的和平井之間的談話。

「我的確這麼說過，任何一起事件中都有很多故事，不同的事件當然會有不同的故事，如果只有凶手被判處死刑這樣的結局，這樣眞的好嗎？而且我認爲這樣的結局無法幫助任何人。但是，如果問我還有怎樣的結局，我也答不上來。正因爲找不到答案，所以廢死論也只能原地踏步。」

「遺族也無法得到救贖。」

「你說得對。」

「因爲你是律師，所以才提出上訴嗎？」

平井聽不懂中原這句話的意思，詫異地微微偏著頭。中原注視著他的臉說：「我是說我們那場審判的時候。在第二審做出死刑判決後，辯護律師提出了上訴，聽說是你的指示。因為你是律師，不能就這樣接受判決，所以提出上訴嗎？」

平井吐了一口氣，看著斜上方後，握著放在桌子上的雙手，把臉湊了過來。

「後來撤銷了上訴，你知道原因嗎？」

「我知道。從報社記者口中聽說的，蛭川說太麻煩了，所以要求撤銷。」

「沒錯，你聽了之後，有什麼感想？」

「什麼感想……」中原聳了聳肩膀，「心情很複雜。雖然很樂於看到死刑確定，但我們這麼認真投入這場審判，他好像不當一回事，有一種被耍了的感覺……」

平井點了兩次頭。

「我想也是，你太太也說了同樣的話，但蛭川說的太麻煩不光是對審判，也同時是對活下去這件事感到麻煩。我不知道你們有沒有發現，在漫長的審判期間，蛭川的心境的確發生了變化。初期時，對生命還有執著，所以才會對遺族道歉，也會微妙地改變供詞的內容，但隨著一次又一次開庭，在法庭上頻繁聽到死刑和極刑的字眼後，他內心也漸漸感到灰心。在第二審的判決出爐之前，他曾經對我說，律師，其實死刑也不錯。」

中原忍不住坐直了身體，這句話完全出乎他的意料。

「我問他這句話是什麼意思，是不是認為自己的行為必須判死刑。他回答說，他不懂這種事，讓法官決定就好。他之所以覺得死刑也不錯，是因為覺得人終有一死，既然有人決定了自己的死期，這樣也不壞。你聽了他這番話，有什麼感想？」

中原覺得好像有什麼沉重的東西壓在心頭，他努力思考著，試圖表達自己目前的心情。

「該怎麼說……很、空虛，或者說很鬱悶。」

「我想也是，」平井吐了一口氣，「蛭川並沒有把死刑視爲刑罰，而是認爲那是自己的命運。透過審判，他只看到自己命運的發展，所以根本不在意別人。死刑確定後，我仍然繼續去面會，和他通信，因爲我希望他面對自己犯下的罪，但對他來說，事件已經是過去式，他只關心自己的命運。——你知道已經執行死刑了嗎？」

「知道，報社打電話給我。」

那是在做出死刑判決的兩年後，報社打電話來，希望他發表意見，他拒絕了。法院等政府機構並沒有通知他執行死刑的事，如果不是報社記者打電話來，他可能至今仍然不知道。

「得知死刑執行後，有沒有什麼改變？」

「沒有，」中原立刻回答，「完全沒有……沒有任何改變，只覺得『這樣喔』而已。」

「我想也是。蛭川到死也沒有眞正反省，死刑的判決讓他無法再有任何改變。」平井用略微斜視的眼睛注視著中原，「死刑很無力。」

平原在那家定食餐廳吃完晚餐，回到家後，打開了小夜子的稿子。

死刑很無力——這句話一直在他的腦海中迴響。

小夜子的文章中有關採訪平井的部分以懸而未決的方式中斷，中原隱約察覺到其中的理由。她可能不願意接受平井的意見，無論如何都不願意承認「死刑很無力」這個觀點。然而，她應該和中原一樣，得知蛭川生前的情況，強烈感受到冗長的審判過程毫無意義。蛭川並沒有把死刑視為刑罰，只認為是自己的命運而灰心地接受，既沒有反省，也沒有對遺族表達任何懺悔之意，只是等待執行的日子到來——

中原很後悔自己聽了這些事。原本以為自己根本不在乎蛭川有沒有後悔或反省，沒想到內心深處還是希望他有償還自己罪行的意識，得知他毫無悔意，內心深受傷害。他再度體會到，遺族會因為各種不同的方式，一次又一次受到傷害。

小夜子對和平井之間的談話沒有做出任何結論，直接進入了下一章。下一章是關於再犯的內容。有道理。中原忍不住拍著大腿。蛭川是在假釋期間殺害了愛美，也就是再犯。

小夜子首先指出，受刑人在出獄五年以內，再度回到監獄的比例將近五成。如果將範圍縮小到殺人，有四成凶手都有過前科。

如果只是關進監獄，無法矯正犯罪者的心——這是本章的論點。

小夜子採訪了近年發生的幾起殺人案，這幾起殺人案的共同點，就是凶手之前曾經因為殺人罪而服刑，只是並非像蛭川那樣是在假釋期間，而是服刑完畢出獄後犯案。也就是說，他們被判處了有期徒刑。在二〇〇四年之前，有期徒刑的上限是二十年，如果只有殺人，通常是十五年。即使在服刑期滿出獄之後，年紀還很輕，還有體力再度殺人。

再犯的動機幾乎都是爲了錢財，而且大部分都和初犯的內容相同。小夜子對此敲響了警鐘，認爲這個事實證明了監獄的更生制度完全沒有發揮功能，今後再犯的可能性相當高。因爲出獄之後，幾乎毫無例外地面臨經濟窮困的問題。統計資料顯示，受刑人服刑期滿後，有七成以上找不到工作。

目前，有期徒刑已經從二十年增加到三十年，但小夜子認爲並沒有意義。日本人的平均壽命大爲增加，只要想到二十多歲殺人的凶手在五十多歲就可以出獄，就無法安心過日子。

況且，長期服刑，就可以讓受刑人洗心革面嗎？看到小夜子在討論這個問題時列舉的幾個案例，中原倒吸了一口氣。因爲他看到了蛭川和男的名字。小夜子在文章中寫道：

『正如在前面已經多次提到，殺害我們女兒的蛭川和男當時正在假釋期間，他在案發半年前在千葉監獄關了二十六年。他到底犯了什麼罪，被判處無期徒刑？因爲是四十多年前的事，很多相關者都已經離開了人世，但在和幾位遺族見面後，終於瞭解了整起事件的全貌。』

中原看到這裡，倒吸了一口氣。小夜子調查了蛭川犯下的第一起殺人案。當初在開庭審理時，只聽說了大致的概況。

中原很想知道詳情，立刻聚精會神地看了起來。根據小夜子的調查，那起命案的情況如下。

當時，蛭川在江戶川區的汽車保養廠工作。他那時候喜歡賭博，只要一下班，就去打麻將賭博。如果只和同事打麻將也就罷了，但他不久之後，就去麻將館和陌生人一起打，其中也有黑道兄弟。當他清醒時，已經欠下了鉅額的債務。

剛好在那時，有一輛高級進口車送來保養廠。當時很少有進口車，車主是一位穿著打扮很有品味的老人。小夜子在文章中用A先生稱呼他，A先生是當地的大地主，經營停車場和大樓，是保養廠的大客戶，廠長也很禮遇他。

那天，廠長指示蛭川把保養好的車子送去A先生家，於是，蛭川開著車子去了A先生家。

按了門鈴後，A先生來開門，叫他把車子停在隔壁車庫。A先生家旁有一個很大的車庫，還裝了屋頂。蛭川按照A先生的指示把車停好。

A先生請他進屋，蛭川在客廳向A先生說明了保養的項目和金額。A先生叫他等一下，走出了客廳。

在等A先生回來時，蛭川打量室內，從客廳的擺設和掛的畫中，察覺A先生家境優渥，猜想應該有不少存款。

不一會兒，A先生回來了，蛭川接過錢之後，把收據交給A先生。A先生心情很好，似乎看到車子保養之後，還洗得一乾二淨感到很滿意。

蛭川說，是他洗的車子。A先生問他，是不是老闆叫他洗車。蛭川回答說，不是，因爲覺得既然要把車子送到客人家裡，就應該把車子洗乾淨。

A先生聽了，心情更好了，稱讚他說，時下很少有這種年輕人，甚至還說，有他這種年輕人，日本的未來充滿希望。

蛭川聽了A先生的稱讚，忍不住有了非分之想。既然A先生這麼喜歡自己，只要開口拜託，應該願意借錢給自己。於是就老實告訴A先生，自己正在爲錢發愁，可不可以幫自己一下。而且，也向A先生坦承了借錢的理由。

A先生聽了之後勃然大怒，開始指責蛭川說，如果是窮學生的話還情有可原，他絕對不會借一毛錢給沉迷賭博的人，這種人簡直是人渣，也不想開這種人保養的車子，揚言要把那輛車子賣掉。小夜子在文章中謹愼地提醒，當時的情況都只能靠蛭川的供詞還原，無法排除他誇大其詞的可能性。

總之，蛭川聽了A先生的話惱羞成怒，拿起桌上的巨大水晶菸灰缸打向A先生。驗屍報告中指出，屍體遭到正面毆打。當A先生倒地後，蛭川騎在他身上掐死了他。

就在這時，A先生的太太B夫人端茶進來。蛭川以爲家裡只有A先生，但其實B夫人在裡面的房間。她看到蛭川正在攻擊A先生，放了兩杯茶的托盤從她手上滑了下來。蛭川離開了A先生，撲向夫人。把逃向走廊的B夫人撲倒在地，用手掐死了她。

蛭川擦掉菸灰缸上的指紋，開始在屋內物色，但並沒有找到任何特別值錢的東西。他擔心逗留太久會被人發現，於是從客廳內的女用皮包裡拿出皮夾，抽走了幾萬圓後立刻逃走。

雖然蛭川的犯罪手法很拙劣，但他似乎並不認爲自己會被抓到。翌日仍然正常上班。

案發後兩天，A先生的朋友夫婦去A先生家，發現他們已經面目全非，立刻報警，事情也就曝了光。

蛭川很快就遭到逮捕。刑警去了工廠，蛭川聲稱的確和A先生見了面，但收了錢之後立刻離開了。他以爲菸灰缸上的指紋已經擦掉，所以就高枕無憂了，卻沒有想到自己不小心在皮夾上留下了指紋。也許他以爲皮革製品不會留下指紋。當刑警告訴他指紋一致時，他馬上承認自己殺了人。

審判時，爭論的焦點放在是否有殺意這件事上。B夫人的情況很明確，蛭川爲了殺她才追上去掐死她，但辯方主張A先生的情況應爲傷害致死，而且法院採納了律師的意見。因爲A先生的直接死因是腦內出血，也就是說，在蛭川惱羞成怒地舉起菸灰缸，第一次打向A先生時，A先生就已經死了，法院認定蛭川當時並沒有殺意。

他只殺了B夫人，並沒有想殺A先生——四十年前，兩者的差別很大。而且，蛭川並非計畫殺人，也讓檢方下不了決心求處死刑。

於是，蛭川和男最後被判處無期徒刑。

根據小夜子的手記，A夫婦的外甥女告訴了她這些情況。A夫婦雖然有一個兒子，但在十年前罹癌去世，媳婦從來沒有從她丈夫口中聽說過這件事。

那位外甥女是A先生妹妹的女兒，當時她二十多歲，對那起命案記得很清楚，對於審判卻完全沒有記憶。她從父母口中得知了判決經過。但她的父母似乎也不是很清楚，是事後聽人轉述的。

小夜子在文章中寫道：

『遺族中沒有人知道殺害A夫妻的凶手被判了怎樣的刑責，不要說親戚，就連A夫婦的獨生子也一無所知。

A夫婦的兒子和親戚希望判處凶手死刑，也深信審判的結果如此，但不知道爲什麼，凶手並沒有被判處死刑，在判決出爐後很久，他們才知道其中一起殺人罪變成了傷害致死罪。

報社記者曾經採訪A夫婦的兒子，請他發表感想。「強烈希望凶手在監獄好好反省，絕對不可再犯相同的錯誤。」

當時，他並沒有接到蛭川的道歉信，之後也沒有收到。』

小夜子似乎去千葉監獄調查了蛭川服刑的情況，但一個默默無聞，又沒有人脈關係的自由撰稿人，能夠採訪到的內容有限。『我努力尋找當時的監獄官，很可惜並沒有找到。』

於是，她著手調查了無期徒刑的受刑人如何才能獲得假釋。根據刑法第二十八條，「……有悛改之狀……無期徒刑服刑滿十年時……始得假釋」，「悛改之狀」是深刻反省、悔悟改過，沒有再犯疑慮的意思，小夜子想要瞭解如何判斷受刑人有「悛改之狀」。

小夜子採訪了一名僧侶。他曾經在千葉監獄擔任教誨師，監獄每個月會舉行一次教誨，讓受刑人爲在該月去世的被害人在天之靈祈福。鋪著榻榻米的教誨室只能容納三十人，每次都人滿爲患。

僧侶說，參加教誨的大部分受刑人看起來都很眞摯，但無法斷言是否爲了爭取假釋僞裝出悔改的態度。

小夜子採訪了千葉監獄的前職員，那個人對蛭川沒有印象，但告訴小夜子「既然能夠獲得假釋，就代表在監獄內表現出反省的態度，在決定是否能夠獲得假釋的地方更生保護委員會面試時，委員也認爲他已經悔改。」

小夜子也想要採訪地方更生保護委員會的人，想要確認以怎樣的基準決定假釋，可惜無法如願。因爲她一說出採訪目的，對方就拒絕採訪。她改用寫信的方式，也都石沉大海。

小夜子在手記中難掩憤怒地寫道：

『在我們的女兒遇害事件的審判中，蛭川表達了道歉和反省之意，但他的演技拙劣，不光是我們，在場的所有人都知道那些話言不由衷。蛭川入獄期間應該沒有犯什麼大錯，也參加了教誨，但只要稍微仔細觀察，就知道他是僞裝的。然而，這種人竟然讓他出獄，只能說，地方更生保護委員會的委員有眼無珠。說到底，所謂假釋只是爲了解決監獄爆滿問題的不負責任行爲。

如果蛭川在第一起殺人事件中被判處死刑，我們的女兒就不會遇害。雖然是蛭川動手殺了我女兒，但是政府讓他活命，讓他再度回到社會，所以可以說，是政府殺了我女兒。無論殺人凶手是事先有預謀的計畫殺人，還是在衝動之下殺人，都可能再度行凶，但在這個國家，對不少殺人凶手只判處有期徒刑。到底有誰可以斷言，「這個殺人凶手只要在監獄關〇〇年，就可以改邪歸正」，把殺人凶手綁在這種空洞的十字架上，到底有什麼意義？

從再犯率居高不下，就可以瞭解無法期待服刑的效果，既然沒有完美的方法可以判斷受刑人是否改邪歸正，重新做人，就應該以受刑人不會改邪歸正爲前提重新考慮刑罰。』

小夜子在最後總結道：

『只要殺人就判處死刑——這麼做的最大好處，就是這個凶手再也無法殺其他人。』

9

星期六下午兩點，新橫濱車站。

車站大廳內人來人往，有很多年輕人的身影，可能橫濱競技場在舉辦什麼活動。

由美再度確認時間後，看向新幹線的驗票口。列車似乎已經到達，乘客接二連三地從驗票口走出來。

身穿灰色套裝的妙子也在其中。如果只是和由美見面，她應該會穿得更輕鬆。由美從母親的服裝中，感受到她的決心和認眞。

妙子似乎也看到了由美，筆直地向她走來，臉上的表情很僵硬。

「不好意思，妳難得的假日，」妙子在由美面前停下腳步說，「還讓妳特地來這裡一趟。」

由美聳了聳肩。

「沒關係，這件事總要解決，我在電話中也說了，去哥哥家之前，可不可以讓我先看一下？」

「可以啊，先找個地方坐一下吧。」

和車站相連的大樓中有一家自助式咖啡店，咖啡店深處剛好有空位，她們買了飲料後，面對面地在桌旁坐了下來。

妙子把大皮包放在腿上，從皮包裡拿出L夾，裡面放著A4尺寸的資料。「給妳。」她把L夾遞到由美面前。

由美吐了一口氣，伸手接了過來。她知道自己很緊張。

她拿出資料，低頭看了起來。第一頁上印了偵探社的名字。

「妳去哪裡找到這家業者？網路嗎？」由美問。

「爸爸的公司有時候會僱用他們，去其他公司挖角時，就會請偵探社調查一下那個人的素行。即使工作能力再強，如果沉迷女人，或是喜歡賭博也不行。」

「原來還要做這種調查。」

「因爲妳爸爸做事很小心謹愼，我以爲史也繼承了他的謹愼。」妙子撇著嘴角，拿起咖啡杯。

由美打開資料，上面密密麻麻地寫滿了很多字，還附有相片，那棟建築物看起來像是哪裡的工廠。

「原來花惠以前在工廠的生產線當女工，我還以爲她是粉領族。」

「她那種人沒辦法勝任啦，她認得的字也有限。」妙子一臉不屑地說。

調查報告共有三頁，內容很詳細，但只有一個重點。由美之前已經從妙子口中得知了大致的內容，所以並沒有任何新的事實讓她感到驚訝。看完之後，她把資料收回L夾，還給妙子。「原來是這樣。」

「妳覺得怎麼樣？」

由美喝了一口拿鐵，皺著眉頭說：「恐怕很難。」

「什麼意思？」

「很難相信小翔是哥哥的親生兒子，應該徹底不可能吧。」

「對吧？」妙子把L夾放進皮包，「希望史也看了之後可以清醒。」

「嗯，」由美偏著頭說：「這就難說了。」

「什麼意思？爲什麼啊？」

「我總覺得哥哥隱約知道，小翔不是自己的親生兒子，通常都會發現吧。」

「既然知道，爲什麼還不離婚？」妙子嘟著嘴。

「這代表他很愛花惠吧。」

妙子挑著眉尾說：「爲什麼？那個女人到底有什麼好？」

「我怎麼知道？妳不要問我啊。」

妙子垂頭喪氣地嘆了一口氣。「昨天，白石先生打電話來家裡。」

「白石叔叔嗎？好久沒見到他了。」

白石是由美的父親在工作上的得力助手，也很疼愛史也和由美。

「他聽說史也被捲入了刑事案件，問是不是有需要他幫忙的地方。流言果然傳得很快。」

「被捲入刑事案件嗎？嗯，也算是啦。」

「雖然他說得很委婉，但我覺得他應該已經知道情況了，因爲他在電話中說，仁科太太，妳一定要讓史也知道，長子有義務保護家裡的名聲，言下之意，就是要史也離婚。」

「妳怎麼回答他？」

「我說我知道，會這麼告訴史也。這樣說不行嗎？」

「沒有人說不行啊，妳不要把氣出在我頭上。」

妙子喝完咖啡，把杯子放在桌上，瞪著由美說：「無論如何都要說服他。」

「好啊，那就試一試，雖然我沒什麼自信。」

「妳不要說這種不爭氣的話。」

走出咖啡店，搭上JR橫濱線，在菊名車站換了車。離史也家最近的車站是東急東横線的都立大學站。

「審判的事有什麼消息嗎？」妙子抓著吊環問道。

「我怎麼可能知道？有什麼問題嗎？」

「沒有，」妙子搖了搖頭，「只是想知道會做出怎樣的判決。」

由美偏著頭，因爲她毫無頭緒。「妳很在意嗎？」

「當然啊，」妙子左顧右盼後，把臉湊到由美的耳旁，「如果史也不離婚，那個男人服刑期滿後，還是要照顧他的生活。光是想像一下，就覺得渾身發毛。」

聽到母親這麼說，由美用力倒吸了一口氣。她之前完全沒有想到這件事。

「不是殺人凶手嗎？會這麼快出獄嗎？」

「這種事誰知道啊，史也一定會幫他請優秀的律師，當律師用各種方法減輕他的罪責，結果會怎麼樣？一定會大幅縮短服刑的時間啊。」

由美覺得母親說的有道理。雖然她對審判一竅不通，但覺得這種可能性很大。

「我跟妳說，」妙子比剛才更壓低了嗓門，「我很希望他被判死刑。即使史也和那個女人離婚，那種男人一定會糾纏不清，死了才痛快。」

由美不知道怎麼回答，所以沒有吭氣，但內心很同意母親的意見。如果花惠沒有這種父親，不知道該有多好。

她們在都立大學站下了車，經過商店林立的街道。這是由美第二次去史也家，第一次也是和妙子一起上門。「既然兒子買了獨棟的房子，至少要去看一下。」雖然妙子嘴上這麼說，但心裡還是爲兒子感到驕傲。由美也覺得哥哥很了不起，那時候還沒有發現花惠的父親還活著。

穿越商店街，轉了幾個彎之後，街道的感覺和之前完全不一樣了。綠意盎然的住宅區內，有許多漂亮的民宅。

終於來到史也家那棟白色小巧的房子前。由美按了門鈴，對講機中很快傳來花惠怯懦的聲音：「請問是哪一位？」

「我是由美。」

「喔，請進，請進來吧。」

今天事先約好了要上門。由美和妙子互看了一眼，輕輕點頭後，推開院子的門走了進去。

「媽媽、由美，好久不見了。」

眞的好久沒見了。花惠一臉疲憊，皮膚沒有光澤，應該很不容易上妝。原本長相就很不起眼的她感覺更黯沉了。

「身體還好嗎？妳爸爸的事應該很傷神吧？」妙子雖然嘴上這麼問，但眼神中完全沒有一絲關懷。

花惠頻頻鞠躬說：「謝謝，眞的很抱歉，讓媽媽擔心了。」

妙子和由美走進屋內，發現小翔站在那裡。他穿著白色T恤、紅短褲，手上拿著機器人的玩具。

「小翔，午安，你長大了。」妙子對他說。

但是小翔沒有吭氣，臉上沒有表情，看了看妙子，又看了看由美。

「小翔，跟奶奶說午安啊。」花惠提醒他。

小翔小聲地說了聲午安，跑去走廊盡頭，打開門後，身體擠了進去，用力把門關上了。

「他好像不喜歡我，」妙子語帶挖苦地說，「也不能怪他，因爲平時很少見面。」

「對不起。」花惠縮成一團回答。

由美心想，小孩子都很敏感、誠實，當然不可能喜歡對自己的身世抱有疑慮的人。而且，由美也再度發現，小翔眞的不像史也。或許是因爲剛看了調查報告的關係，所以感覺特別強烈。

小翔消失在那個房間後，花惠把由美母女帶進了隔壁房間。那裡是客廳，和隔壁的飯廳只隔了一道拉門。小翔目前正在飯廳。

茶几周圍放著籐椅，史也坐在其中一張籐椅上，正在操作腿上的平板電腦。看到妙子和由美進來後抬起了頭，但臉上沒有笑容，反而用力瞪著她們。

「不好意思，你在忙，還上門打擾。」妙子在他對面坐了下來。

史也撇著嘴角，把平板電腦放在一旁的櫃子上，「妳才不會覺得不好意思。」

「我也不希望破壞我們的母子關係。」

「既然這樣，就什麼都別說，趕快回家吧。」

「那怎麼行？」

妙子的態度很堅決，抬頭看著花惠後，又把視線移回到兒子身上。

「如果可以，我希望和你單獨談。」

史也注視著母親的臉，「妳是說，不可以讓花惠聽到嗎？」

「因爲我認爲這樣比較好。我說花惠啊，妳不用倒茶了，我把話說完就走。小翔一個人在隔壁房間吧？這不太好吧，萬一碰刀子的話太危險了，要有人陪著他才行啊。」

花惠一臉困惑的表情站在那裡。史也仍然瞪著母親，但隨即看著妻子說：「妳去隔壁房間。」

花惠想要說什麼，但又把話吞了下去，點了點頭，說了聲：「恕我失禮了。」走出了房間。

史也用力深呼吸，露出銳利的眼神看著母親。

「既然到最後還是要親自出馬，一開始就應該這麼做，不要把苦差事推給由美。」

「我是基於好心。我以爲你多少願意聽由美的意見。」

「好心？」史也不悅地偏著頭，看著由美說：「別站在那裡，坐下吧。」

「嗯。」由美應了一聲，在妙子旁坐了下來。

「我們的希望之前已經請由美告訴你了，」妙子說，「請你和花惠離婚，對你來說，這是最好的決定。」

「不是對我，而是對妳吧？」

妙子停頓了一下，從容不迫地說：「是啊，對我也是最好的選擇，對由美也是，很多人都希望看到這樣的結果。」

「對於這個問題的回答，我之前已經告訴由美了，她沒告訴妳嗎？」史也冷冷地說。

妙子坐直了身體，努力克制內心的情緒。

「史也，你的態度也許是對的。岳父犯了罪，因爲是心愛女人的父親，所以要負起責任——在道德上，這是正確的行爲。你一定覺得，如果和那個女人離婚，未免太自私了。」

史也不發一語地抱著雙臂，把頭轉到一旁，他的表情似乎在說：「妳到底想說什麼？」

妙子把剛才的L夾從皮包裡拿了出來，放在史也面前。

「我很佩服你的正義感，但這種正義感必須建立在正確的人際關係基礎上，如果只有你一個人相信所謂家人或是夫妻的感情，那就眞的鬧笑話了。」

史也看著L夾問，「那是什麼？」

「你看了就知道了。」

史也一臉不悅，從L夾中抽出資料看了起來，但立刻露出凶狠的眼神看著妙子，「妳幹什麼啊？誰叫妳做這種事？」

「母親調查媳婦的經歷，需要經過誰的同意嗎？你在抱怨之前，先看清楚再說，看了之後，你就會知道自己有多愚蠢，還是說，你不敢看嗎？」

妙子語帶挑釁地說，史也露出怒不可遏的眼神瞪了她一下，再度低頭看報告。由美屏住呼吸看著他。

報告上寫的是花惠結婚前的人際關係。她之前在相模原的電器零件廠工作，偵探找了花惠當時的同事和女子宿舍的朋友，詳細調查了她當時的人際關係。

調查發現，那時花惠有一個男朋友。一起住在女子宿舍，和花惠關係很好的女工告訴偵探，花惠是因為她的牽線，才會認識那個男朋友。因為她當時安排了一場聯誼，對於那個男人，女工記得「是在IT相關企業上班的上班族，姓田端」。偵探給她看了史也的相片確認，女工說，不是這個人。

花惠在工廠的上司也記得她交往的對象是在IT企業上班的上班族。那個上司當時是組長，花惠親口告訴他這件事。重要的是時機，她是在向上司報告說，她因為結婚，所以要離職時說了這件事，而且還說當時已經懷孕了。偵探在報告中說：『前上司說：「在得知她要結婚的同時，知道她懷孕的消息，的確很驚訝，但看到她滿臉喜悅，當然為她感到高興。」』

從時間來判斷，當時她肚子裡的就是小翔，而且當時花惠打算和那個姓「田端」的人結婚。既然這樣，最後為什麼會嫁給史也？偵探也沒有查清楚這個原因，所以只寫了『不明』。

史也看完了報告，抬起頭，臉上沒有表情。由美覺得他既沒有驚訝，也沒有感到茫然。

「怎麼樣？」妙子問：「你終於清醒了嗎？」

史也搖了搖頭，「沒什麼好清醒的。」

「爲什麼？小翔不是你的親生兒子啊。」

「小翔是我的兒子，」史也用平靜的語氣說：「是我和花惠的兒子。」

「你在說什麼啊？你沒有看報告嗎？是那個姓田端的男人——」

妙子沒有繼續說下去，因爲史也把調查報告撕成了兩半。「妳走吧。」

「史也，你……到底在想什麼？」

他把撕破的報告用力丟在茶几上，「我叫妳走啊。」

妙子用力吐了一口氣後站了起來，但是，她沒有走向門口，而是走向隔開飯廳的那道拉門。

「妳想幹什麼？」史也大聲問道。

妙子不理會他的聲音，用力打開拉門。只聽到輕聲的驚叫，坐在桌旁的花惠一臉膽怯地抬頭看著妙子。小翔跑到她身旁抱住了她。

「因爲和史也談不出結果，所以我直接問妳。花惠，妳剛才是不是聽到了我們的談話？請妳告訴我，小翔的——」

史也抓住了妙子的肩膀，「住嘴！妳想說什麼？小翔在這裡。」

聽到這句話，妙子可能也覺得不妥，停頓了一下。

「那我換一種方式，花惠，妳回答我，爲什麼妳辭職時對上司說，妳要嫁給上班族？爲什麼不說是醫生？」

「妳不必回答，」史也把妙子推開，關上了拉門，「趕快走吧。由美，妳帶媽回家。」

事情非同小可。由美不由得想道。史也隱瞞了更重大的事，所以不能輕易碰觸。

「媽媽，」她叫著妙子，「我們回家吧。」

妙子咬著嘴唇，瞪著兒子，大步走回客廳，抓起自己的皮包，然後大步走向門口，用力打開門走了出去。

由美看著史也，兄妹兩人四目相接。

「對不起，」史也用平靜的語氣說：「媽就拜託妳了。」

即使聽到哥哥這麼說，由美也不知道該怎麼辦，但還是默默點了點頭，跟在妙子身後追了出去。哥哥一定也很痛苦，至少她清楚知道這一點。

當她來到走廊上時，妙子已經打開了玄關的門。由美急忙穿上鞋子。

走出屋外，走下階梯，走出大門時，妙子停下腳步，回頭看著史也家。

「到底是怎麼一回事啊？他是不是腦筋出了問題？」

「我猜想應該有什麼原因。」

「有什麼原因？」

「那我就不知道了……」

妙子露出失望的表情，緩緩地搖了搖頭。

「孫子是別人的孩子，媳婦的父親是殺人凶手，怎麼會有這種事？以後要怎麼活下去？」

她在皮包裡摸索了半天，終於拿出手帕，但淚水已經滴落在地上。

10

「媽媽，妳怎麼了？」
聽到小翔的聲音，花惠終於回過神，發現自己緊緊抱著小翔。
「啊，對不起。」她鬆開兒子的身體，對他擠出笑容。
小翔露出納悶的表情問：「奶奶為什麼生氣？」
「因為……」
她思考著該怎麼回答，旁邊的拉門打開了。
「奶奶沒有生氣。」史也回答說。
「騙人，奶奶剛才生氣了。」
「沒有生氣，即使奶奶生氣，也和小翔沒關係，和爸爸、媽媽也沒有關係。」
「沒有關係嗎？」小翔轉頭看著花惠。
「嗯。」花惠只能點頭，年幼的兒子似乎無法釋懷。
「你不去看卡通嗎？」史也問。
「可以看嗎？」小翔問花惠。因為只有客廳有電視，剛才對他說，有客人要來，所以叫他不要看卡通DVD。

「可以啊。」花惠回答。

「太棒了。」小翔衝去客廳，她目送著兒子的背影離去後，看著丈夫。

「對不起。」史也說。

花惠搖了搖頭，「媽媽說的話很有道理。」

他皺起眉頭，「沒想到她會僱用偵探。」

「恐怕只是時間早晚的問題，即使沒有這次的事，她早晚都會知道。」

「她爲什麼愛管別人家的閒事。」

「話不能這麼說，因爲這不能算是別人家的事。孫子不是兒子親生的，媳婦的父親又殺了人——任何母親遇到這種情況，都會希望兒子離婚。」

史也臉上露出痛苦的表情，抓了抓頭。

「聽我說，」花惠開了口，「眞的不用離婚嗎？」

他停下手，皺起眉頭，「妳在說什麼啊？」

「我覺得最好的解決方法，就是我帶著小翔離開……」

史也用力搖了搖手，「別說傻話了。」

「但是——」

「這個問題不値得討論，而且我們之前不是說好，不再談這個問題嗎？」史也說完，轉身離開，打開門，走了出去。他的腳步聲在走廊上響起，隨即上了樓。

花惠探頭看向客廳，小翔正坐在電視前。

茶几上放著撕破的報告，她走過去撿了起來。因爲只是撕成兩半，所以並不影響閱讀。看到「田端」這個名字，她無法保持平靜。她再度發現，雖然內心的傷已經是陳年舊傷，卻完全沒有癒合。

花惠在椅子上坐下，從頭讀起。報告的內容幾乎都是正確的事實，但她覺得好像在看別人的經歷，也許是因爲不願意回想起自己的過去。

當初聽說工廠在神奈川縣時，曾經以爲是像橫濱那種高級的地方，但去了那裡之後，發現是大小工廠林立的工業區。女子宿舍走路到工廠要二十分鐘，長長的走廊上有一排細長形的房間，廁所和流理台都是共用，但她還是爲能夠獨立生活感到高興。

果然如她所料，工作本身很無趣。她被分配到小型馬達的線圈工廠，一開始負責查線圈是否有不良品。這個工作需要高度專注力，而且眼睛也很容易累。一問之下，知道只有年輕女工才適合這個工作，組長告訴她：「年紀大了，眼睛不好，專注力也變差時，就會被一腳踢開。」

但是，和同事還有住在宿舍的朋友在一起時很開心。她向來對自己的容貌沒有自信，也從來沒有交過男朋友，不過在參加和男子宿舍共同舉辦的派對時，有男生想要和她交往。她把自己的處子之身獻給了第二個男朋友。在總公司上班的他是菁英技術人員，當時她很期待可以嫁給那個男朋友，可惜他們的關係並沒有持續太久，男方向她提出分手。很久之後她才知道，原來那個男人另有女友。

二十四歲時，她搬出了女子宿舍。雖然宿舍的年齡限制是三十歲，但二十四歲搬離那裡成爲不成文的規定。可能是暗示女工都要在二十四歲前結婚吧。

她在公司附近租了房子，把戶籍地址從宿舍遷到租屋處時，同時申請辦理了分戶手續。她覺得終於和父親斷絕了關係，她離家之後，從來沒有和作造見過面，作造也從來沒有聯絡她。雖然只要向高中打聽，就可以查到花惠的工廠，可見作造也不想和她聯絡。

她的日子平凡，沒有任何刺激，每天都做同樣的事。她早就放棄了想被調去做事務工作的奢望，但繞線圈的工作越來越得心應手。有時候試驗品工廠也會請她製作特殊要求的線圈。無論再細的電線，她都可以繞得很平整，完全沒有重疊，只不過這種技術在其他職場完全派不上用場。

她曾經感到不安，不知道這種生活會持續到什麼時候。其他同事紛紛結婚離職，公司也開始裁員。雖然這裡的薪水很低廉，但她沒有任何證照，也沒有專長，根本不可能換工作。

她在二十八歲生日那一天，遇見了田端祐二。她不想獨自過生日，剛好以前同住在女子宿舍的朋友打電話給她，邀她去喝酒。她想不到拒絕的理由，決定赴約。來到約定的那家店，才發現原來是聯誼。因爲除了朋友以外，還有兩個男人。其中一個是朋友的男朋友，另一個人是她男朋友帶來的朋友，那個朋友就是田端。

田端當時三十五、六歲，單身，自我介紹說在IT產業工作。花惠立刻覺得他和自己生活在不同的世界，她對電腦一無所知，雖然工廠也有電腦，但她只會一些基本的功能，每次只要有不懂的地方，就會立刻找後進幫忙。

而且他端正的長相正是花惠喜歡的類型，高大的身材和細長的手指都成爲吸引她的魅力。他能言善道，即使是平淡的內容，也可以說得引人入勝。花惠對他一見鍾情。

「好，爲了慶祝花惠的生日，我請大家喝香檳。」當他說這句話時，花惠的視線已經無法離開他的臉。

雙方交換電話後，花惠很快接到了他的電話。他在電話中說，還想要和她見面。花惠當然二話不說地答應了。她樂翻了天，在第二次約會後，就一起去了賓館。他在床上很溫柔體貼，花惠覺得這次應該可以很順利。

幾次約會後，她剛好遇到當初安排他們認識的朋友，說了和田端之間的事，那個朋友有點驚訝。

「原來你們在交往，眞是意想不到的發展。」

她說，她不太瞭解田端這個人。

「他不是妳男朋友的朋友嗎？」

那個朋友偏著頭說：

「我男朋友也和他不熟，他們好像是在喝酒的時候認識的。」

「原來是這樣。」

那也沒關係。花惠心想。即使日後舉辦婚禮，也不一定要請這個朋友。

她和田端每個月見面一、兩次，大部分都在橫濱。他也曾經去花惠家，然後在她家住一晚，但花惠從來沒有去過他家。因爲他說，他和母親同住。

「曾經有人懷疑我有戀母情結，」田端皺著眉頭說，「但我爸死了，總不能丟著我媽不管。雖然很麻煩，但也沒辦法。」

花惠聽了，不由得感到佩服。原來他這麼孝順母親。

問題在於他什麼時候帶花惠去見他的母親，只不過花惠無法催促他這件事，因爲他從來沒有提過結婚這兩個字。

認識田端半年後，他終於提到和結婚有關的話題。他問花惠，手頭上有多少可以自由運用的資金。

「因爲我們公司打算拓展新的業務，目前正在募集出資者。新的業務絕對會成功，所以我也決定出資。那個部門以後會成爲一家獨立的公司，如果順利的話，我也許可以當上董事。目前正是關鍵，我要盡可能多找一些出資者，向公司展現實力，所以我在想，不知道能不能請妳幫忙。」

花惠完全沒想到田端會和她提這種事，她也從來沒有想過投資的問題，更不知道是怎麼一回事。

「妳不必擔心，只要把錢交給我，其他麻煩的事都由我負責處理。」田端用熱誠的口吻對她說完，又補充了一句，「每個員工出資的金額有限度，但結婚的話，也可以用太太的名義出資，所以更有利。」

聽到這句話，花惠動心了。這是第一次從他口中說出「結婚」這兩個字。

花惠問他需要多少，他偏著頭，豎起兩根手指。

「二十萬？」

田端聽到她的回答，把身體向後仰。「怎麼可能？是兩百萬。」

「嚇死我了，我從來沒買過這麼貴的東西。」

「那不是買東西，只是把現金換成證券，可以隨時把錢拿回來。」田端一派輕鬆地回答，「如果有困難，只要一百萬也可以，另外一百萬，我去拜託別人。」

「別人？」

「我會想辦法，反正拜託別人也是工作的一部分。」

花惠仍然對田端的工作內容一無所知，但想像他四處拜託別人的樣子，就不由得感到心疼。如果自己有能力，她想要幫他。花惠工作十年，雖然薪水很低，但她生活節儉，所以手頭有一些存款。

雖然她不是很想投資，但最後還是答應出資。田端樂不可支，說他終於可以對公司有交代了。看到他興奮的表情，花惠也感到高興。

「但這件事妳不要告訴別人，因爲這是極機密的消息。」田端叮嚀她。

但是，事情並沒有到此爲止，不久之後，田端又說需要錢。

「之前的資金還是不夠，只要再出一百萬就好，有沒有辦法？」

花惠感到很困惑，雖然他說「只要一百萬」，但對她來說，是一筆鉅款。

「那些錢什麼時候可以還我？」她直接問他。

「要等那項業務開始進行，有利潤的時候……」田端歪著頭說，「如果妳要我早一點還妳，那只能用我自己的錢慢慢還妳。」

「那倒不需要。」

這時，田端露出靈機一動的表情說：「那以後從我的零用錢中扣除。」

「零用錢……什麼意思？」

他搞笑似地輕輕攤開雙手。

「就是這個意思啊。咦？沒有零用錢？不會吧？」

花惠知道自己的臉紅了。他的意思是指結婚之後。當她察覺到這一點後，立刻覺得錢的事根本不重要。於是，她再度答應出資。

之後又拿了幾次錢給田端。雖然田端每次都有不同的理由，但每次都暗示要結婚。花惠每次聽了，就像中了魔法，什麼都說不出口。

認識田端差不多兩年後，花惠的身體發生了變化。她的月經停了。她心想該不會懷孕了，去買了驗孕棒，出現了陽性反應。

她約了田端在咖啡廳見面，戰戰兢兢地告訴他這件事。他從椅子上站了起來，握住了她的手。

「是嗎？太好了。謝謝妳，太謝謝了。」他神采飛揚地說。

「我可以生下來嗎？」

「當然啊，那還用說，是我們的孩子啊。」

他握著花惠的手，凝視著她的眼睛說：「我們結婚吧。」

花惠差一點喜極而泣，因爲她原本以爲田端會露出爲難的表情。

「等一下，孩子什麼時候出生？」田端好像突然想起了什麼，「嗯，時機剛好有點微妙。」

「時機？」

「嗯，不瞞妳說——」

他說，他下個月要去紐約一陣子。因爲新業務的重心在紐約，在業務步入軌道之前，他必須守在那裡。

「董事長無論如何都要派我去，說其他人靠不住。」

「你要去那裡多久？」

「短則三個月，長的話恐怕要半年。」

這樣的話，可以在孩子出生前回來。花惠稍微鬆了一口氣，對田端說：「既然是公司的安排，那也沒辦法。」

「對不起，這麼重要的時期無法陪在妳身旁。妳要注意身體，不要累壞了。」

「嗯，我知道。」花惠摸著自己的肚子，內心充滿幸福。

她去醫院檢查後，發現果然懷孕了。當她拿著超音波相片回家時，忍不住唱起了歌。

不久之後，她就向公司申請離職。當她說出離職理由時，上司和同事都爲她感到高興，向來毒舌的組長還說：「剩餘品拍賣終於結束了。」

她很少見到田端，因爲他在出發去紐約前有很多事要處理，所以抽不出時間。花惠很想和他討論婚禮的事，也想去見他的母親，但遲遲沒有機會開口。

田端出發前一天上午，突然來家裡找她。

「我闖禍了，我把提款卡和存摺都放在寄去紐約的行李中，現在才想到，我沒辦法領錢。」

「那怎麼行？你需要多少錢？」

「我也不清楚，目前還不知道那裡的狀況，當然越多越好。」

「好吧。」

花惠決定拿出原本不願意動用的錢。她帶著克枝留給她的存摺和印章，和田端一起去了銀行，領了一百萬圓整交給他。

「謝謝，幫了我的大忙。等那裡狀況穩定之後，我立刻寄錢給妳。」

田端說，不用去送他。因爲他擔心孕婦一個人從機場回家不安全。

「你眞容易擔心，好，那我就乖乖在家。」

「那才對嘛，我出發前會打電話給妳。」田端說完，轉身離開了。

這是花惠最後一次見到他，但直到更久之後，才意識到那是最後一次見面。

田端不時寫電子郵件給她，幾乎都是談工作的事，強調他很忙。

花惠獨自在家翻翻育兒雜誌，看看電視，有時候夢想一下兩個人的未來。她的腦海中只浮現幸福的影像，每天都快樂無比。

唯一的擔心，就是金錢的問題。雖然有一筆離職金，但金額並不高。因爲目前都沒有收入，所以餘額當然越來越少。

田端雖然承諾很快會寄錢給她，但他去美國兩個月，也沒有收到分文。起初的郵件中不時爲此道歉，但漸漸不再提這件事。

花惠心想也許他忘記了，於是就在電子郵件中暗示他，但遲遲沒有收到回覆。好不容易收到回覆，卻完全不提寄錢的事。

最後她鼓起勇氣，直接在電子郵件中說告訴他，「我越來越沒錢了」，田端沒有立刻回覆，她又寄了一封郵件，「如果可以，希望你馬上寄錢給我。」

沒想到——

田端從此杳無音訊。過了好幾天，仍然沒有收到回覆。花惠幾乎每天都寄電子郵件，但還是沒有任何回應。

她不由得擔心田端是不是在紐約出了什麼事。

電子郵件是可以聯絡到田端唯一的方法，她煩惱了很久，最後拿出了第一次見面時，田端給她的名片。上面有田端的內線電話，但她還是決定先打總機。

但是，電話中傳來「這個電話是空號」的聲音。花惠困惑不已，難道公司的總機號碼會改嗎？

她打電話去NTT的查號台，對方回答說，那個地址並沒有那家公司。花惠堅稱不可能有這種事，確認了好幾次，對方還是堅持沒有這家公司。

她拿著手機，陷入了茫然，完全搞不清楚狀況。

她想到也許公司搬家了，公司的名字也改了。可能只是田端忘記告訴她了。

她沒有電腦，所以去了網咖，在店員的指導下搜尋，看到了意想不到的報導。

田端的公司之前的確存在，但兩年多前就倒閉了，剛好是花惠認識他不久之後，而且並沒有被其他公司併購。

花惠的腦筋一片混亂。田端說的那家公司又是怎麼回事？新業務、出資、紐約——各種字眼在她的腦海中穿梭，完全無法理出頭緒。

她不知所措，終於發現自己對田端一無所知。共同的朋友就是當初安排他們認識的那個朋友，即使去問她，恐怕也問不出任何事。

花惠持續寄電子郵件給田端，但是有一天，連郵件也無法寄達了。難道是他改了信箱？

花惠不知道該怎麼辦，日子一天一天過去。看著肚子一天比一天大，她越來越不安。懷孕第六個月，她的存款快見底了。

這時，她接到一通電話。是陌生的號碼。

她接起電話，對方劈頭就問：「妳是町村花惠小姐嗎？」是一個女人的聲音。

「是，請問妳是哪位？」

「我姓鈴木，妳應該認識田端祐二吧？」女人問她。聽到田端的名字，她的心一沉。

「認識啊……」

自稱姓鈴木的女人停頓了一下問：「那妳知道他死了嗎？妳知道他闖平交道死了嗎？」

因爲對方的語氣太冷淡，花惠一下子無法理解對方在說什麼，停頓了幾秒，才發出「啊？」的聲音。

「妳果然不知道。」

「這是怎麼回事？是什麼時候發生的？」她驚叫著問道。

「兩個星期前，被中央線的電車輾死了。」

「中央線？不可能，因爲他在紐約……」

「紐約？喔，原來他是這麼騙妳的。」

「騙我……」

「町村小姐，我想妳聽到這個消息應該很受打擊，但妳聽清楚，妳被騙了。他騙了妳多少錢？」

「啊？」

「他拿了妳的錢吧？我被他的花言巧語騙了五十萬。」

對方說的每一句話都在花惠的腦海中發出巨響，她無法相信田端已經死了，更不可能相信這種話。

「妳在聽嗎？妳沒有給他錢嗎？」

「有借他一點……」

「我就知道，他是個寡廉鮮恥的騙子，騙了很多女人，也騙了不少錢。我想妳應該不知道，他有老婆和孩子。」

花惠覺得全身的血都沸騰起來，「怎麼會……」

那個姓鈴木的女人一口氣繼續說了下去。她得知田端闖平交道自殺後，透過報社的關係，查到了田端家的住址，終於發現了他的眞面目。田端對她說，他是經營顧問公司的老闆，但那根本是空殼公司。她火冒三丈，調查了田端的物品，確認有沒有其他受害人。

「町村小姐，要不要成立被害人自救會？就這樣整天以淚洗面不是太不甘心了嗎？如果可以，至少想要拿回一點錢吧？」

被害人自救會、以淚洗面——她完全沒有眞實感，也覺得這一切不是眞的。

「對不起，我不參加。」

「爲什麼？他不是騙了妳的錢嗎？」

「我的錢，那……沒關係。對不起，沒關係。」

對方繼續說著什麼，但她說了聲：「對不起。」就掛上了電話，視線落在已經微微隆起的肚子上。

她覺得不可能有這種荒唐事。一定是剛才的女人腦筋有問題。田端聽到自己懷孕，感到很高興，還對自己說「謝謝」，說「我們結婚吧」，那些話聽起來不像在說謊。

花惠再度去了網咖，想要調查新聞報導，想要確認「沒有」田端在兩個星期前自殺的事實。

然而，當她用幾個關鍵字搜尋後發現的報導把她推入了絕望的深淵。

田端祐二死了。正如那個女人所說的，他衝進平交道自殺，報紙上說他的動機是「金錢方面的問題」。

花惠覺得身體好像被抽掉了什麼東西，無法繼續坐在椅子上。她從椅子上跌落下來，在漸漸遠去的意識中，聽到有人跑過來的聲音。

11

好久沒來濱岡家了，這裡的樹籬似乎不像以前修剪得那麼整齊，但現在可能沒心情修剪吧。

他按了門鈴，對講機中沒有傳來任何回應，玄關的門就直接打開了。披著淡紫色開襟衫的里江滿臉笑容地探出頭，「歡迎啊。」

中原欠身打完招呼後，打開了院子的門，走進院子。

走進有壁龕的日式客房，中央放了一張矮桌，角落設置了佛壇，上面有小夜子的遺照。

里江拿了坐墊給他，但他先爲小夜子上香。上完香後，才在前岳母對面坐了下來。

「對不起，在妳忙碌的時候上門叨擾。」

「你太客氣了，」她搖了搖手，「我跟我老公說，你至今仍然這麼關心小夜子，我們感激還來不及呢。雖然我老公今天也很想見你，但他擔任顧問的公司有事，所以不得不出門，他叫我代他向你問好。」

「爸爸的身體怎麼樣？」

「馬馬虎虎吧，畢竟已經上了年紀。」

里江把一旁熱水瓶中的熱水倒進茶壺，飄來一股日本茶的香氣。里江把茶杯放在茶托上，放在中原的面前，「請喝茶吧。」

「謝謝。」中原挪到矮桌，拿起了茶杯。

「我在電話中說了，看了小夜子的手記後很震撼，覺得自己沒有像她想得那麼深入。」

「我們也很驚訝，正因爲這樣，所以才會對山部律師說，無論如何都要在審判中反映她的信念。」

「我很瞭解你們的心情，開庭的日期決定了嗎？」

「山部律師說，開庭日期應該快出來了。」

「希望審判不會拖太久。」

「聽說現在和以前不一樣，時間大幅縮短。而且，這次的凶手全面認罪，應該很快就會結審。」

「是嗎？我對陪審團制度還不太瞭解，是用怎樣的方式進行？」

「聽山部律師說，陪審員是一般民眾，所以對事件的印象很重要。檢方會致力強調犯罪行爲的殘忍，但辯方應該會訴諸於情。」

「訴諸於情嗎？怎麼訴諸？」

「以這次的案子爲例，辯方一定會主張要重視凶手自首投案這一點，對了對了，律師還說，恐怕還會提出考慮凶手的年紀。」

「年紀？他幾歲了？」

「六十八歲，所以，即使判二十五年的有期徒刑，他出獄也九十三歲了，等於是很接近無期徒刑的量刑。聽律師這麼說，也覺得有道理，所以我開始覺得，即使無法判死刑，這樣好像也可以。」

中原喝了一口茶，吐了一口氣，「所以，無法期待死刑判決。」

「律師說，應該不太可能。」里江垂下雙眼。

即使如此，他們仍然想要參與審判，爲了在法庭上說出「求處被告死刑」這句話。

「你要的東西，我都放在那裡了。」里江看向隔壁客廳說道，客廳和這個房間之間隔了一道紙拉門，但目前拉門敞開著。客廳的地上放了三個紙箱。

「我可以看一下嗎？」

「當然可以。」

中原走去客廳，在紙箱前坐了下來。紙箱裡裝了書籍、資料和筆記本，還有數位相機和電子閱讀器。

這是從小夜子的租屋處帶回來的。昨天，中原打電話給里江，希望可以看一下小夜子在工作上使用的資料。因爲他看了小夜子的手記後，想要深入瞭解前妻在怎樣的背景下，寫下這些內容。

「她的租屋處有更多書和資料，我先找了這些和她的手記有關的東西，相機可能沒有關係，但我也一起放進去了。」

「好，不好意思，讓妳費心張羅。」

「沒關係，那份手記就儲存在那台電腦裡。」里江指著沙發前的茶几說，上面放了一台筆電。

中原坐在沙發前說：「那我看一下。」

他打開電源，螢幕上顯示需要輸入密碼。他問了里江，里江告訴他，密碼是『SAYOKO』，警方在調查電腦時，重新設定了這個密碼。

電腦中儲存了很多資料，大部分都是文字檔，分類很豐富多樣。最近一篇文字檔是那篇偷竊癮的報導。

「我大致看了一下，她採訪了很多主題。沒想到自由撰稿人工作這麼辛苦。」

「她比我更加充滿活力。」

「道正，你也很出色。雖然遭遇了那種事，但重新站起來，投入新的工作。葬禮的時候，大家都覺得你很了不起。」

「沒有沒有。」中原偏著頭苦笑著。自己只是繼承了舅舅的事業，根本沒有任何值得驕傲的事。

「我在二樓，有什麼事，隨時叫我。」

「不好意思，謝謝。」

目送里江走出房間，中原將視線移回電腦上。稍微看了一下，小夜子果然蒐集了很多關於死刑和刑罰的資料，還找到了專門蒐集相關報導和判例的資料夾。

粗略瀏覽了電腦內的資料後，他坐到紙箱前，這裡有很多關於死刑制度、審判和量刑相關的書籍和資料，也有解說被害人參加制度的書籍。中原的心情很複雜，小夜子應該做夢都沒有想到，在自己遭到殺害的事件中，父母打算運用這個制度。

他拿起每一本書隨手翻閱，檢查小夜子有沒有在書上的空白部分寫筆記，這時，突然有東西掉在他的腳下。那是一張B5尺寸的紙，摺起後夾在書裡。最上面寫著『兒童醫療諮商室舉辦日通知』，下方有幾個日期，似乎每個月舉辦一次。

原來是簡介。他正想要重新摺好，突然停下了手。因為他看到最下方『慶明大學醫學院附屬醫院』幾個字。

他想起最近好像在哪裡聽過這個名字，努力回想後，終於想起來了。是從山部律師口中聽說的。被告的女婿在慶明大學醫學院附屬醫院工作。

但是──中原聳了聳肩，把紙重新摺好，夾進手上的書中。這也未免太牽強附會，應該只是巧合吧。這張簡介一定是小夜子為了採訪用途帶回來的。慶明大學醫學院是名校，小夜子前往採訪也很正常，況且和死刑根本沒有關係。中原拿起下一份資料時，已經把那份簡介的事拋在腦後。

當他檢查完紙箱內所有的東西時，天色已經快暗了。里江下樓爲他泡了咖啡。

「情況怎麼樣？」里江問。

中原輕輕「嗯」了一聲，「我充分瞭解到小夜子和我離婚之後，多麼認眞地鑽研這個問題，深切感受到她致力減少凶惡犯罪的心情，發自內心地感到佩服。」

這番話並不是奉承，光是看小夜子蒐集的書名和資料名稱，就可以感受到她的執著。

「既然這樣，要不要認眞考慮那件事？」里江陷入了沉思。

「那件事？」

「之前不是跟你說過嗎？在出版社工作的日山小姐說，如果想把小夜子的稿子出書，她願意幫忙。」

「喔，原來是這件事，」中原用力點頭，「很好啊，我也大力贊成。」

「等審判告一段落後，我再和她商量，只不過不知道會等多久。現在有很多事要忙。」

「要不要由我和日山小姐聯絡？我在守靈夜時見過她，也算認識了，而且，我也想找機會和她好好聊一聊。」

「是嗎？那就拜託你了。如果你願意主導這件事，小夜子在那個世界也會感到心滿意足。」

「我沒有能力主導啦。」

中原從紙箱裡拿出數位相機。正如里江所說，也許和死刑問題沒有關係，但他想看一下小夜子在採訪時拍了哪些相片。

他打開電源，相片出現在液晶畫面上。看到第一張相片，中原有點意外。原本以爲小夜子拍的是哪一所監獄的內部，沒想到是一片鬱鬱蒼蒼的樹林，並沒有任何人影。

中原操作著按鍵，檢查之前的相片，發現有好幾張都是一片樹林。不像是庭院，而是一片森林，並沒有拍到任何紀念碑之類的東西。中原看了攝影日期，發現是小夜子遇害的十天前。

「道正，怎麼了嗎？」里江似乎察覺他不太對勁，開口問道。

「沒有，我只是在想，這裡是哪裡。」他把相機螢幕遞到里江面前。

里江訝異地搖了搖頭，「不知道，這會是哪裡呢？」

「看日期，是案發的不久之前，妳有沒有聽說小夜子去哪裡旅行？」

「嗯……我沒聽說。」

「是喔。」

中原看著相片，總覺得無法釋懷。他無法把撰文激烈反駁廢除死刑論的小夜子和這片樹林連結在一起。

12

爲了和日山千鶴子見面，中原難得請了休假。她任職的出版社位在赤坂，嶄新的出版社大樓就在和外堀大道平行的那條路上。

他在櫃檯自報姓名後，在大廳等候，身穿夾克的日山千鶴子出現了。她比之前在守靈夜看到時顯得更加年輕，手上拎了一個紙袋。

「讓你久等了，這裡請。」日山千鶴子面帶笑容，指著一旁的入口說道。走進一看，那裡有桌子和椅子，似乎是和訪客開會討論的空間。

室內有一台飲料自動販賣機，日山千鶴子在販賣機前停下腳步，「你要喝什麼？」

「咖啡……啊，不，我自己來買就好。」

「你不要客氣，又不是請你吃什麼貴的東西。」

「謝謝妳。」

日山千鶴子也選了咖啡，兩個人拿著紙杯，在空位坐了下來。

「這次拜託妳這麼麻煩的事，眞的很抱歉。」中原向她致歉。

「別這麼說，謝謝你聯絡我，其實我也一直惦記著這件事，不知道小夜子寫的手記怎麼樣了。」

「妳看過了嗎？」

「看了，」日山千鶴子點了點頭，從紙袋中拿出一疊稿子，「顯然是她投入了很多心血的力作，我一口氣看完了。」

中原在三天前把這份底稿寄給日山千鶴子。因為在打電話和她聯絡後，她說希望在討論之前，看一下這份手稿。站在她的立場，這是理所當然的要求。

「有沒有達到可以出版的水準？」中原問。

「水準應該沒有問題，文字很順暢，內容也不會太費解，用通俗易懂的方式表達了廢除死刑絕對有問題，應該將所有殺人凶手都判處死刑的主張，這方面寫得很好，只是並不是完全沒有問題。」

「哪些方面有問題？」中原看向稿子，上面貼了好幾張粉紅色的便利貼，也許是日山千鶴子在意的部分。

「小夜子努力從客觀的角度落筆，但某些部分有點情緒化，這並沒有問題。這種作品明確表達作者的心情，反而更有說服力，問題在於她的感情似乎有點搖擺不定。」

「妳的意思是……」

日山千鶴子喝了一口咖啡後，微微偏著頭。

「我在想，是不是小夜子本身還沒有找到明確的答案，對於殺人凶手都要判死刑這種做法是否能夠解決所有的問題，仍然沒有定見。」

「喔，也許吧。」中原看著眼前這位編輯，「太厲害了，專業的眼光果然不一樣。」

「什麼意思？」

中原把從平井律師口中聽說的事告訴了她。蛭川雖然被判處死刑，但也因爲被判處死刑，他直到最後，都沒有悔改之意。

日山千鶴子一臉了然於心的表情，連續點了幾次頭。

「死刑很無力嗎？這句話很沉重。」

「我猜想小夜子聽了平井律師說這件事後，也產生了很多猶豫。雖然她原本基於防止再犯的目的強調死刑的好處，但我認爲反而反映了她內心的迷茫。」

「很有可能，」日山千鶴子說完，突然張大眼睛，「你可不可以把和那位律師的對話寫下來？」

「啊？我嗎？」

「除此以外，還有幾個我有點在意的部分，如果可以增加你的意見，我認爲可以成爲很好的作品，可以用小夜子和你合著的方式出版。」

「呃？不行啦，我不太會寫文章。」

日山千鶴子搖了搖頭。

「不需要追求精采，只要把你的想法寫下來就好，我也會協助你，一定可以成爲話題。小夜子的稿子就這樣被埋沒不是太可惜了嗎？」

小夜子目前的原稿似乎很難直接出書。中原有點不知所措，因爲他完全沒有預料到日山千鶴子會提出這樣的要求，但他眞的很希望小夜子的稿子可以付梓。

中原低頭思考，日山千鶴子探頭看著他問：「怎麼樣？」

「可以讓我考慮一下嗎？因爲，我沒什麼自信。」

她笑了笑。

「好，反正並不急，請你好好考慮，我先把這些稿子還給你。」她把原稿放回紙袋，遞給中原。

「眞是意想不到的發展，」中原接過紙袋，搖了搖頭，「如果我這麼蹩腳的文章混在其中，小夜子在那個世界也會生氣吧？」

「這方面請你不必擔心，而且，小夜子也不是一開始就寫得這麼好。」

「是嗎？」

「對，因爲她之前寫過文案，所以語彙很豐富。」

「是喔，」中原一臉意外地看著紙袋，「完全感覺不出來。」

「文章這種東西，越常寫，就會寫得越好。小夜子也是在寫了各種報導後，有了很大的進步。」

「對了，」中原坐直了身體，「我忘了謝謝妳雜誌的事，謝謝妳特地寄給我。」

「你是說偷竊的報導嗎？你看了之後有什麼感想？」

「很發人深省，之前我完全不知道有人為此煩惱。」

「這是小夜子準備了很久的企劃。她得知某個治療酒精依存症的醫療機構，也有矯正偷竊癮的課程後，就產生了興趣，努力尋找願意接受採訪的病患，費了很大的工夫。」日山千鶴子露出苦笑。

「雖然都是偷竊癮，但每個人的原因都不同。」

「是啊，但其實我也是看了之後才知道。我只有為小夜子安排採訪而已，其他都是她獨力完成的。中原先生，哪一位女性的故事令你印象最深刻？」

「嗯，」中原偏著頭，「每個人的故事都很印象深刻，從某種意義上來說，她們都很可憐，還有人因為攝食障礙發展為偷竊癮，只能說是悲劇。」

「深有同感。」

「但是第四個女人的故事印象最深刻，她好像在跟自己過不去。」

「喔，」日山千鶴子點了點頭，「她覺得自己沒有資格活在這個世上，所以都吃偷來的食物。」

「是啊，為什麼會這麼自責？」

「也許有什麼心理問題，中原先生，你在小夜子守靈夜時，見過報導中的那個女人。」

「喔，果然是她，」中原點了點頭，「在看報導時，我就有這種感覺，我記得她叫井口小姐？」

「對，井口沙織小姐，小夜子也特別關照她。其他人都只有採訪一次，但她和井口小姐見了好幾次。」

「守靈夜那天好像有聊到這件事，小夜子好像特別照顧她，具體是指哪些方面？」

「詳細情況我就不太清楚了，而且我也不知道她們兩個人關係這麼好。我只知道小夜子遇害後，井口小姐打電話給我，說她從新聞中得知濱岡女士遇害的消息，不知道守靈夜和葬禮什麼時候舉行，所以那天才會和我一起去殯儀館。」

「原來是這樣。」

中原猜想小夜子在寫那篇報導時，可能對她做了心理輔導。如果井口小姐沒有敞開心房，不可能把那些事告訴小夜子。

「仔細觀察她，就會發現她長得很漂亮，和我們在一起的時候感覺很正常，」日山千鶴子露出凝望遠方的眼神，「但只要看到放滿商品的貨架，就會開始心神不寧，手也會發抖。」

「看來症狀很嚴重。」

「但還是漸漸有了變化，第一次去她家時，我也一同前往，她家有一種異樣的感覺。」日山千鶴子皺著眉頭，微微探出身體。

「怎樣的異樣？」

「芳香精油的香味很強烈，適量的精油可以令人放鬆，但她房間裡的精油味太強烈了。除此以外，還有顏色，無論傢俱、家電，很多都是紅色，連窗簾和地毯也是，冰箱也是紅色。」

「那眞的很特殊，」光是想像一下，就覺得坐立難安，「她應該很喜歡紅色。」

「問題並不是這樣，我問她，是不是喜歡紅色，她回答說，並沒有特別喜歡，只是回過神時，發現自己都買紅色。」

「是喔……」如果是心理學家，應該可以說出一番解釋，但中原什麼都答不上來。

「最絕的就是樹海的相片。」

「樹海？」中原忍不住問，「妳說的樹海，就是那個樹海？有很多樹的樹海？」

「對，那張樹海的相片放在客廳矮櫃上，和花放在一起。我問她是哪裡的森林，她回答說，是青木原的樹海。」

「那張相片是明信片之類的嗎？」

「不，只是把相片放在相框裡。」

「只有樹海嗎？沒有拍到人？」

日山千鶴子搖了搖頭，「沒有拍到人。」

「可能她很喜歡那張相片。」

「也許吧，但並不是很有藝術感的相片。」日山千鶴子似乎對此感到不解，她把紙杯裡的咖啡喝完了。

中原想起小夜子數位相機中的幾張相片，也只拍了一片濃密的樹林。

「妳說她叫井口沙織嗎？字怎麼寫？」中原問。

日山千鶴子寫下『井口沙織』幾個字。

「她做什麼工作？」

日山千鶴子意味深長地沉默片刻後，用一隻手掩著嘴說：「可能是色情行業。」

「喔……」

「雖然不是她親口說的，但小夜子曾經這麼告訴我。」

「原來如此。」

報導中提到，她曾經兩度入獄，的確很難從事正常的工作。

離開出版社後，中原站在路邊打電話。電話立刻接通了，中原為前幾天的事向里江道謝後，說了今天打電話的目的。

「小夜子的數位相機中最新的幾張相片拍了有很多樹的地方，反正不知道是森林還是樹林，可不可以麻煩妳用電子郵件寄到我的信箱？」

「啊？把相片寄到你的郵件信箱？你等一下。」

里江和身旁的人討論起來，應該是宗一。

「喂？道正嗎？是我，」電話中傳來宗一的聲音，「前幾天沒見到你，眞是太可惜了。」

「對不起，你不在家時登門造訪。」

「沒關係，有空隨時來家裡坐。先不談這個，只要把數位相機裡的照片傳到你的電郵信箱就好嗎？好，小事一樁，別看我這樣，我很精通電腦。」

「對不起，那就麻煩你了。」中原把家裡電腦的郵件信箱告訴了他，他的手機是舊型，檔案太大時，可能無法收到。

宗一複誦了一遍後，說他知道了。

「爸爸，你最近身體還好嗎？」中原問，「聽說你前一陣子身體不太好。」

「已經沒問題了。接下來要審判，得打起精神才行。」

「只要有我幫得上忙的地方，請儘管吩咐。」

「嗯，謝謝。道正啊，里江他們盡說一些喪氣話，我可沒有放棄。」

「你的意思是……」

宗一輕咳了一下說：

「死刑啊，說什麼只殺了一個人，不會判死刑，這也未免太奇怪了。無論如何，我都要說服陪審員，所以，也要拜託你了。」

中原聽到年邁的前岳父說的話，不由得感到熱血沸騰。

「好，我們一起努力。」

「嗯，一起加油。電子郵件的事包在我身上。」

「拜託了。」

通話結束後，中原把手機放在內側口袋，走在回家的路上。宗一沙啞的聲音還留在耳邊。他已經七十多歲了，很擔心他的體力是否能夠承受開庭的壓力。

他去便利超商買了晚餐的便當後回到家，迅速換好衣服後，打開電腦，確認電子郵件，發現相片已經收到了。前岳父的確很熟悉電腦操作。

他寄了電子郵件道謝後，在網路上查了青木原樹海的資料，看到了大量相片，但大部分都是介紹那裡是有名的靈異場所。

也有不少把那裡視爲觀光景點所拍攝的相片，中原和小夜子數位相機裡的相片比較著。

果然是那裡。小夜子拍的也是青木原的樹海。樹幹很細的樹木林立、低矮樹木密集的畫面和網路上的樹海相片很相似。

小夜子爲什麼會拍這種相片？

應該和井口沙織有關吧？在採訪她的過程中，自己也想拍樹海的照片嗎？

他決定在網路上查一下有關青木原樹海的資料。因爲他發現自己幾乎一無所知，只知道松本清張的小說中曾經提到，而且是熱門自殺地點。

他甚至不知道青木原樹海的正確地點在哪裡。他用google map查了一下。

原來在這裡——

青木原樹海位在富士五湖之一的精進湖南側。從東京出發的話，要怎麼去？要在哪一個車站下車。他放大了地圖的比例尺，想要調查這些事。

下一剎那，他感到一陣心慌。他一開始也不知道自己心慌的原因，只知道自己有了重大的發現。

他看著地圖，很快就發現了那個地名。

這是怎麼回事？是巧合？還是——

他還來不及思考，就立刻採取了行動。他拿出手機，打給才剛見過面的日山千鶴子。

「喂，我是日山，發生什麼事了？」她擔心地問。

「我想請教妳一件事，是關於我們剛才聊到的井口沙織小姐的事。」

「什麼事？」

「請問她的老家在哪裡？雜誌上說，她高中畢業後，就來到東京，想要當美髮師，所以，她應該不是東京人？」

「對，不是東京人，她是靜岡縣人。」

「靜岡……請問是靜岡的哪裡？」中原握緊手機。

「我記得，」日山千鶴子停頓了一下，「好像是富士宮。」

「確定嗎？」

「對……啊。我記得當時還想，原來是炒麵有名的地方。請問，這件事怎麼了嗎？」

「沒事，不好意思，打擾妳了。」

掛上電話後，他再度看著電腦，視線從青木原向下移。那裡就是富士宮市，井口沙織就在這裡長大。

除了她以外，還有另一個人——

13

「有什麼方法調查別人的經歷嗎？應該有很多方法吧？」神田亮子檢查著九谷燒的骨灰罈說道。她面前的桌子上放了大約二十個箱子，這是今天早上剛送到的。因爲公司換了一家合作廠商，和之前所使用的不太一樣，如果感覺客人無法接受，就要再退回去。

「比方說，有什麼方法？」中原坐在椅子上，看著她檢查骨灰罈問道。今天並沒有安排葬禮。

「最簡單的應該就是找徵信社吧。你覺得這種款式怎麼樣？」神田亮子把手上的骨灰罈遞到他面前。金色六角柱形的骨灰罈上畫著花卉圖案，她皺著眉頭，應該不喜歡這種款式吧。

「太花俏了。」

「我才不想把這種的推薦給客人，退還給廠商沒問題吧？」

「嗯，妳就全權處理吧。徵信社嗎？我以前沒有委託過徵信社，有沒有其他更簡單的方法？」

「對方是怎樣的人？你應該知道對方的姓名、住址吧？」

「我知道，還知道他是大學附屬醫院的醫生，但我想知道更早之前的事，他在老家的人際關係。」

「想要調查這種事，外行人恐怕不行吧？我覺得委託徵信社是最好的方法。啊，這個很不錯，廠商應該多送一點這種款式嘛。」神田亮子雙手抱著一個以紅色爲基調的骨灰罈。雖然是紅色，但並不是鮮紅，而是暗朱色，上面畫著樹木和雪山。

中原想起井口沙織家裡都是紅色這件事，雖然他只見過一次，但總覺得她內心深處有不爲人知的苦惱。

她在靜岡縣富士宮市出生、長大。中原得知這件事後，腦海中浮現出一個男人，就是殺害小夜子的凶手，町村作造的女婿。聽山部說，他寄了道歉信去濱岡家。中原記得他的老家也在富士宮，打電話向山部確認後，果然沒有錯。他的名字叫仁科史也，是慶明大學醫學院附屬醫院小兒科的醫生。

聽到「小兒科」這三個字，中原的腦細胞再度有了反應。他想起小夜子書中夾的那張簡介，好像是『兒童醫療諮商室舉辦日通知』，根據內容判斷，應該和小兒科有關。

中原又打電話去濱岡家，請里江去找那張簡介。里江順利找到了，中原問了她簡介寫了哪些內容。

「沒什麼內容啊，只有日期而已。」

「日期就行了。」

他記下里江在電話中唸給他聽的日期，其中一個日期引起了他的注意。那是在小夜子遇害的三天前。

里江問他，爲什麼要查那份簡介？他含糊其詞地說，只是想知道一下，然後掛上了電話。

中原瀏覽了慶明大學醫學院附屬醫院的網站，因爲他猜想應該有『兒童醫療諮商室』相關的介紹。他果然沒有猜錯，小兒科的網頁上介紹了諮商室，比簡介上的內容更詳細，還有舉辦地點的地圖、預約方法和當天負責的醫生——

負責每次活動的醫生不同，中原看到案發三天前舉辦活動時的負責醫生，整個人都僵住了。因爲剛好是仁科史也。

他無法輕易忽略這個事實。

小夜子熱心採訪的對象井口沙織的出生地是富士宮，仁科史也的出生地也是富士宮。小夜子保管了仁科工作那家醫院的簡介，案發三天前舉辦了諮商活動。而且，案發十天前，小夜子去拍了樹海，井口沙織家裡也放著樹海的相片。

當然，無法排除一切都是巧合的可能性。富士宮市有十幾萬人口，每年應該有很多人來東京發展，兩個毫無關係的人很可能剛好都是富士宮人，然而，當以小夜子爲中心配置所有的事項和人際關係時，無論在時間上和空間上，都有如此密切關係的狀況，眞的只是巧合而已嗎？

「您說要多方瞭解價格後再決定，請問是什麼……喔，原來是這個意思。您是希望在比價之後再決定。……當然可以這麼做。」

中原回過神時，發現神田亮子正在講電話，應該是寵物過世的飼主打來的，似乎想和其他業者比較後再決定。

神田亮子說著說著，皺起了眉頭。

「那家業者會上門來接遺體嗎？由他們負責火葬，再把骨灰送到府上嗎？呃，這麼說或許有點那個，但您可不可以先確認一下那家業者是否有自己的火葬爐？……對，因為有不少不肖業者把飼主心愛的寵物遺體丟去山裡，然後去寵物墓園挖一些經過火葬的動物骨頭，交給飼主。……沒錯，有很多不肖業者。當然，我不知道您接觸的那家業者是不是這樣。……對，所以最好請您親自去看一下，那家業者有沒有火葬爐。即使無法親自去看，至少也要問一下火葬爐在哪裡。一旦對方說謊，應該可以從態度中察覺到……您不必這麼擔心，這是為了您的愛貓啊。……對，當然，敝公司當然有自己的火葬爐。您來這裡參觀一下就知道了。……好，那就麻煩您了。」

掛上電話後，神田亮子對中原露出苦笑。

「那家業者說會開車來載貓的遺體，三天後會裝在骨灰罈中送去家裡，費用是三萬圓。」

「一聽就很可疑，飼主是怎樣的人？」

「一位老太太，她很擔心問對方的業者有沒有自家的火葬爐，對方會不高興。」

中原皺著眉頭說：「日本的老人眞是太客氣了。」

「只要沒有做虧心事，不管問什麼都無所謂啊。」神田亮子說完後，又補充說：「你剛才的問題不也同時解決了嗎？」

「剛才？什麼意思？」

神田亮子笑了笑，「如果你想知道那個人的經歷，直接問他就好了。如果沒有不可告人的事，一定會老實回答你。」

中原抱著雙臂，看著眼前這位資深女員工，「原來如此……」

「但如果對方有所隱瞞，彼此可能會很尷尬。」神田亮子繼續低頭挑選骨灰罈。

原來還有這一招——

根本不必擔心彼此會尷尬，因爲本來就是水火不容的關係。

14

約定見面的日子剛好下雨。中原沿著地鐵的階梯來到地面，撐著雨傘走向約定的地點。他們約在日比谷的一家高級觀光飯店的咖啡廳，原本打算去對方的醫院，但對方說這樣太不好意思了，請他指定一個地方。中原不想和他在『天使船』的辦公室談這些事，所以就約在飯店的咖啡廳見面。以前在廣告公司上班期間，和大客戶見面時，都會約在這裡。

飯店大門前很熱鬧，計程車和包車接二連三地停在大門口，看起來生活優渥的男男女女邁著輕快的步伐走進飯店，門僮的動作也很優雅。

走進自動玻璃門，中原來到大廳，走在柔軟的地毯上，把雨傘折了起來。他的視線看向左側的咖啡廳。那裡是開放空間，寬敞的咖啡廳可以容納一百多人。

一個身穿黑色衣服的男人站在入口招呼他，「歡迎光臨。」

「我姓中原。」

男人了然於心地點點頭說：「正在恭候您的大駕，您的朋友已經到了。」

黑衣服男人走進咖啡廳，中原也跟在他的身後。中原打電話預約了這裡，因爲雙方不認識，所以他認爲用這種方法比較好。目前是晚上七點，預約這個時間並不會太困難。

黑衣男人帶他走向後方的座位。這裡很安靜，應該可以好好談話。

對方似乎看到了中原，從座位上站了起來。他皮膚黝黑，體格健壯，看起來像運動員。年紀大約三十六、七歲，穿著西裝，繫了一條暗色的領帶。

「你是仁科先生吧？」

中原問。

「是。」對方回答。他站得很直，兩隻手貼在身體兩側，「謝謝你聯絡我。」他恭敬地鞠躬後，遞上了名片。

中原接過名片後，也遞上自己的名片，「我們坐下聊。」

桌上只有水杯，可能他覺得先點飲料太失禮了。

中原找來服務生點了咖啡，仁科也點了咖啡。

「很抱歉，突然約你出來。」

仁科聽了，立刻搖了搖手，似乎在說他完全不介意。

「雖然很意外，但有機會和你聊一聊，眞的太感謝了。」說完，他雙手放在腿上，再度深深地鞠躬，「我的家人做了非常令人痛心的事，眞的很抱歉。雖然刑事責任由當事人負責，但我也會盡力表達我的誠意。」

「請你把頭抬起來，我聯絡你，並不是想聽你說道歉的話。從那封信中，已經充分瞭解你的心情。如果只是想要敷衍一下，不可能寫出那樣的信，不，甚至不會想到要寫信給遺族。」

仁科緩緩抬起頭，看著中原，從他緊抿的雙唇可以感受到他內心的痛苦。這個人眞的很老實。中原心想。這種態度絕對演不出來。之前通電話時，中原就有這樣的感覺，直接見面後，中原更確信這一點。

中原昨天才看了仁科寫的那封信。他打電話給里江，希望可以看那封信。里江欣然應允，立刻傳眞給他。他看了之後，再度打電話給里江，問自己是否可以和仁科見面。她當然很驚訝，問他爲什麼要見面。

中原回答說，因爲想瞭解一下對方是怎樣的人。

「目前我並不算是小夜子正式的遺族，所以能夠以第三者的立場觀察一下。雖然無法完全保持客觀的態度，但我想瞭解一下對方，對我們並沒有損失。」

里江聽了他的說明，和宗一討論後，答應了他的要求。

之後，他又打電話給仁科，約定今天見面。仁科的手機號碼寫在信上，雖然仁科對接到被害人前夫的電話有點不知所措，但得知是代表遺族後立刻釋懷了。

中原對里江的說明並沒有說謊，看了信之後，他的確產生了好奇，想知道是怎樣的人寫了這封信。但是，除此以外，中原無論如何都想和仁科見一面，瞭解富士宮、井口沙織和兒童醫療諮商室這幾件事是否眞的只是巧合。

「說起來實在太奇怪了，你剛才說是你的家人，但其實只是姻親關係。只要你願意，隨時可以斷絕關係，但你沒有這樣做，用好像親生兒子的態度在處理這件事。雖然這麼做很出色，但因爲太出色了，已經不是感到欽佩，反而有點不自然。」

仁科搖了搖頭。

「完全談不上出色，因爲我覺得岳父會做這種事，我也要負一部分責任，當然不可能斷絕關係，這樣未免太自私了。」

「這就是我說的太出色啊，你對他並沒有扶養的義務。」

「雖然我沒有，但內人有扶養義務。而且，既然內人沒有經濟能力，當然應該由我這個丈夫支持。」

「但你太太不是決定不再接濟她父親嗎？你根本沒有任何疏失，也沒有任何責任。即使你否認和這起事件有關，也沒有人會責怪你。」

「內人是因爲顧慮到我，才不得已做出這個決定，所以並非和我無關。」仁科的視線越來越低，最後終於低下了頭。

咖啡送了上來，中原加了牛奶，用小茶匙攪拌著，但仁科仍然低著頭。

「請你先喝咖啡吧。不然我也不好意思喝了。」

「喔，好。」仁科抬起頭，喝了一口黑咖啡。

「請問你的家人怎麼樣？」

仁科聽到中原發問，抬起了頭。

「我不是問你太太和孩子，而是你的父母兄弟。他們對這起事件有什麼意見？」

「當然覺得怎麼會做出這種事……」

「沒有叫你和你太太離婚嗎？」

仁科沒有回答，痛苦地撇著嘴唇，中原見狀，立刻知道是怎麼一回事。

「果然這麼說啊。」

仁科深深地嘆了一口氣。

「他們也有各自的社會立場，我能理解。」

「但你堅持不離婚，是因爲你更珍惜你太太嗎？」

「我……必須負起責任，不能逃避。」仁科仍然一臉痛苦的表情，但說話的語氣很堅定。雖然他垂著雙眼，但眼中透露出堅定的意志。到底是什麼讓他這麼堅持倫理？還是說，不光是倫理而已？中原忍不住思考。

「你是在富士宮出生、長大的吧？」中原決定進入正題。

仁科的身體抖了一下，似乎有點意外，眨了幾下眼睛後說：「是啊，有什麼問題嗎？」

「你的父母還住在富士宮嗎？」

「我母親還在，父親在幾年前去世了。」

「你老家在哪一帶？」

「在名叫富士見丘的地方……」

「富士見丘嗎？」中原從內側口袋拿出原子筆，抽了一張餐巾紙，寫了『富士見丘』幾個字。「這樣寫正確嗎？」

「沒錯。」

「是嗎？我有一個朋友也是在富士宮出生、長大的，年紀應該和你差不多。你就讀哪一所高中？」

仁科一臉困惑，回答了他的問題。那所高中不出中原的意料，在當地是數一數二的升學高中，但他眞正想知道的並不是高中。

「太了不起了，那中學呢？」

仁科狐疑地皺著眉頭說：「你應該沒聽過。」

「可不可以請你告訴我呢？我想問一下我那位朋友。」

仁科想了一下，回答說：「富士宮第五中學。」他的聲音比剛才更低沉。

「是公立中學嗎？」

「對。」

中原在剛才的餐巾紙上又寫了高中和中學的校名，摺了起來，和原子筆一起放進了內側口袋。

「離富士山很近吧，眞羨慕啊，你經常去富士山嗎？」

「不，我並沒有……」仁科露出不解的表情，不知道中原爲什麼問這些事。

「說到富士山，那裡也有樹海吧。你有沒有去過？」

「樹海……嗎？」

仁科的眼神晃動了一下，他看向半空後，把視線移回中原身上。

「小學時，曾經去那裡遠足，但之後應該就沒去過。樹海怎麼了嗎？」

「不是啦，不瞞你說，」中原從放在一旁的公事包裡拿出三張相片，放在仁科面前。那是從小夜子的數位相機中列印出來的相片，「案發十天前，小夜子拍了這些照片，那是青木原的樹海吧？」

仁科看了相片後搖了搖頭。

「我不太清楚，我剛才也說了，自從小學之後，我就沒去過。」

中原注視著對方，仔細觀察他的表情變化，卻無法判斷仁科是否內心慌亂，但他說話的語氣有點僵硬。

「是嗎？」中原點了點頭，把相片放回了皮包，看著仁科拿起水杯喝水，拿出一份資料，那是他請里江傳眞給他的『兒童醫療諮商室』的簡介。

仁科的表情有了明顯的變化，他驚訝地張大眼睛。

「這是……」

「你當然應該知道，這是你任職的小兒科主辦的活動。」

仁科好像在吞什麼東西般用力收起下巴，「對。」

「上面有幾個日期，我在網路上查了一下，那天的負責醫生剛好是你。」中原指著其中一個日期，「沒有錯吧？」

仁科舔著嘴唇，點了點頭，「對。」

「請你仔細看一下，這天剛好是小夜子遇害的三天前，你有什麼看法？」

「不，這個，即使你這麼說……」仁科喝了一口咖啡，「我不清楚你爲什麼現在提到這件事，這份簡介……『兒童醫療諮商室』有什麼問題嗎？」

中原拿起簡介。

「這份是傳眞，我在小夜子的遺物中找到這份簡介。她沒有孩子，卻有這張簡介，我猜想應該有什麼原因吧。她是自由撰稿人，所以最有可能和採訪有關。我想請教一下，小夜子有沒有去『兒童醫療諮商室』？」

仁科目不轉睛地看著簡介後，緩緩眨了眨眼，將視線回到中原身上。中原覺得他這一連串的動作似乎代表他內心做出了某種決定。

「不，她沒有來。」

「你沒記錯吧？」

「對。」

「我知道了。」中原把簡介放進了公事包。

「中原先生，」仁科開了口，「你聯絡我，是爲了問我這些問題嗎？」

「對，」中原回答，「不行嗎？讓你覺得不舒服嗎？」

「不，怎麼可能？」仁科搖了搖頭，「我沒資格說什麼不舒服，只是我們沒有逃避，也沒有躲藏，如果你有想要說的話，就請你有話直說。」

「我想要說的話？」

中原在說這句話時，突然想到一件事，但在和仁科見面之前，完全沒有想到。

「好，」中原挺起了胸膛，仁科也跟著坐直了身體。

「我的岳父母……就是小夜子的父母希望凶手被判處死刑。」

仁科的睫毛抖了一下，小聲地應了一聲：「是。」

「但因爲是初犯，又只有一個被害人，而且還去警局自首，考慮到這些因素，應該不可能判死刑，但強盜殺人罪的法定刑是死刑或無期徒刑，如果不是死刑，就是無期徒刑。即使訴諸於情，二十五年至三十年的刑期對高齡的凶手來說，的確是很殘酷的判決。」

中原停頓了一下。

「但是，如果不是單純的強盜殺人，而是另有動機，而且有可以酌情考量的餘地，刑期很可能大幅縮短。比方說，是爲了自己以外的人而行凶。」

仁科的臉頰抽搐著，頓時紅了臉。這是他第一次有明顯的表情變化。中原覺得自己觸及了核心。

果然如此，這起命案和這個人有關，所以他沒有和妻子離婚，決定和凶手一起接受懲罰。

下一剎那，仁科立刻恢復了原來的表情。

「我不清楚你在說什麼。」

中原默然不語地注視著對方的眼睛，仁科也直視著他，並沒有將視線移開。

「是嗎？對不起，我說了這些莫名其妙的話。我想說的話都說完了，今天的事，我會如實轉告小夜子的父母。」

「麻煩你了，請你轉告我們由衷的歉意。」

「好。」

中原伸手想要拿帳單，但仁科先搶了過去。「不，讓我來。」

「那就謝謝了。」中原抱著公事包站了起來，看著仁科說：「我忘了問一件事。」

「什麼事？」

「剛才和你提到我那位在富士宮出生、長大的朋友叫井口沙織，是一個女生，你認識她嗎？」

仁科倒吸了一口氣。

「不，我不認識。」

中原點了點頭，「太遺憾了。」

中原轉身走向出口，盤算著什麼時候可以休假，因爲他要去富士宮。

15

電視螢幕上，壞蛋的角色像往常一樣正在爲非作歹，這時，正義的使者出現了。天網恢恢，不是不報，只是時辰未到——這句話也是千篇一律。壞蛋雖然負隅頑抗，但最後還是正義的使者戰勝了壞蛋。可喜可賀。

小翔拍著手，在地上跳來跳去。花惠轉頭看著他，「我可以再看一次嗎？」小翔問。「只能再看一次。」聽到花惠的回答，小翔樂不可支地操作著遙控器。他已經學會用遙控器，但同一部卡通連續看好幾次，實在不知道哪裡這麼好看。

花惠看著放在電視旁的時鐘，已經超過八點半了，不知道和對方談得怎麼樣。她一直在意這件事，今天一整天都無法做任何事。

昨天晚上，史也告訴她，接到了濱岡小夜子家屬的電話。因爲是離婚的前夫，所以嚴格來說，並不算是家屬，只不過是死者父母授意，所以也差不多。

那個姓中原的人說有事要談，想和史也見面。史也當然答應了，今天晚上七點，約在都內的觀光飯店見面。

對方在電話中並沒有說是什麼事。

無論對方怎麼罵，都必須忍受；即使對方提出再無理的要求，我也不打算拒絕——史也今天早上出門時這麼說。

花惠完全理解他說的話，因爲無論對方說什麼，都沒有資格反駁對方，但想像史也不發一語向對方鞠躬道歉，就忍不住感到心痛。

這種生活到底要持續多久？只要走在街上，就會感受別人異樣的眼光。小翔今天也沒有去幼稚園，可能接下來要找其他幼稚園了，但不知道那家幼稚園願不願意收。令人不安的事不勝枚舉。

「啊，」小翔看著門叫了起來，「是爸爸。」

他可能聽到玄關開門的聲音。小孩子即使專心看電視，也不會漏聽重要的聲音。

小翔跑到走廊上，很有精神地說：「爸爸回來了。」

「我回來了。」史也回答他。花惠忍不住握緊了雙手。

小翔走了回來，史也跟在他身後走進來。「你回來了。」花惠說，她知道自己的表情很僵硬。

他點了點頭，但沒有走進客廳，把門關了起來。他可能要去二樓的臥室換衣服。

花惠走出客廳，把小翔獨自留在客廳。上了樓梯後，打開了臥室的門。史也正解開領帶。

「情況怎麼樣？」花惠對著丈夫的後背問道。

史也緩緩轉過頭。花惠看到他的臉，立刻驚訝不已。因爲他的表情很陰沉。

「他……說了什麼？」

史也吐了一口氣，「他沒說什麼，但問了不少。」

「問了不少？問你什麼？」

「很多啊，」史也脫下上衣，丟在床上，看著花惠的臉繼續說道：「也許一切都完了。」

花惠忍不住心一沉。「……怎麼回事？」

史也在床上坐了下來，用力垂下頭，然後搖著頭說：

「中原先生已經發現，那不是單純的強盜殺人。」

「啊？」

史也抬頭看著花惠，他的眼神很黯淡。

「他給我看了樹海的照片，好像是濱岡小夜子拍的。他問我，既然在富士宮長大，應該有去過吧？」

「樹海」這兩個字重重打在花惠的心頭。「如果只是這樣，並不見得……」

「不光是這樣。」

史也把和中原之間的對話告訴了花惠，每一件事就像是被棉繩勒住脖子，把花惠的心逼向絕境。

「中原先生還沒有發現眞相，但那只是時間早晚的問題，該做好心理準備了。」

「這……」

花惠看著腳下，覺得自己隨時會墜入深淵。

「媽媽。」樓下傳來叫聲，小翔在叫她。「媽媽——」

「妳去吧，」史也說：「快去吧。」

花惠走向門口，在走出房間時，回頭看著丈夫，和他視線交會。

「對不起，都怪我。」

她搖了搖頭，「完全不是你的錯。」

史也淡淡地笑了笑，然後低下頭。花惠不忍心看他，走出了房間。走下樓梯時，她感到一陣暈眩，立刻伸手扶住了牆壁。這時，她眼前浮現了一片地面被白雪覆蓋的樹海。

五年前的二月——

得知田端祐二自殺，以及自己一直被矇騙時，花惠終於知道什麼叫失魂落魄。在網咖昏倒後，她連續好幾天都沒有記憶。雖然只昏迷了短短幾分鐘，但她完全不記得自己之後做了什麼，如何過了那幾天。

但是，她顯然在那段期間決心一死了之。花惠把所有的錢都放進皮夾，帶了最少限度的行李離開了家。她打算不給任何人添麻煩，找一個可以沒有痛苦地死去的地方，了結自己的生命。

她立刻想到一個地方，所以她穿了球鞋，行李不是裝在行李袋裡，而是裝進了背包。因爲猜想那裡會很冷，所以帶了圍巾，也帶上了手套。

她去書店查了去那裡的方法後，出發前往目的地。她換了幾班電車，來到了河口湖車站，然後搭公車前往。公車是引擎室向前突出的懷舊公車，或許因爲正値二月，公車上沒什麼乘客。

搭了三十分鐘後，她在『西湖蝙蝠洞』站下了車，因爲那是旅遊書上推薦的散步起點。偌大的停車場角落，豎著一塊散步道路線的大地圖。

她從母親克枝口中聽說過青木原樹海，好像曾經出現在某一本小說中，之後就成爲自殺的熱門地點。聽說一旦在樹海迷路，就無法再走出來，就連指南針也派不上用場。也就是說，自殺的決心很堅定。

花惠摸著脖子上的圍巾，只要把圍巾掛在某棵樹上，就可以用來上吊。爲了避免被人發現，應該盡可能遠離散步道。

她想著這些事，抬頭看著地圖，有人向她打招呼，「妳一個人嗎？」一個身穿黑色羽絨衣，三十多歲的男人站在那裡。

「是啊。」花惠語帶警戒地回答。

「妳現在要去樹海嗎？」

「對……」

男人點了點頭，看著花惠的腳問：「這雙鞋子沒問題嗎？」

她看著自己的球鞋問：「不行嗎？」

「散步道上還有積雪，小心不要滑倒。」

「喔，好，謝謝你。」花惠向男人鞠了一躬後，轉身離開。因爲她擔心多聊幾句，對方就會識破自己的想法。

那個男人說得沒錯，散步道上覆蓋著白雪，但積雪並不深，鞋子不會陷進去。花惠想到，富山的鄉下積雪更厚。

走了沒多久，就被一片鬱鬱蔥蔥的樹木包圍。雖然有很多落葉樹，但大部分樹上都有綠色的樹葉。難怪這裡叫青木原。

走了十分鐘左右，她停下了腳步。前方沒有人。她緩緩轉頭看向後方，後面也沒有人。

她用力深呼吸，吐出的白氣很快就散開了。

她離開了散步道，走向樹木之間。球鞋踩在雪上發出沙沙的聲音，耳邊傳來呼嘯的風聲。她這才發現耳朵被凍得有點發痛。

不知道走了多久，腳下越來越凹凸不平。因爲她一直低著頭走路，所以無法掌握距離感。她抬起頭，巡視周圍。

她立刻感到驚愕不已，因爲無論看向哪一個方向，都是完全相同的景色。地面覆蓋著白雪，樹木密集而生，有一種可怕的感覺，似乎可以感覺到靈氣從地面緩緩升起。

啊，我會死在這裡。花惠心想。她試圖回顧至今爲止的人生，但腦海中浮現的全都是田端的事。爲什麼會被那個男人欺騙？如果沒有遇見那個男人，自己的人生不至於這麼慘。

回想起來，自己和母親一樣。克枝也被作造欺騙，不，他們結了婚，所以克枝的命運還比自己好一點。

事到如今，她終於爲自己感到悲哀。花惠蹲了下來，雙手捂住了臉，她從來沒有像現在這樣強烈地覺得，活下去是這麼痛苦的一件事。

腦海中突然浮現出母親的臉。克枝滿面笑容，向她伸出手，似乎在對她說，過來我這裡。

嗯，我現在就去——

就在這時，有什麼東西碰到了她的肩膀。她驚訝地抬起了臉，發現有人站在自己身旁。「妳沒事吧？」那個人問她。

抬頭一看，原來是剛才那個男人，一臉擔心地探頭望著她。「妳身體不舒服嗎？」

花惠搞不清楚眼前的狀況，這個男人爲什麼會在這裡？

花惠站起來，搖了搖頭，「我沒事。」

「這裡偏離了散步道，回去吧。」

「呃……你先請。」

「我們一起走，請妳跟著我。」雖然他措詞很客氣，但語氣很堅定。

「我還要繼續留在這裡……」

「不行！」男人斬釘截鐵地說，「妳的身體目前並不是普通的狀況吧？」

花惠倒吸了一口氣，看著男人的臉。他的嘴角露出笑容，從口袋裡拿出一張像是卡片的東西說：「我是做這一行的。」

那是慶明大學醫學院附屬醫院的出入證。他叫仁科史也。

「剛才看到妳的時候，我就意識到妳懷孕了，如果我說錯了，還請妳見諒。」

花惠低著頭，摸著自己的肚子。「不，你說得對。」

「我就知道，所以我有點擔心，過來找了一下，瞥見妳走進樹林的背影，心想情況不妙，就沿著腳印跟過來了。——回去吧，我不能讓孕婦獨自留在這裡。如果妳不回去，那我也留在這裡。妳決定怎麼做？」

他的語氣不容別人反駁，花惠點了點頭回答：「好吧。」

回到散步道後，他們不約而同地走向停車場。仁科默默地走著。

「請問……你是來旅行的嗎？」花惠問。

「不能算是旅行，我老家在富士宮，正要回東京，順路過來看一下。」仁科說完，微微偏著頭說：「算是……掃墓吧。」

「啊！」花惠忍不住驚叫起來。原來是這麼一回事。他的朋友應該在這裡自殺了。

「妳從哪裡來？」

「呃……相模原。」

花惠以為他會問為什麼來這裡，但他並沒有追問。

回到停車場，仁科沒有停下腳步，繼續往前走。「呃，」花惠在背後叫住了他，「我就在這裡……」

他這才停下腳步，回頭看著她說：

「我送妳到河口湖車站，公車很久才會來。」

「不，不用了，我一個人等。」

他大步走了過來。

「我送妳，趕快去暖和的地方，不然對身體不好。」

「沒關係，請你別管我。」花惠低著頭。

她察覺到仁科走過來。

「死在樹海，完全沒有任何益處。」

花惠驚訝地抬起頭，和他視線交會。

「雖然有一些奇怪的傳說，但即使被樹海包圍，也不可能輕鬆地死，只會被野生動物啃得體無完膚，變成悽慘的屍體而已，另外，說指南針派不上用場也是騙人的。」

他拍了拍花惠的肩膀說：「走吧。」

花惠只能放棄。找其他地方自殺吧。花惠心想。即使不在樹海中也沒問題。

仁科的車子停在停車場的角落，他打開副駕駛座旁的門，花惠拿下背包上了車。

他脫下羽絨衣，坐上駕駛座後問：「妳有家人和妳同住嗎？」

「沒有，我一個人住。」

「妳先生呢？」

「……我還沒結婚。」

「啊……」

花惠低下頭，但感覺到仁科正在看自己的肚子，以爲他會問肚子裡孩子的父親在哪裡。

他停頓了一秒後問：「妳父母呢？或是能不能聯絡到妳的兄弟姊妹？」

花惠搖了搖頭，「我沒有兄弟姊妹，父母都死了。」

「那有沒有朋友？像公司的同事之類的。」

「沒有，我辭掉工作了。」

仁科沒有吭氣，花惠察覺到他有點困惑。

他一定覺得自己惹上了麻煩事，也許後悔剛才叫她。

我才不管呢。花惠心想。別管我就好了啊。

仁科吐了一口氣，繫上安全帶，發動了引擎。

「好，那請妳把家裡的地址告訴我，妳剛才說在相模原。」他開始操作衛星導航系統。

「你想幹什麼？」

「先送妳回家，之後的事，我在開車的時候再思考。」

「不……不用了，讓我在河口湖車站下車。」

「這可不行，因爲我擔心妳之後不知道會做什麼事。趕快把地址告訴我。」

花惠不理他。他又嘆了一口氣。

「如果妳不告訴我住址，我只能打電話報警。」

「報警……」花惠看著仁科的臉。

他一臉無奈的表情點了點頭。

「因爲我在樹海中發現一個想要自殺的女人，當然要報警。」他從口袋裡拿出手機，

「怎麼樣？」

她輕輕搖了搖頭，「你別打電話，我不會自殺。」

「那告訴我地址。」

仁科似乎無意讓步，花惠只好小聲地說出了地址，他輸進衛星導航系統。

「如果不會不舒服，可以請妳繫安全帶嗎？」

「喔，好。」花惠無可奈何地繫上安全帶。

仁科在車上並沒有問花惠尋死的理由，但說了不少他醫院的事。他是小兒科醫生，治療了幾個罹患罕見疾病的病童，有些孩子一出生就要插很多管子。

「但是，」仁科繼續說道，「沒有一個人後悔自己來到人世，他們的父母也從來沒有後悔生下他們，所以我告訴自己，無論遇到再大的困難，都不要忘記生命是多麼寶貴這件事。」

花惠知道他想要說什麼。要好好珍惜自己的生命。她當然知道這個道理，但如果活著比死了更痛苦怎麼辦？

仁科似乎察覺了她內心的想法，又接著說：

「也許妳覺得，這是妳的生命，無論要死要活都是妳的自由，但這種想法不對。因爲妳的生命並不屬於妳一個人，也屬於妳已經過世的父母，還有認識妳的所有人，即使他們並不是妳的好朋友也一樣。不，現在也屬於我，因爲如果妳死了，我一定會難過。」

花惠驚訝地看著仁科。第一次有人對她說這種話，就連田端也沒有說過這些話。

「而且，妳忘了一件重要的事，妳現在並非只有一條命，妳還孕育著另一條生命，那條命不屬於妳，不是嗎？」

花惠摸著腹部。道理誰都知道，但到底該怎麼辦？這個孩子沒有父親，甚至不是愛的結晶，是男人詐欺的附贈品。

他們中途去了休息站，仁科說去那裡吃飯。花惠想不到拒絕的理由，只好和他一起走進餐廳。

她原本根本不想吃東西，但看了櫥窗後，突然產生了強烈的食慾。回想起來，她已經好幾天沒有好好吃飯了。

「要吃什麼？」仁科在賣餐券的地方問她，手上拿著皮夾。

「啊，我自己來買。」

「別在意，妳想吃什麼？」

「那……」她又看了一眼櫥窗後回答：「鰻魚飯……」

仁科露出有點驚訝的表情後，微笑著點了點頭，「很好，那我也吃鰻魚飯。」

花惠和他面對面坐在餐桌旁，吃著鰻魚飯。鰻魚飯好吃得讓她幾乎想流淚，她吃得精光，連最後一粒飯都吃完了。仁科問她好吃嗎？她回答說，好吃。仁科心滿意足地點點頭。

「太好了，終於看到妳的笑容了。」

聽仁科這麼說，花惠才發現自己在笑。

到公寓時，已經晚上八點多了，仁科一直送她到家門口。

「今天謝謝你。」花惠向他鞠躬道謝。

「妳沒問題吧？」仁科問，她回答說：「沒問題。」

一走進家裡，她立刻開了燈。家裡的空氣冰冷。雖然早上才離開，但感覺好像好久沒回來了。

她坐了下來，披著毛毯，雙手抱膝，回想今天一天所發生的事。奇妙的一天。在樹海中被死亡誘惑。遇見仁科。以及美味得令人感動的鰻魚飯。

仁科說的每一句話在她腦海中甦醒。

「如果妳死了，我一定會難過。」

回想起他說的話，花惠覺得似乎產生了些許勇氣。

但是——

這種心情並沒有持續太久。因爲只要想到明天要怎麼活下去，就會陷入絕望。沒有錢，沒有工作，目前的身體也不可能去色情行業上班。孩子很快就要生下來，恐怕已經過了可以墮胎的時期。

不行。剛才以爲自己產生了勇氣，其實根本是錯覺。

花惠把臉埋進了抱起的手臂中，想起了在樹海時的感覺，腦海中浮現出母親的臉。我也想去那裡——

就在這時，手機響了。花惠緩緩抬起頭，從皮包裡拿出手機。手機已經多久沒響了？螢幕上顯示的是一個陌生的號碼。

她接起電話，「我是仁科，」電話中的聲音說道，「妳還好嗎？」

她想起下車前，仁科問了她手機號碼。

花惠沒有回答，仁科著急地叫著：「喂？町村小姐，喂？妳聽得到嗎？」

「啊……是，聽得到。」

「太好了，妳還好嗎？」

花惠不知道該怎麼回答，只能沉默不語，電話中又傳來「喂？喂？」的聲音。

「那個，仁科先生，那個……」

「是。」

「對不起，那個、我有問題。我還是……我覺得還是不行……對不起。」

仁科停頓了片刻說：「我馬上過去。」然後就掛上了電話。

他一個小時後出現了，手上拿著超商的白色袋裡，裡面裝了熱飲和三明治。

花惠喝著裝在寶特瓶裡的熱檸檬水，渾身都暖和起來。

「我很在意一個病童，」仁科說：「他天生心臟有問題，經常發生心律不整，隨時都可能離開。即使是假日，我都會去醫院看一下，所以我今天也去了。他今天的精神特別好，還對我說，醫生，我沒問題，今天晚上去關心別人吧。我正在想，他在說什麼啊，不知道爲什麼，立刻想到了妳，然後突然很惦記妳的情況，所以剛才打了電話。」他露齒一笑，「看來這通電話打對了。」

花惠感到一股暖流湧上心頭，她這輩子第一次聽到這麼溫柔的話語。她淚流不止，慌忙用仁科遞給她的面紙擦著眼淚。

「仁科先生，你爲什麼不問我想死的理由？」

他一臉爲難地抓了抓頭。

「因爲我覺得這種事無法對陌生人說，而且，人不可能因爲隨便的理由尋死。」

他很眞誠。花惠心想。他應該比自己之前遇過的所有人更認眞，也對自己更嚴格。

花惠注視著仁科的眼睛問：「你願意聽我的故事嗎？」

他端坐後挺直身體，「如果妳願意告訴我的話。」

於是，花惠把自己漫長的故事告訴了剛認識不久的人。因爲她不知道從何說起，所以就從自己的身世開始說了起來。她說得顚三倒四，連自己也覺得聽不太懂，但仁科很有耐心地聽她說。

當她說完後，他默默地注視牆壁片刻。他的眼神很銳利，花惠不敢叫他，也完全不知道他爲什麼這麼嚴肅。

不一會兒，仁科用力吐了一口氣，轉頭看著花惠。

「妳受苦了，」他露出溫暖的笑容，「但請妳不要再想尋死。」

「……你覺得我該怎麼辦？」

仁科看向流理台問：「妳好像都自己下廚，妳的廚藝很好嗎？」

因爲這個問題太意外了，所以花惠遲疑了一下才回答。

「廚藝不算好，但我會下廚。」

「是嗎？」仁科說完，從口袋裡拿出皮夾，抽出一張一萬圓，放在花惠面前。她不知道是什麼意思，所以看著他。

「明天再慢慢聊，一邊吃飯一邊聊。」

「啊？」

「我平時都在醫院的食堂吃晚餐，但那裡的菜色一成不變，我有點膩了，所以我想拜託妳，這是材料費和加工費。」

意外的發展讓花惠不知所措。

「我做給你吃？」

「對，」他微笑著點了點頭，「我晚上八點過來，可以麻煩妳在八點之前做好嗎？」

「我做的菜就可以嗎？我不會做什麼特殊的菜。」

「家常菜就好，我不挑食。可以拜託妳嗎？」

花惠看著放在面前的一萬圓後抬起頭。

「好，我試試，但請你不要抱太大的期待。」

「不，我很期待，謝謝妳答應了。」說完，他站了起來，「那明天見。」

「喔，好。」

花惠站起來時，他已經穿好了鞋子，說了聲「晚安」就離開了。

花惠很納悶，仁科為什麼會提出這樣的要求？

她把一萬圓放進自己的皮夾，開始思考要做什麼料理。既然他是醫生，應該吃過不少高級餐廳，所以如果想在高級菜上努力，恐怕也是白費力氣。

想到食物，她才發現肚子餓了。冰箱裡有食物嗎？這時，她看到了便利超商的袋子，裡面有三明治。

開動了——她在心裡對仁科說了這句話，伸手拿起三明治。

隔天，她難得神清氣爽地醒來。自從得知田端死後，這是她第一次睡得這麼熟。

她回想起昨天的事，覺得一切就像是夢，但垃圾桶裡三明治的塑膠包裝顯示這並不是夢。

花惠立刻下了床。晚上之前要做好晚餐，沒時間在床上發呆了。

她考慮了菜色，把所需的食材寫在便條紙上。雖然她的拿手菜不多，但還是有幾道可以野人獻曝，她打算今晚做那幾道菜。

決定菜單後，她去超市買食材，回家之前去了麥當勞，吃了漢堡。昨天晚上吃了鰻魚飯之後，似乎找回了食慾。

一回到家，她立刻開始著手準備晚餐，她發現自己已經很久沒有下廚了。

晚上八點剛過，仁科就上門了。花惠帶著學生讓老師改考卷的心情，把做好的菜放在桌上。筑前煮、炸雞塊、麻婆豆腐、蛋花湯——這樣的搭配完全沒有脈絡，但仁科吃著這些菜，對花惠說：「太好吃了。」

仁科在吃飯時，把醫院那些病童的事告訴了花惠。並非只有令人難過的事，還有不少開心的事。聽到有一個小男孩爲了想要去參加遠足，在體溫計的刻度上動手腳的事，花惠也忍不住笑了。

仁科除了侃侃而談，也不時找話題讓花惠開口聊天。興趣、喜歡的音樂、喜歡的藝人、經常去玩的地方等等。花惠第一次對別人說這麼多關於自己的事，也從來沒有告訴過田端。

「謝謝款待，眞慶幸拜託了妳，我已經好久沒有吃別人親手做的菜了。」吃完飯，仁科深有感慨地說。

「如果合你的胃口，那就太好了。」

「太好吃了，所以我想和妳商量一下，明天也可以拜託妳嗎？」

「啊？明天也要嗎？」

「對，如果可以，希望後天和後天之後的每天都拜託妳。」仁科一派輕鬆地說。

「每天……」花惠拚命眨著眼睛。

「不行嗎？」

「不，並不是不行……」

「那就拜託妳，這些先寄放在妳那裡。」仁科從皮夾裡拿出錢，放在桌上。總共有五萬圓，「不夠的話再告訴我。」

花惠驚訝得說不出話，仁科說了聲：「謝謝款待，那就明天見囉。」然後就離開了。

花惠在洗碗時，決定第二天去書店。她打算去買食譜，想要多學一點菜色。

那天之後，仁科每天都上門，花惠一天中有一大半的時間都用於為他做菜。她完全不討厭這件事，反而樂在其中。她發自內心地覺得，原來能夠為別人做力所能及的事這麼幸福。

不光是因為下廚是一件愉快的事，她也很期待仁科上門。只要仁科稍微晚一點來，她就會感到不安，擔心是不是有急診病人。

這種生活持續了十天。那天吃完飯後，仁科一臉嚴肅地說，有重要的事想和她談一談。

「我考慮了妳和妳肚子裡的孩子的將來。」他坐直身體，直視花惠的雙眼。

她雙手放在腿上。「是。」

「雖然可以申請低收入戶補助，一個女人單獨照顧孩子長大也不是不可能的事，但小孩子最好還是有父母，況且，以後如果無法對孩子解釋他父親的事，不是很傷腦筋嗎？所以，我有一個提議，妳願不願意由我來當他的父親？」

他流暢地說出的內容完全出乎花惠的意料，花惠說不出話。

「啊呀，我的意思是，」仁科抓著頭，「這不僅是我的提議，也是我向妳求婚，希望妳成爲我的妻子。」
她仍然沒有說話，仁科探頭看著她問：「不行嗎？」
花惠用右手摸著自己的胸口。因爲她心跳快得感到有點胸悶。她嚥了嚥口水，調整呼吸後開了口，「這、不會……你是騙我的吧？」
仁科露出嚴肅的表情，收起下巴說：「不可能在這種事上說謊或是開玩笑。」
「但是，這怎麼行？你怎麼可以基於同情和我結婚？」
「這不是同情，這是我連同自己的人生一起考慮後做出的結論，這十天來，我吃了妳親手製作的料理，充分瞭解了妳，我是在這個基礎上提出這個要求，當然，如果妳不願意，我只能放棄。」
仁科的話說到了花惠的心裡，就像水滲進了乾土一樣。怎麼會有這種好像在做夢般的事？簡直就是奇蹟。
花惠低著頭，無法克制自己的身體發抖。
「怎麼了？」仁科問她，「我說了什麼不該說的話嗎？」
她搖了搖頭，好不容易才擠出這句話：「我無法相信……」她的眼淚流了下來，不知道已經多久沒有喜極而泣了。
仁科站了起來，走到花惠身旁，張開手臂抱住了她的頭。「那就拜託妳了。」
花惠心潮澎湃，也伸手抱住了仁科。

她覺得可以爲他奉獻自己的生命。

16

打完電話後，她把紅色智慧型手機丟在床上。毛毯是紅色，枕頭也是紅色。電磁爐上的紅色水壺開始冒著熱氣，井口沙織關了火，拿起水壺，把熱水緩緩倒進放了茶包的杯子。茶杯當然也是紅色的。

她坐在椅子上，把頭痛藥送進嘴裡後喝了口紅茶。早上起來之後就昏昏沉沉，應該快變天了。每次只要變天，她就開始頭痛。

她叼了一根菸，點了火，果然一點都沒有味道，但她仍然不停地吐煙。

剛才店裡的男同事在電話中對她說的話仍然在耳邊迴響。

「妳又請假？我跟妳說，妳應該趁還可以假裝年輕的時候多賺一點。」

沙織「哼」了一聲。多管閒事。到時候再去其他店上班就好，有很多男人喜歡老女人。況且，客人被臉色蒼白、臭著臉的女人吹喇叭也樂不起來吧。

她皺著眉頭，用指尖按摩著太陽穴，床上傳來手機鈴聲。是店長打來的嗎？

她起身把香菸在菸灰缸中捺熄後，拿起手機。手機上顯示了「日山」的名字。她當然不可能不理會。

「喂？」她接起電話。

「井口小姐嗎？我是日山，現在方便說話嗎？」

「妳請說。」

「有人想知道妳的電話，但並不是陌生人，妳之前也見過，就是濱岡小夜子的前夫，中原先生。」

「守靈夜的時候……」

「對，沒錯沒錯，就是他。可以告訴他嗎？」

「他爲什麼想知道我的電話？」

「他說有事情要和妳談，但我不能未經妳同意就告訴他，所以就打電話問妳。」

「到底是什麼事？妳不知道吧。」

「對，我沒問，中原先生想和妳直接談，我可以把妳的電話告訴他嗎？」

對方是濱岡小夜子的前夫，拒絕似乎很奇怪，而且她也很想知道到底是什麼事。

「好吧。」她回答。

「可以告訴他，對嗎？」

「對。」

「好，那我就告訴他。妳最近還好嗎？身體怎麼樣？」

「嗯，馬馬虎虎。」

日山千鶴子關心了沙織的身體後，說了聲：「改天再聊」，掛上了電話。

她把手機放在桌上，喝著紅茶，試著回想濱岡小夜子的丈夫——中原這個人的長相，但怎麼也想不起來。也許是之前守靈夜時並沒有好好看他的長相。

喝完紅茶，把紅色茶杯放進流理台時，手機鈴聲響了。手機螢幕上出現了陌生的號碼。

她深呼吸後，接起了電話，「喂」了一聲。

「喂？請問是井口沙織小姐的手機嗎？」電話中傳來男人聽起來很耿直的聲音。

「對。」她在回答時，知道對方就是那個姓中原的人。

對方自報了姓名，沙織果然沒有猜錯。

「我有重要的事想和妳談，可不可以約一個地方見面？」

「可以啊，但請問是什麼內容？」

「見面後再詳談。請問妳什麼時候方便呢？我希望越快越好，因為很快就要開庭了。」

「開庭？」

「當然是小夜子遇害事件的審判。」

沙織心跳加速，「和審判有關嗎？」

「不知道，可能沒有關係，但我想先和妳談一談。」

「我和那起事件沒有關係。」

「也許吧，所以我只是確認一下，因爲我也不想把事情鬧大。」

「把事情鬧大？什麼意思？」

「所以，」中原停頓了一下，「因爲只是小事，所以我不想麻煩警方，認爲直接和妳見面比較好。因爲我認爲妳被刑警問東問西，心裡會不舒服。」

雖然他的語氣很委婉，但簡直就在威脅，如果不和他見面，他就要報警。沙織感到烏雲在心中擴散，不知道如何是好。

「喂，井口小姐，喂？」因爲她沒有說話，所以中原在電話中叫她，「可以聽到嗎？」

「嗯，」沙織回答，「聽到了……」

「怎麼樣？我不會佔用妳太多時間，妳願意和我見面嗎？」

雖然中原說話的態度並沒有咄咄逼人，但感覺很強勢。沙織很快就發現原因在自己身上。

她看向客廳的矮櫃，看著矮櫃上的照片，下定了決心。

「我知道了，」她回答：「那就見面吧。」

「是嗎？妳什麼時候比較方便？」

「都可以……我今天請了假，今天也可以。」

「那可以今天見面嗎？只要妳說地點和時間，任何地方我都去。」中原一口氣說道。

任何時間都可以，只是想不到適當的地方。她在電話中這麼說，中原立刻問沙織住在哪裡，她回答說，在吉祥寺。

「我等一下再打給妳。」中原掛了電話，可能打算查店家吧。

沙織抽著菸，等待著電話。她不經意地看著香菸的包裝，看到「吸菸危害您——」的警告文，就忍不住生氣。她從十幾歲就開始抽菸，有時候一天抽兩包。客人和她接吻時，經常抱怨她滿嘴菸味，身體卻完全沒有任何異狀，只有腦袋出了問題。如果抽菸會影響壽命，她希望趕快奪走她的性命。

雖然香菸很無味，但她還是不停地抽，而且香菸很快化成爲灰，正當她想要再拿一支時，手機響了。是中原打來的。

沙織接起電話，中原在電話中提議六點見面，並且說了吉祥寺車站附近的一家居酒屋。沙織也知道那家店。

「我知道了。」說完，她掛上了電話。

居酒屋位在住商大樓的二樓，她在入口說了中原的名字後，女店員立刻帶她進去包廂，裡面坐了一個身穿西裝的男人。他體型偏瘦，臉也很窄，一頭短髮感覺很清爽。對了，就是他。沙織終於想起來了。

沙織走進包廂，中原站了起來，「不好意思，讓妳特地跑一趟。」

「不會。」沙織簡短地回答。因爲對方站著，所以沙織也無法坐下。中原似乎發現了這件事，「啊，請坐。」然後自己也坐了下來，她在對面的座位坐下。

「呃，要喝什麼呢？通常在這種店，都會先點啤酒。」中原問。

「啊……那就啤酒。」

「那就這麼辦。」

中原按了手邊的服務鈴，女店員很快就走進包廂，他點了生啤酒和毛豆。

店員離開後，他問沙織：「妳有沒有和小夜子一起去喝過酒？」

「不，沒有喝過酒……」

「是嗎？因爲她的酒量很不錯。」

中原可能試圖讓氣氛變得輕鬆，但沙織仍然緊張得渾身僵硬。和審判有關的到底是什麼事？

「請問我可以抽菸嗎？」她看著菸灰缸問。

「啊，當然可以，請便。」

沙織點菸的時候，生啤酒和毛豆送了上來。

中原喝了一口啤酒，用手背擦了擦嘴，一臉嚴肅地看著她：「妳和小夜子談了些什麼？」

「什麼……談話的內容，只要你看雜誌就知道了。」

「關於偷竊的事嗎？」

「對。」她點頭後，低頭吐著煙。

「除此以外，還聊了些什麼？」

沙織把菸灰彈進菸灰缸，另一隻手拿起杯子。

「聊了很多，像是興趣之類的。」

「原來如此。妳的興趣是什麼？」

「看電影……吧。」

「喔，妳以前就喜歡看電影嗎？」

「是啊，有什麼問題嗎？」

「不，我在想，妳以前在老家時，不知道和誰一起去看電影，和妳朋友嗎？」

「……老家？」

「對，聽日山小姐說，妳是在富士宮出生、長大的。」

沙織無法理解談話的方向，卻有一種不祥的預感。她喝了一口啤酒，然後想要抽菸，才發現已經燒到濾嘴了。她慌忙在菸灰缸裡捻熄了菸蒂。

「妳有沒有告訴小夜子以前在富士宮時的事？」

中原的雙眼發亮，沙織知道，接下來才是重點。

「不太清楚，可能聊過，但我記不清楚了。」

「是嗎？」中原偏著頭，「我認爲不可能啊。」

「爲什麼？」

「因爲小夜子是因爲採訪偷竊癮，才會認識妳，當然想要知道妳爲什麼會變成這樣，既然這樣，當然會談到妳的過去。根據報導，妳在十幾歲時曾經自殺未遂，也就是說，在來東京之前，應該曾經發生過對妳而言很重大的事。」

聽到中原的追問，沙織感到後悔不已。不應該來這裡。不應該和他見面。

「井口小姐，」他探出身體，「可不可以請妳告訴我，妳和小夜子聊了什麼？」

「沒有……什麼都沒聊。」

「不可能吧？可不可以請妳坦誠告訴我？」

沙織停下正在拿菸的手，把菸盒放進皮包後站了起來，「我走了。」

「我在電話中也說了，」中原說，「如果妳不願意說，我只能去警局，把我在富士宮所查到的一切告訴警方，這樣也無所謂嗎？」

走向門口的沙織停下了腳步，回頭看著他問：「你去了富士宮嗎？」

「我去了，去了妳老家附近，也見過幾個和妳同一所中學的老同學，幸好很多人都還留在那裡。」

沙織低頭看著自己的腳。她不知道該怎麼辦。

「要不要先坐下？啤酒還沒喝完。」

如果就這樣逃走，無法解決任何問題。沙織坐了下來。

「富士宮第五中學，」中原好像在宣告般說道，「是妳的母校吧？」
「是啊。」
中原點了點頭。
「和那位先生一樣。學校的名字是從他口中聽說的，妳知道他是誰嗎？」
沙織沒有吭氣，他說：「就是仁科史也。」她仍然沒有說話。中原又繼續說道：「妳果然沒有驚訝，對妳來說，這個名字並沒有出乎妳的意料。」
「我完全不知道你在說什麼……」
「是嗎？但是妳的同學記得很清楚，妳和比妳大一屆的學長仁科史也交往。」
沙織的心跳頓時加速。
是哪個同學？她並沒有告訴任何同學和史也交往的事，但曾經有幾個同學在街上看到他們後來問她。
「小夜子透過採訪認識了妳，不久之後，就在路上被人殺害，凶手是妳以前交往對象的岳父。我認爲這絕非偶然，不，不光是我，任何人聽了之後，都會覺得很奇怪，所以，井口小姐，如果妳知道什麼，可不可以請妳告訴我？」
「我什麼都……」她想從菸盒拿菸，但掉在地上。她慌忙想要撿起來，但手指發抖，無法拿起來。好不容易撿起來後，她回答說：「我什麼都不知道。」她的聲音也在發抖。
「那我可以告訴警方吧？警方聽了我的話，絕對不可能袖手旁觀。刑警調查時，就不會這麼輕鬆了。」

沙織沒有回答，想爲叼在嘴上的菸點火，卻因爲手在發抖，無法打開打火機。只要一緊張，手就會發抖，所以也無法成爲美容師。

「井口小姐，」中原叫了她一聲，「在樹海發生了什麼？」

「啊？」她忍不住抬起頭，但和中原視線交會，她立刻低下了頭。

「我聽日山小姐說，妳家裡放著樹海的照片，小夜子也拍了樹海的照片。我必須告訴警察這件事，這樣也沒問題嗎？」

她終於點了火，連續抽了好幾口，但完全沒有任何味道，夾著菸的手指微微發抖。

「妳什麼時候知道小夜子遇害的消息？」中原突然問了另一個問題，「聽日山小姐說，在案發之後，接到了妳的電話，妳說看新聞知道了那起事件，妳是什麼時候，從哪裡知道這起事件？」

「應該是……在那起、事件發生那天後。」

「新聞中說，名爲濱岡小夜子的女人遭人刺殺嗎？」

「是啊，聽到之後，我嚇了一跳……」

「太奇怪了，」中原偏著頭，「我問過小夜子的父母，沒有任何人說看到新聞知道這起事件，而打電話向他們瞭解情況。我覺得太奇怪了，所以就在網路上調查當時是怎樣報導這起事件，結果只發現報導提到，有人發現一個女人在路上倒在血泊中，被送往醫院，確認已經死亡，根本沒有提到女人的名字。應該在送去醫院時，還不瞭解她的身分。因爲她的駕照和手機等可以瞭解她身分的東西都被搶走了。警察應該查訪附近的民眾後，才終於查出她的身分，但並沒有對外公布。在刑警來找我之前，我也完全不知道這件事，小夜子的父母也一樣，日山小姐也是，所以我覺得很奇怪，爲什麼妳看到的新聞中出現了小夜子的名字。」

沙織再度想要逃離這裡，差一點對他說：「你想報警就去啊。」但是想到被可怕的刑警包圍，追根究柢地訊問，就不由得感到害怕。

「井口小姐，現在這樣，我愧對小夜子，」中原的語氣十分沉重，「也許妳已經知道，我和她曾經經歷悲傷的經驗，我們也因爲這個原因離了婚。在那之後，我一直逃避這些痛苦的回憶，但小夜子不一樣，她非但沒有逃避，而且還勇於面對，爲不再發生相同的悲劇而奮鬥。我認爲這起事件也是因爲她的奮鬥所發生的，所以，我無論如何都想知道眞相，想知道到底發生了什麼事。井口小姐，拜託妳。我向妳保證，即使妳隱瞞的事違法，我也絕對不去報警，也不會告訴任何人。所以，可不可以請妳告訴我？拜託了。」他雙手放在桌上，深深低下了頭。

看到他低頭拜託，沙織感到坐立難安。她從濱岡小夜子那裡得知，眼前這個男人曾經經歷多大的痛苦。如今，小夜子也枉死在別人的刀下，他當然想要知道眞相。

她的耳邊響起濱岡小夜子的話。

「我可能沒有能力做什麼，也沒有自信可以拯救妳，但是如果妳在尋找答案，我的經驗或許可以對妳有所幫助，協助妳一起尋找答案，可不可以請妳告訴我？」

如果自己沒有被這番話打動，眼前這個男人也不會如此痛苦。自己果然罪孽深重，早就應該從這個世界消失——沙織看著仍然低著頭的中原，忍不住這麼想道。

17

由美的公司在飯田橋，目白大道旁的這棟高層大樓雖然有四座電梯，但永遠都擠滿了人，等好久才會來。好不容易擠進了電梯，也會在多個樓層停留，每次都要花很長時間才能抵達想去的樓層。下班時間的情況更嚴重，擠滿了準備回家的員工。

如今是下班時間。爲什麼偏偏選這個時間？由美忍不住在擁擠的電梯內想道。

終於到了一樓，她隨著人潮走出電梯，但之後和那群準備回家的人走向不同的方向。他們走去員工出入口，但由美走去正面玄關。

來到天花板挑高的巨大大廳，那裡有好幾張沙發，史也坐在其中一張。他穿著西裝，但沒有繫領帶，看到由美後，輕輕揮了揮手。

她在對面坐了下來，史也說：「不好意思，突然來找妳。」他的表情極其陰鬱。

三十分鐘前，接到史也的電話，說有重要的事要談，問等一下可不可以去她公司。他之前從來沒有來過由美的公司。

「這一陣子都很空閒，但偏偏今天要加班，如果你再晚一點來，我們可以去外面一邊喝咖啡一邊聊。」

「不，很可惜，我沒有太多時間，今晚有人要來我家裡，我要在七點之前回家。」史也看著手錶。

「是嗎？我認識的人嗎？」

「不，妳完全不認識。」

「喔，」既然這樣，她就沒有興趣。「你找我有什麼事？」

「嗯。」史也垂下雙眼。他果然沒有精神。

「對不起，給妳添了很多麻煩。」史也小聲嘟囔著。

由美嘆了一口氣，摸了摸自己的頭，「既然這樣，你就實話告訴我啊。」史也抬起頭，她注視著史也的雙眼，「你不是有事瞞著我嗎？」

他抿著雙唇，眨著眼睛，點了點頭。

「所以，你今天來是要告訴我這件事嗎？」

「不，」史也搖了一下頭，「說來話長，而且，也不適合在這種地方說。」他從上衣口袋裡拿出一個信封，「晚一點看一下這封信。」

由美接過信封，發現比她想像中更厚實，應該有好幾張信紙。

「不能現在看嗎？」

「最好不要，等一下沒人的時候再看。」

「寫什麼啊……」

由美低頭看著信封，上面寫著「由美啓」。她有一種不祥的預感，信中顯然不會寫什麼開心的事。
「你現在沒有話要對我說嗎？」
史也用力深呼吸後，直視著她。
「我只想說一件事，希望妳不要責怪花惠，她沒有任何錯。」
「但是……」
「妳們說得沒錯，小翔不是我的兒子，但花惠並沒有騙我，我認識她時，就知道她已經懷孕了。」
「你這麼喜歡她，所以覺得這樣也無所謂嗎？」
他的表情稍微放鬆了。
「雖然我也很想這麼斷言，但很遺憾，不光是這樣，只要妳看了信，就知道其中的理由了。」
「信上有寫嗎？」
「雖然沒有寫得很明確，但我想妳應該可以猜到。」
由美用力握著信封，信上到底寫了什麼？她完全無法想像。
「由美，」史也說，「拜託妳幫我照顧大家，花惠、小翔，還有媽，我只能拜託妳了。」他對著由美鞠躬。
由美張大眼睛，看著哥哥。

「什麼意思？這是怎麼回事？拜託我？哥哥，你要去哪裡嗎？」

史也尷尬地移開視線，然後再度看著她。

「是啊，應該會吧。」

「要去哪裡？你說清楚啊。」

但史也沒有回答，看了看手錶後站了起來。「哥哥。」由美叫了一聲，她知道周圍的人都在看自己，但她管不了那麼多了。

「多保重。」史也說完，大步離開。

「等……等一下啦。」由美慌忙追了上去，在大門前抓住了哥哥的手臂。「怎麼可以這樣？你要把話說清楚——」

她沒有繼續說下去，因爲她看到了史也的眼神。他的雙眼充血，泛著淚光。

「由美，眞的很抱歉。」

「哥哥……」

史也抽出自己的手，緩緩點了點頭，再度邁開步伐。

由美望著哥哥離去的背影，突然回想起遙遠的記憶。

那時候，由美還是小學生。

那是一個寒冷的早晨。哥哥悄悄溜出家門，他沒有穿高中的制服，揹了一個背包。由美隔著窗戶，看著哥哥離去。

哥哥到晚上才回家，一看到他，由美立刻覺得哥哥變了一個人。

曾經是開朗、善良又溫柔的哥哥在那天之後完全變成了另一個人，也許別人沒有發現，但由美很清楚，只不過她沒有告訴任何人。因爲她直覺地知道，這件事不可以告訴任何人。

由美看著信，她猜想信上應該寫了那一天發生了什麼事。

18

下了電車後，中原確認了時間，快七點了。

走出車站後，他放慢腳步走在街上，欣賞著周圍的景色。這是他第一次來柿木坂，街道兩側有不少設計典雅的房子。也許是因爲這裡並沒有受到空襲的波及，所以在一片新房子中，有幾棟感覺很有歷史的房子點綴其中。這一帶有很多綠樹，除了散步道兩側的樹木以外，許多住家的庭院內也種了枝葉茂盛的樹木。

仁科史也的家位在巷道深處，是一棟以白色爲基調的現代建築物，大門的鐵門上雕著幾何圖案，可以看到門內是通往玄關的階梯。

中原抬頭看著房子，用力深呼吸後按了門鈴，可以隱約聽到屋內傳來的門鈴聲。

玄關的門打開，身穿黑色襯衫的仁科史也出現了，對中原鞠了一躬，「請進。」

中原打開鐵門，走了進去，上樓梯後，和仁科面對面。

「前幾天謝謝你，很抱歉，這次又提出無理的要求。」

「你太客氣了。」仁科輕輕搖了搖頭，然後伸出右手指向屋內。「打擾了。」中原打了一聲招呼後，走進了玄關。

仁科的太太站在門內。從他們寄給小夜子父母的信中，得知她叫花惠。

「歡迎歡迎。」她努力擠出微笑，但表情顯然很緊張。她的年紀應該比仁科稍微小幾歲，和昨天見到的井口沙織相比，她感覺很樸素。

「很抱歉，突然上門叨擾。」

沿著走廊往屋內走，立刻被帶到左側的房間。茶几旁放著籐椅，隔著玻璃窗，可以看到外面不大的庭院，庭院內放著三輪車。

「你們有一個孩子吧？」

「對，是兒子，今年四歲了，很調皮。」仁科回答。

「今天他去哪裡了？」

「送去托育中心了。如果有小孩子在家裡跑來跑去，恐怕無法靜下心來說話。你請坐。」仁科請他坐下。

「失禮了。」中原坐了下來，仁科也在他對面坐下。

中原巡視室內，書架上放著實用類書籍和小說，還有一些繪本，矮櫃上放著漂亮的花瓶和玩具機器人。

這是一個很普通的家庭。中原心想。仁科史也和井口沙織不同，他經過漫長的歲月，建立了一個普通的家庭。

「你們在這裡住了多久？」

「差不多快三年了。」

「這棟房子很不錯。」

「謝謝，當時買了中古屋，稍微裝修了一下，雖然很希望可以買稍微大一點的房子，但手頭沒有足夠的預算。」

「不，這麼年輕就買房子，我覺得你很了不起。」

「是嗎？」仁科微微偏著頭。

中原不難想像，他內心充滿了不安。之前在飯店咖啡廳見面時，他應該察覺，中原已經掌握了某些有關事件的重要線索，既然中原提出有重要的事情，希望見面詳談時，他絕對會擔心到底查到了何種程度。

中原想要開口時，聽到了敲門聲。「請進。」仁科回答。門打開了，花惠走了過來，手上的托盤上放著咖啡杯，咖啡的香味飄了過來。

花惠把咖啡放在中原面前，她的手微微發抖。「謝謝。」中原小聲地說。

她把咖啡放在丈夫面前後，向中原行了一禮，走出了房間。中原稍微鬆了一口氣，因爲他認爲花惠不在場比較容易開口。

他在咖啡中加了牛奶，喝了一口後，看著仁科的臉。「我可以進入正題了嗎？」

仁科併攏雙膝，挺直身體說：「好的。」

中原從公事包裡拿出雜誌，上面仍然貼著粉紅色的便條紙。他把雜誌放在茶几上，「請你打開夾了便箋的那一頁。」

仁科訝異地拿起雜誌，打開那一頁後，臉上的表情沒有變化。

「偷竊癮……嗎？這篇報導怎麼了？」

「這是小夜子……濱岡小夜子生前寫的最後一篇報導。」

仁科張大了眼睛，然後不發一語地看了起來。他的表情越來越嚴肅，似乎猜到了中原的用意。

看完報導後，他抬起頭，表情似乎有點放空。

「怎麼樣？」中原問他。

仁科不發一語，垂著雙眼。可以感受到他內心的痛苦。

「這篇報導中介紹了四名有偷竊癮的女子，」中原說，「其中有一位你認識，很久之前，曾經和你關係很密切。你知道是哪一位女子嗎？」

仁科抱著雙臂，用力閉上眼睛。他似乎在冥想，又似乎是內心在翻騰。中原決定等他開口。因爲他猜想眼前這個人應該已經下定決心。

仁科終於張開眼睛，雙手放在腿上，重重地吐了一口氣。

「第四名女子嗎？」

「沒錯，她認爲自己沒有資格活在世上，你竟然一眼就看出來了。」

仁科吞著口水，中原注視著他的臉說：「她是……井口沙織小姐。」

仁科眼中絲毫沒有慌亂之色，「對，你和她見了面嗎？」

「昨天見了面，她起初遲遲不願意說實話，但我對她說，只要她願意告訴我一切，我絕對不會主動聯絡警方，她才終於開了口。」

「是嗎？她也一定很痛苦。」

「二十一年來，她一直活在痛苦中。她說，從來沒有輕鬆過，也從來沒有發自內心地笑過一次。」

仁科低下頭，嘴唇抿成了一字形。皺著眉頭的臉上露出痛苦之色。

中原把雜誌拿了過來。

「她對小夜子也沒有立刻敞開心胸，但在聽小夜子說，年幼的女兒遭到殺害，每天都很痛苦後，覺得繼續隱瞞下去對自己是一種折磨，於是決定只告訴小夜子。」

仁科皺著眉頭，點了點頭，說了聲：「不好意思」，起身把和隔壁房間之間的拉門打開了。

「我希望妳也一起聽，」仁科對隔壁房間說完後，回頭看著中原問：「沒關係吧？」

隔壁似乎就是飯廳，花惠就在那裡。既然只隔了一道門，她應該全都聽到了。

「當然。」中原回答。反正她已經知道了。

花惠一臉歉意地走了進來。仁科坐下後，花惠在他身旁坐了下來。

「妳聽到我們剛才的談話嗎？」中原問。

「對。」她輕聲回答，她的臉色鐵青。

「我接下來要說的內容，對妳來說，也是很痛苦的內容。」

沒想到仁科在一旁插嘴說：「不，內人已經知道了。」

「是你告訴她的嗎？」

「不是，我需要向你解釋一下來龍去脈。」

「是嗎？得知你太太已經知道這件事，我心裡稍微輕鬆一點。老實說，我不知道該怎麼說，正在爲此煩惱不已。」

「你從她……從沙織口中得知時，一定很驚訝吧？」

「對，」中原望著仁科的眼睛，「我一時難以置信。」

「我想也是，」仁科也回望著他，「那我明確地告訴你，或許有某些誤會或記憶錯誤之處，但沙織對你所說的內容……都是眞的。」

「所以，你們……」

「對，」仁科點了點頭，沒有移開視線，「我和沙織殺了人。」

花惠用力垂下頭，淚水也隨之滴落。

19

沙織回過神時，發現自己注視著螃蟹罐頭。螃蟹的圖案很鮮豔。她輕輕搖了搖頭，立刻轉身離開。自己根本不怎麼喜歡螃蟹。

她突然發現，或許是因爲天氣並不冷，卻穿著長袖衣服的關係，而且袖口很寬敞。這種款式的衣服很適合偷竊。她把一隻手伸進貨架深處，迅速把一個罐頭放進袖子內側，然後又拿了另一個罐頭。準備把罐頭放進購物籃時，假裝猶豫一下，再度放回貨架。即使警衛看見，也不會察覺袖口內還藏了另一個罐頭。她用這種方法偷了很多東西，即使在大型藥妝店也照偷不誤，以前她從來沒買過口紅。

她走向便當和熟食區。這裡人很多，幾乎不可能偷竊，所以心情也不會起伏。每個賣場都應該加強警戒才對啊。她的腦海中浮現出和自己行爲矛盾的想法。

她打量了食物幾分鐘，完全沒看到任何想買的東西。她不想付錢買東西吃。今天只是看到天色漸暗後，不由自主地出了門，但根本沒有任何食慾。

沙織把空購物籃放回後，走出了超市。每次走出超市時，總是有點心神不寧。雖然沒有偷任何東西，但很擔心警衛會叫住自己。

買完菜的家庭主婦都匆匆趕回家，雖然每個人都有各自的煩惱，但回到家時，等待她們的必定是溫暖的氣氛，那是和自己無緣的生活。

沙織漫無目的地走在街上，覺得自己好像迷路的狗。

今天中午，接到了中原道正的電話，說他今天晚上要去仁科史也家。她只能回答：「是嗎？」她無法阻止中原，他之前只是保證，絕對不會告訴警方或其他人，但仁科史也並不是「其他人」。

也許他們此刻正在見面。不知道見面之後，目前聊到哪裡了。會像濱岡小夜子一樣，說服仁科史也去自首嗎？

她回想起昨晚的事。中原聽完沙織花了很長時間說完的告白後，有好一陣子說不出話。雖然他猜到了一些，但親耳聽到後，似乎仍然受到很大的震撼。

「你的前妻在完全沒有任何心理準備的情況下，聽我說了這些事。」沙織告訴中原。中原聽了之後，深感遺憾地沉默不語。也許他在想，如果不知道這些事，或許就不會遭到殺害。

沒錯，當初不應該告訴濱岡小夜子這些事。二十一年前下定了決心，要把這個秘密帶進墳墓，自己應該遵守下去。

當初濱岡小夜子透過身心科診所提出希望進行採訪時應該斷然拒絕，但因爲院長說，希望讓更多民眾瞭解偷竊癮的眞相，拜託她接受採訪，她才答應了。她在第二次服刑期滿後，在律師的介紹下開始到那家診所就診。診所在治療酒癮和毒癮方面很有經驗，但沙織認爲自己接受治療的效果並不明顯，之所以持續就診，只是希望外界認爲她已經改過向善。

濱岡小夜子整個人散發出一種奇妙的氣氛，一雙好勝的眼睛深處隱藏著憂愁。被她那雙眼睛注視時，會感到心神不寧，擔心一切都被她看穿了。

妳的成長過程還順利嗎？至今爲止，過著怎樣的生活？爲什麼開始偷竊？濱岡小夜子的問題五花八門，沙織小心翼翼地回答她每一個問題。雖然不想說謊，但也不能說出一切。

採訪結束後，濱岡小夜子露出無法釋然的表情說：

「我搞不懂。目前爲止，我採訪了多位有偷竊癮的女性，多多少少可以瞭解她們的心情，雖然每個人的情況各不相同，但她們都是爲自己而偷竊，可能是爲了逃避，也可能是爲了追求快樂，每個人都很重視自己。但是，妳不一樣，好像被什麼困住了，爲什麼會這樣呢？」

「不知道。」沙織偏著頭回答說：「我自己也搞不清楚。」

這時，濱岡小夜子問了她對未來的規劃。

「妳今年三十六歲，還很年輕，妳日後打算結婚，或是生孩子嗎？」

「我不想結婚，生孩子……我沒資格當母親。」

「爲什麼會有這種想法？」

她無法回答這個問題，只能默默低下頭。每當看著濱岡小夜子的眼睛，內心就會起伏不已，無法保持平靜。

那天只聊到這裡，濱岡小夜子就離開了。但隔了幾天，又接到她的電話，說希望可以再見一面。早知道當初應該拒絕，只不過當時答應了。也許沙織也想要見她。

濱岡小夜子問沙織，可不可以去她家，因爲她有東西想給沙織看。沙織沒有理由拒絕。

「我一直對妳的事耿耿於懷。」沙織去了濱岡小夜子家中，和她面對面坐下後，濱岡小夜子這麼說，「偷竊癮並不重要，那只是表面的現象，妳內心隱瞞了更巨大的東西，我認爲是那件事一直在折磨妳。」

「果眞如此的話又怎麼樣？」沙織說：「和妳有關係嗎？」

「我果然沒有猜錯。」

「那又怎麼樣？」

「不知道可不可以請妳告訴我。」

「爲什麼？因爲妳覺得這樣可以讓報導更有趣嗎？」

濱岡小夜子搖了搖頭。

「在之前談偷竊的事時，妳說自己沒有資格活在這個世上，我問妳爲什麼會有這種想法，妳沒有告訴我明確的理由，但是聽到妳最後說，自己沒有資格當母親時，我猜想會不會那件事才是本質。因爲我也和妳一樣，我也沒有資格再當母親了。」

沙織聽不懂是怎麼一回事，看著她的臉。濱岡小夜子說出了令人震驚的往事。

十一年前，她的女兒在八歲時遭到殺害。濱岡小夜子還出示了當時的報紙。

濱岡小夜子淡淡地訴說著，但那起事件的殘虐性，以及家屬在偵辦和審判過程中感受到的痛苦，都令沙織感到心痛，她納悶經歷了這些痛苦的人，爲什麼可以這樣心情平靜地說這些往事。

濱岡小夜子說，她的心情無法平靜。

「只是想起那起事件，已經無法湧現任何感情，心應該已經死了。每次回想起往事，都很自責爲什麼當時把女兒獨自留在家裡，覺得無法保護女兒的自己，沒有資格再當母親。」

這句話深深刺進了沙織的心裡，刺進了她的內心深處，碰觸到埋藏了多年，自己已經無力解決的那些舊傷。因爲太痛了，她幾乎有點暈眩。

「我可能沒有能力做什麼，也沒有自信可以拯救妳，但是如果妳在尋找答案，我的經驗或許可以對妳有所幫助，協助妳一起尋找答案，可不可以請妳告訴我？」

沙織感到內心深處有一股暖流，原本的漣漪漸漸變成了巨大的浪濤。心跳加速，她感到呼吸困難。

當她回過神時，發現自己淚流滿面。她無法克制自己的情緒，雙手捂住了自己的臉。

她放聲大哭，身體情不自禁地顫抖不已。

濱岡小夜子走到她的身旁，撫摸著她的背。沙織把臉埋進她的懷裡。

史也上了高中後，兩人仍然繼續交往。不久之後，因爲想要單獨相處，所以不再約在外面見面，而是在沙織家約會。因爲父親洋介即使假日也不在家，所以有很多機會。他第一次去沙織家時，兩個人接了吻。那是沙織有生以來第一次接吻，也是他的初吻。

沙織沒有把史也的事告訴洋介，因爲史也每次都在父親回家前就離開，他們從來不會撞見。

在不受外人干擾的空間，兩個相愛的男女單獨相處時，當然難以克制內心的慾望。而且，當時正値好奇心旺盛的時期，史也特別喜歡觸碰沙織的身體，她也並不討厭。

有一次，他們躺著看電影。那是一部愛情片，有不少性愛的畫面，也多次出現女性的裸體畫面。沙織每次都感到坐立難安，也知道身旁的史也情緒高漲。

電影結束後，關掉了電視。平時他們都會討論感想，但那一次和往常不同。史也抱住了她，和她接觸，然後注視著她的雙眼，輕聲地問：「要不要試試看？」

她立刻知道史也在說什麼，她心跳加速，連呼吸都感到困難。

看到她沒有回答，史也問：「不行嗎？」看到他露出有點受傷害的表情，沙織覺得很對不起他。

「我有點害怕。」沙織說。

史也想了一下說：「那我們試試看，如果不行就算了。」

不行是什麼意思？沙織忍不住想。是指自己會討厭？還是無法順利？但是，她並沒有問出口，因爲她喜歡史也，所以不想讓他爲難，更害怕史也因爲這件事不再喜歡她。

「嗯。」她點了點頭，史也吐了一大口氣。

他們來到沙織的床上，一絲不掛地相擁。沙織完全不知道該怎麼做，心想史也一定會處理。那一天，他帶了保險套，在各方面都準備周到。

但他也是初嚐禁果，所以缺乏老到的經驗。事後回想起來，可能是沙織的身體太緊張了，史也只知道用力進入她的身體，所以她只感到疼痛。

即使如此，史也還是大汗淋漓地在沙織體內達到了高潮。對她來說，是只有痛苦的初體驗，但看到他心滿意足，也不由得感到高興。史也問她：「感覺怎麼樣？」她只好回答：「我也不太清楚。」

那天之後，他們每次見面就做愛。不，正確地說，他們只在能夠做愛的日子見面。因爲只有安全日才能做愛。

史也第一次帶來的保險套是網球社的學長送他的，因爲已經用完了，必須用其他方式避孕。沙織完全理解他沒有勇氣去藥局買保險套的心情，也不知道店員會不會賣給他。

沙織根據生理期計算，把危險期告訴史也。史也每次都避開危險期來她家，然後上床做愛，他們深信這樣不會有問題。

暑假後，沙織發現自己的身體發生了變化。她經常想要嘔吐，嘴裡經常感受到胃酸的味道。她以爲自己喝太多冷飲了。

不久之後，她發現了重大的事——月經很久沒來。

應該不會吧？她想。他們一直避開危險期，不可能懷孕。沙織看著月曆，回顧他們做愛的日期。

當時沙織並不知道，如果沒有每天量基礎體溫，無法正確預測排卵期這種理所當然的知識。她的生理期向來很準，所以她以爲生理期剛結束，就絕對沒問題。

萬一懷孕的話怎麼辦——不安幾乎快把她壓垮了。

這時，她接到了史也的電話。他去參加網球社的合宿，所以一個星期沒有聽到他的聲音。

他樂不可支地說著在合宿發生的事，沙織附和著，卻心不在焉。

「嗯？妳怎麼了？好像沒什麼精神？」史也果然開始擔心。

「不，沒事，可能有點中暑了。」

「那對身體不好，妳要小心點。對了，接下來有什麼安排？妳的生理期已經結束了吧？」

也許應該告訴他，生理期還沒來，但沙織說不出口，如果告訴他，自己可能懷孕了，他一定也很傷腦筋。

「嗯。結束了。」沙織脫口回答，「所以，明天或後天應該沒問題。」

「啊？已經過了危險期了嗎？」

「對，沒問題了。」

「OK，那怎麼樣呢？」

聽到史也開朗的聲音，沙織想，至少在和他見面的時候不要胡思亂想，和他度過快樂的時光。而且，目前還沒有確定自己懷孕了。

幾天之後，月經還是沒有來。在暑假快結束時，她確信自己懷孕了。雖然一天比一天確信，卻不知道該怎麼辦，也不敢告訴史也。

「沙織，妳是不是變瘦了？」九月中旬，洋介問她。父親一如往常地很晚回家，獨自吃晚餐時，突然問了這句話。雖然是沙織做的晚餐，但因爲孕吐的關係，她完全沒有食慾，所以幾乎沒有吃。

「沒有啊。」她一邊洗鍋子，一邊回答。

「是嗎？感覺妳看起來很憔悴，準備考高中這麼辛苦嗎？不要太累了，把身體累壞了，那就眞的是賠了夫人又折兵。」

父親溫柔地對沙織說，她不敢正視父親的臉。洋介的工作太辛苦，沙織也不由得爲他感到擔心，但正因爲他是爲了家人，也就是爲了自己這個女兒努力工作，所以感到心痛不已，覺得自己所做的事徹底背叛了父親。
自己絕對不能讓父親感到悲傷。洋介一旦得知眞相，一定會責怪史也，絕對會衝到史也家，找史也的父母理論，到時候會怎麼樣？恐怕永遠都見不到史也了。
該怎麼辦？她找不到答案，日子一天一天過去。
她繼續和史也見面，只是沒有再約他在家裡見面。沙織說，父親因爲工作關係，隨時可能回家。史也並沒有懷疑她的話。
「而且，」沙織補充說：「在我進高中之前，暫時不要做愛了，因爲我想讀書。」
史也沒有反對，他說：「就這麼辦。」
眞正的原因，是不想讓他看到自己的身體。只要穿上衣服，肚子並不會太明顯，但身體已經發生了變化，一旦脫下衣服，他一定會目瞪口呆。
然而，她還是無法瞞過史也的眼睛。史也發現，她不僅外表有了變化，連態度也有很大的改變。有一次，他突然大發雷霆地問：
「妳到底隱瞞了什麼？沙織，妳最近一直很奇怪，如果妳想要說什麼，就直接說出來吧。什麼意思嘛，我們的關係就只是這樣嗎？」
「才不是呢，不是你想的那樣。」
「那到底是怎樣？妳說清楚啊。」
「因爲、因爲……」

沙織再也忍不住，終於哭了起來。她放聲大哭，淚流不止。

史也慌忙想要把她帶去沒有人的地方，但一下子想不到適當的地方，於是，沙織提出要他送自己回家。

「可以嗎？」史也訝異地探頭看著她的臉。

「嗯。」沙織點頭，她決定說出一切。

一走進家門，再度面對史也時，心情竟然很平靜，也不再流淚。

她看著史也的眼睛告訴他，自己懷孕了。她看到史也頓時臉色發白。

「沒有搞錯嗎？」他的聲音都變了調。

沙織拉起衣服，把裙子稍微向下挪，露出了腹部。「你看，已經這麼大了。」

他沒有說話。也許是說不出話了。他的臉上露出了膽怯，沙織從來沒有在他臉上看過這樣的表情。

她把衣服拉好後，史也終於開了口，「有沒有去醫院？」

「沒有。」

「爲什麼？」

「因爲萬一被爸爸知道就慘了，你不也一樣嗎？」

他沒有回答這個問題。因爲她說的完全正確。

「我在想，不知道能不能流產，所以就去了圖書館，查了所有懷孕時期必須注意的事項，嘗試了所有相反的事。像是激烈運動，讓身體著涼，但全都行不通。」

「那……怎麼辦？」

「怎麼辦呢……」

一陣凝重的沉默。沙織看著史也。他一臉愁容地低著頭，不知道什麼時候坐直了身體。沙織向來覺得年齡比自己大的史也很可靠，但不知道爲什麼，此刻覺得他像弟弟一樣。她對自己讓史也這麼痛苦感到抱歉，覺得自己必須拯救他遠離這個苦難。如果這是所謂的母性，實在是很諷刺。

「我在想，只能等到最後了。」

聽到沙織這麼說，史也抬起頭問：「等到最後是什麼意思？」

「只能等到孩子生出來了。」她指著自己的下腹部，「既然無法讓他中途出來，就只能這麼辦了。」

「之後……要怎麼做？」

沙織用力深呼吸了一次，「我會想辦法，不會給你添麻煩。我一定會好好處理，不會讓任何人知道。」

「妳的意思是——」

「不要說出來，」沙織雙手捂住耳朵，「我不想聽。」

她只是隱約想到要這麼做，但努力不讓自己具體去想這件事。因爲她覺得一旦開始思考，就無法再回頭了。

然而，看到史也痛苦的樣子，她下定了決心。這是唯一的解決方法。

對於沙織提出的方案，他既沒有說贊成，也沒有表示反對，然後就回家了。

沙織看了婦產科的相關書籍，計算了預產期。如果嬰兒發育順利，應該在二月中旬分娩。無論如何，都要避免被人察覺。學校方面比較沒問題，因為制服很寬鬆，可以假裝裡面穿了好幾件衣服。或許有人覺得她稍微發胖了，那就讓他們這麼以為好了。應該沒有人會注意自己。升上三年級後，她的課餘時間幾乎都和史也在一起，並沒有特別要好的朋友。個性陰沉、很不起眼的女生——可能大部分人都這麼覺得。不，現在同學應該都在專心應付考高中的事。

沙織也必須考慮考高中的事。公立高中的入學考試都在三月初，最近無法專心讀書，所以成績退步了，但絕對不允許失敗。

沙織摸著自己的下腹部。考試當天，肚子會消嗎？

新年過後，之前不太明顯的外表變化漸漸有點藏不住了。要隱瞞洋介並不是太大的問題，只要穿寬鬆的衣服就好。而且他工作還是很忙，只有早晨和晚上會遇到，而且，父親從來不會仔細打量她的下半身。

最大的問題還是學校。她在上學途中穿大衣蓋住肚子，在教室上課時，把大衣蓋在腿上掩飾。每次上體育課，就說身體不舒服請假，幸好有時候遇到私立高中的入學考試時學校放假，從一月下旬開始，很少去學校上課。

事後回想起來，班上可能有人發現，尤其女生的眼睛和直覺都很敏銳，之所以沒有人問她這件事，一方面是不想扯上關係，另一方面，可能也很好奇，不知道她到底有什麼打算。如果自己站在相反的立場，應該也不會開口問當事人。

痛苦的日子持續著，每當她承受不了時，史也默默支持著她。他再度去沙織家，但沒有和她做愛。

他輔導沙織的課業，他很有耐心，教的方式很容易懂。

只要沙織沒有主動提及，他就不會提分娩的事。他似乎也用自己的方式下定了決心。

二月初，沙織告訴史也，時間應該差不多了。史也立刻露出緊張的表情，雙眼發紅，

「大概是幾號？」

「我不知道，但我看書上寫，時間快到了。」

「妳有什麼打算？」

沙織遲疑了一下說：「可能會在浴室，因爲會流很多血。」

「要怎麼做呢？」

「我也不知道。」沙織皺著眉頭，「我沒有經驗，但必須等爸爸出門才行，這是最傷腦筋的事。」

書上說，分娩前會出現陣痛。聽說那是極其強烈的疼痛，但她已經下定決心，洋介在

家時，無論如何都要忍耐。唯一的問題，就是萬一在晚上分娩怎麼辦。即使洋介已經上床睡覺，也不可能在浴室生。到時候只能偷偷溜出家門，另外找地方。也許可以在神社後方的空地上，鋪一塊野餐墊——她認眞地思考具體的方法。

「聽我說，到時候我會幫忙，」史也一臉下定決心的表情，「到時候妳打呼叫器通知我，我無論如何都會馬上趕過來。」

「不用了。」

「因爲我會擔心，不知道會發生什麼情況，而且想到妳一個人在痛苦，我根本無法安心。」

史也的這番話讓她發自內心感到高興。她的確很擔心，不知道自己一個人是否能夠應付，如果有他陪在身旁，不知道有多安心。

「好吧，」沙織說，「到時候我會聯絡你。謝謝你。」

史也露出難過的眼神，緊緊抱住了她。

一個星期後，命運的日子終於到了。入夜後開始陣痛，她對洋介說，自己感冒了，先上床睡覺，然後就鑽進了被子。父親並沒有懷疑。

陣痛間隔越來越短，每次陣痛出現，她就痛得打滾，根本無法走路。雖然她想找史也，但他對目前的狀況也無能爲力，萬一吵醒洋介，情況會更糟。

她既擔心不知道生下之後該怎麼辦，又希望趕快生下來，擺脫眼前的痛苦，即使被父親發現也無妨。兩種心情在內心天人交戰。

天亮了。沙織一整晚都無法闔眼，持續不斷襲來的陣痛讓她渾身無力。這時，傳來了敲門聲。她費力地擠出聲音應了一聲：「進來。」

門打開了，洋介探頭進來問：「身體怎麼樣？」問完之後，立刻皺起眉頭。「嗯？妳流了很多汗。」

「沒事，」沙織笑了笑，「因爲生理痛很嚴重。」

「喔，是嗎？那應該很痛吧？」提到婦科問題，洋介立刻畏縮起來。

「對不起，沒辦法幫你做早餐。」

「沒關係，我會在路上買麵包。」洋介關上了門。

確認洋介的腳步遠去後，她再度痛得打滾，努力忍著不叫出聲音。

不一會兒，聽到洋介出門的聲音。沙織爬下床，在地上爬行，不時像蛇一樣扭著身體前進，終於來到電話旁。她打了史也的呼叫器，輸入了約定的號碼。14106——代表『我愛你』的意思。

掛上電話後，她蹲了下來。她已經無法動彈。陣痛似乎已經達到了顛峰。

不知道過了多久，聽到嘎答嘎答轉動門把的聲音。洋介出門時鎖了門。她再度像蛇一樣爬行，用盡力氣爬到了玄關。她伸出手去，卻覺得門鎖很遙遠。

終於打開了門鎖，史也立刻走進來問她：「妳還好嗎？」她好不容易才擠出力氣對他說：「去浴室。」

史也把沙織抱進浴室，但不知道接下來該怎麼辦。

「幫我把衣服脫下來，」沙織說：「全部……都脫掉。」

「不會冷嗎？」

她搖了搖頭。雖然正値二月，但她無暇顧及寒冷。

她脫光了衣服，坐在浴室的地上，忍受著頻繁襲來的陣痛。史也一直握著沙織的手。因爲擔心鄰居聽到叫聲，所以沙織把一旁的毛巾咬在嘴裡。

史也不時探頭向她兩腿之間張望，不知道第幾次張望時，他叫了起來：「啊！開得很大了，好像有什麼東西要出來了！」

沙織也有這種感覺。疼痛已經超越了顚峰，她的腦筋一片空白。

不知道過了多久，一股好像把五臟六腑完全掏空般的疼痛陣陣襲來。她咬著毛巾大叫著，史也拚命按著不停掙扎的她。

然後，疼痛突然消失了，有什麼東西從大腿之間離開了身體。

她感到一陣耳鳴，視野模糊，意識朦朧，但微弱的哭聲讓她恢復了清醒。

沙織的上半身躺在走廊上，只有下半身還在浴室內。她抬起頭，看到身穿內衣褲的史也雙手抱著什麼，粉紅色的小東西。哭聲就是從他手上傳來的。

「給我看看。」沙織說。

史也露出痛苦的眼神，「不看比較好吧？」

「嗯……但是我想看一看。」

史也猶豫了一下，讓沙織看他抱著的東西。

史也手上抱著奇妙的生物。滿臉皺紋，眼睛浮腫，頭很大，手腳卻很細，不停地手舞足蹈。

是兒子。

「夠了……」沙織將視線從嬰兒身上移開。

「接下來怎麼辦？」

沙織看著史也，「該怎麼辦？」

他眨了幾次眼睛，舔了舔嘴唇。

「悶死他應該是最快的方法。只要捂住鼻子和嘴巴……」

「嗯，那我們……一起動手。」

史也驚訝地看著沙織，她也回望著他。

史也點了點頭，默默地將手放在嬰兒的鼻子和嘴上。沙織也把自己的手放了上去。沙織淚流滿面，她看向史也，發現他也在哭。

嬰兒很快就不再動彈，但他們還是把手放在上面很久。

他們打掃了浴室，沙織順便洗了身體。疲勞和倦怠已經達到了極限，但現在還無法上床睡覺。

她換好衣服，來到客廳，史也已經準備就緒，旁邊放了一個黑色塑膠袋。他說是從家裡帶來的。

那個塑膠袋鼓鼓的，不用問也知道裡面裝了什麼。

「還有這個。」史也拿出一個園藝用的小鏟子。

「這麼小的鏟子沒問題嗎？」

「雖然家裡有鏟雪的鏟子，但不可能帶出門。」

「喔，那倒是。」

旁邊放著史也沾了鮮血的內衣褲。他說有預料到會發生這種情況，所以帶了替換的衣服。無論任何時候，他的準備工作都十分周到。

他們休息片刻後走出了家門。史也說，他一個人去，但沙織堅持要一起去。因為她不想推給他一個人處理。沙織畢竟還年輕，即使剛生完孩子，仍然可以走動。

他們已經決定了目的地。在富士宮車站搭上公車後，在河口湖車站下車。之後又搭了公車。史也沿途都緊緊抱著背包，那個黑色塑膠袋就放在裡面。

這是她第一次去青木原，也不太瞭解那是怎樣的地方，聽史也說，是最適合掩埋屍體的地方。

「那裡是自殺的熱門地點，聽說只要在裡面迷路，就很難走出來。只要埋在那裡，應該永遠都找不到。」他愁眉不展地說。

到達目的地，發現那裡果然是很特別的地方。那是一片樹海，無論看向哪一個方向，都是一片鬱鬱蒼蒼、枝葉茂盛的樹木。

他們沿著散步道走了一陣子，確認四處無人。

「要不要就在這裡？」史也問。

「嗯。」沙織回答。

他從口袋裡拿出釣魚線，把其中一端綁在附近的樹木上，然後對沙織說：「走吧。」走向樹林深處。

他也帶了指南針，看著指針慢慢前進。地面還有少許積雪，有些地方地形不佳，無法筆直前進。

在釣魚線用完時，史也停下了腳步。沙織看向周圍，卻完全不知道方位。

史也用小鏟子開始挖土，他說不需要沙織幫忙。

泥土很堅硬，史也要費很大的力氣才能把小鏟子插進泥土，但他只是皺著眉頭，默默地挖土，終於挖出一個深達數十公分的洞。

他把用毛巾包起的嬰兒從黑色塑膠袋中拿了出來，放在洞的底部。沙織隔著毛巾摸著嬰兒。嬰兒的身體很軟，似乎還可以感受到體溫。

史也合掌哀悼後，把泥土推回去，沙織也一起幫忙，完全不怕弄髒了手。

埋好之後，他們再度合掌哀悼。

史也帶了照相機，在不遠處對著那個位置拍了好幾張相片。他說，以後恐怕再也不會來這裡了。

「相片洗出來後，也給我一張。」沙織說。

「嗯。」史也回答。

他們順著釣魚線，回到了剛才的散步道。史也一隻手拿著指南針，另一手指向樹林深處說：

「那裡位在正南方六十公尺。」

沙織看向那個方向後，又巡視了周圍。她絕對不會忘記這裡。

這時，她發現乳房脹得發痛。她摸著自己的胸部想，自己和史也應該不會得到幸福。

20

「我想給你看一樣東西。」說完這句話走出客廳的仁科回來了，雙手捧著一個三十公分的長方形盒子。他在椅子上坐下後，把盒子放在桌上，小心翼翼地打開蓋子，把盒子推到中原面前。「請你看一下。」

中原探出身體，看向盒子內，然後倒吸了一口氣。裡面放了一把小鏟子。

「這是……」

「沒錯，」仁科點了一下頭，「就是當時使用的鏟子。」

「你一直保留至今嗎？」

「對。」

「爲什麼還留著……」

仁科輕輕笑了笑，偏著頭說：

「我也不知道爲什麼。那天晚上回家後，就放進書桌的抽屜。這原本是我媽在庭院內使用的鏟子，照理說應該放回去，但我就是不想放回去。也許是因爲這把鏟子變得很不吉利，所以不希望我媽去碰。」

中原再度看著盒子內。那是金屬的鏟子，只有握把的部分塗了油漆，握把以下都已經生鏽了。他想像著十幾歲的少年在樹海內握緊這把鏟子在地面挖洞的樣子，身旁有一名少女。一名剛生完孩子的少女。

仁科蓋上了盒蓋，吐了一口氣。

「當年做了蠢事，但並不是用一句無知就能得到原諒，有很多方法可以解決問題，避免做出這種蠢事，當然，和還在讀中學的女生發生性行爲也有很大的問題，但在得知懷孕時，應該告訴雙方的家長。只不過當時擔心被罵，擔心對方會和自己分手，爲一些微不足道的小事感到害怕。不，我還擔心一旦這件事曝光，會影響自己的將來，被這種姑息的想法困住了。」

眞的太蠢了。他又重複說了這句話。

「我在富士宮見到了井口小姐當時的女同學，」中原說，「聽那位女同學說，當時大家都紛紛耳語，說井口小姐是否懷孕了。」

仁科驚訝地張大眼睛後，嘆著氣說：「果然被發現了，我還以爲完全瞞過了周圍的人。既然這樣，這件事爲什麼沒有曝光？」

「只有一部分的人注意到，而且很擔心萬一事情曝光，會影響學校的風評。當時剛好是入學考試之前不久。」

「喔……原來是這樣。」

「那個女同學說，好像班導師也察覺了。」

「啊？是這樣嗎？」

「雖然發現了，但可能故意假裝沒有察覺。很可能覺得反正學生快畢業了，避免引起麻煩。況且當時的班導師又是男老師。」

「……是喔。」

「一旦被發現，你們的計畫就無法完成，所以，周圍人的漠不關心等於在背後推了你們一把。」

不知道仁科是否也有同感，他緩緩眨了眨眼睛。

「聽井口沙織小姐說，在那件事之後，你們繼續交往了不到半年就分手了。」

仁科露出痛苦的表情點了點頭。

「因爲我們無法再帶著和以前相同的心情約會，當然也沒有再發生性行爲，我甚至不太敢觸碰她的身體，兩個人說話也越來越不投機。」

「我聽說了，井口小姐也這麼告訴我。她說你們的感情已經埋進土裡，這也是當然的結果。」

這句話似乎刺進了仁科的心裡，他閉上了眼睛。

「分手之後呢？」中原問，「看你的經歷，你的成就很出色，也建立了穩定的家庭，二十一年前的事件沒有對你造成任何障礙嗎？」

仁科皺著眉頭，微微偏著頭，看向斜下方。

「我從來沒有忘記那件事，隨時都在腦袋中，整天在思考，如何才能彌補。之所以會進入小兒科，就是希望能夠多拯救一個即將消失的小生命。」

中原點了點頭，「原來如此，也許男人和女人不一樣，畢竟實際生孩子的是女人。」

「沙織她，」仁科語帶遲疑地開了口，「很痛苦嗎？」

「是啊，我剛才也說了，她這二十一年來一直深陷痛苦，好幾次自殺未遂。而且正如雜誌的報導中所提到的，她的運氣也不夠好，婚姻生活很快就無法維持下去，唯一的親人，她的父親也意外身亡。她開始覺得這一切都和二十一年前的那件事有關，一切都是她的報應。」

「然後，濱岡小夜子女士去找她嗎？」

中原注視著他，點了點頭。

「小夜子聽了井口小姐的告白後，勸她去自首，因爲即使是剛出生的孩子，你們的行爲仍然是奪走了一條人命，如果不面對自己的罪行，心靈就無法獲得解放。井口小姐也同意小夜子的看法，但如果她公開一切，就會追究你身爲共犯的罪責，所以她說，無法在未徵求你同意的情況下自首。至於小夜子採取了什麼行動，我相信你應該知道。」

仁科握著雙手，放在茶几上，突然露出溫和的表情。

「你的推理完全正確，濱岡女士的確來到『兒童醫療諮商室』，基本上，那個活動需要預約，但也有當天來參加的。正如你日前所說的，那天的活動由我負責，有數十名家長來諮商，最後進來的……就是濱岡女士。」

「她混在其他諮商者中去找你嗎？」

「對。我問她，妳的孩子有什麼問題嗎？濱岡女士說，她想諮詢的不是自己的孩子，而是朋友的孩子。我問她，爲什麼當事人沒有來？濱岡女士說，當事人因爲有各種原因無法前來，然後遞給我一張便條紙，上面寫了一個名字。你應該知道寫了誰的名字吧？沒錯，上面寫著井口沙織的名字。濱岡女士說，她想諮詢關於這個女人所生的孩子。」

中原注視著仁科黝黑的臉龐說：「你一定很驚訝吧？」

「我一下子無法呼吸，」仁科無力地微微苦笑著，「我的腦筋一片空白，不知道該怎麼回應，好不容易擠出一句話。我問她，妳是哪一位？」

「小夜子怎麼回答？」

「她拿出了名片，說井口沙織找她商量這件事。」

「你怎麼說？」

「我腦袋一片混亂，拿著名片，整個人僵在那裡，一動也不動。濱岡女士站起來說，希望我心情平靜後再聯絡她，然後就走了出去。過了很久，我才終於從椅子上站了起來。」

「然後你跟她聯絡了嗎？」

「對，」仁科回答，「見到濱岡女士的那天，我煩惱了一整晚，但既然她已經知道眞相，我就必須和她見面。翌日，我打電話給她，她說想和我好好談一談，於是，我約她來家裡。因爲我認爲視情況的發展，可能讓花惠也一起參與。」

「當時，你們約了見面的時間吧？」

「對，約在兩天後晚上七點。」

「結果你們見面了嗎？」

仁科連續眨了幾次眼睛，開始吞吞吐吐，似乎謹愼地思考該如何表達。

「怎麼了？你不是在兩天後，在這個家裡見到了小夜子嗎？」

仁科微微搖著頭說：「不，我沒見到她。」

「啊？」中原忍不住驚叫起來，「這是怎麼回事？小夜子沒來嗎？」

「不，濱岡女士來了，但我臨時有事。我負責的病人突然出了狀況，我暫時無法離開醫院。」仁科說到這裡，轉頭看向始終不發一語的花惠，「接下來由妳說明比較好吧？」

花惠的身體微微抖了一下，看著丈夫，無助的雙眼看了中原一眼，又立刻看著自己的腳下。

「但是……」

「我也是聽妳說了之後，才知道我不在家的時候發生了什麼事，所以，最好由妳告訴中原先生。」

花惠似乎有點怯場，沉默不語。

「這是怎麼回事？」中原問。

「我前一天就告訴內人，晚上七點會有一位姓濱岡的女士來家裡，」仁科開始說明，「對於她來訪的目的，我在當天早上出門時對內人說，是關於我年輕時犯下的錯誤。因爲內容非同小可，所以我希望內人有心理準備。但正如我剛才說的，因爲工作的關係，我無法在約定時間回家，而且濱岡女士的名片又剛好不在手上，我就打電話回家，請內人向濱岡女士說明情況。」

仁科看著妻子命令道：「接下來由妳來說，妳不說話也解決不了問題，我已經說到這裡了，妳也要有心理準備。」

中原注視著花惠蒼白的臉，她微微抬起頭，但沒有看中原。

「我無法像我先生一樣流暢而簡潔地說明，」她的聲音很小聲，結結巴巴地說：「所以，我相信你很多地方會聽不懂，但你願不願意聽我說？」

「如果有聽不懂的地方，我會隨時請教。」

「好，那就麻煩你了。」

花惠輕咳了一下，小聲地說了起來。

她的確稱不上能言善道，說話也經常語無倫次，但中原每次都向她發問確認，漸漸瞭解當天晚上發生了什麼事。

21

那天，花惠一大早就心神不寧。因爲她完全無法想像濱岡小夜子是什麼人，到底來家裡幹什麼。

是關於我年輕時犯下的錯誤——史也只說了這一句話。花惠當然問了他詳細情況，他說時間來不及，然後就出門上班了。

花惠想像了各種情況，史也不可能犯什麼大錯，一定是他故意說得很誇張。她只能用這種方式說服自己，只是很在意史也事先交代，要把小翔送去托育中心這件事。果然是這麼重要的事嗎？

花惠既希望時間過得快一點，又希望晚上永遠不會到來。她帶著這種複雜的心情度過了白天的時間。她在下午五點把小翔送去托育中心，那是主要針對單親媽媽開放的托育中心，雖然一開始她有點排斥，但後來發現那家托育中心很可靠，所以時常利用。

快六點半時，接到了史也的電話。因爲病患的病情突然發生變化，他無法在原定的時間回家。

「沒辦法回來嗎？」

「現在還不知道。如果接下來情況好轉，我就能回家了，只是不知道什麼時候可以做出判斷。」

「那該怎麼辦？」

「我猜想對方已經出門，等她到的時候，妳向她說明情況，可以請她改日再來。如果她說要等我，就把她帶去客廳。我這裡一旦有進一步的情況，會和妳聯絡。」

「好吧。」花惠回答說。

七點剛過，門鈴響了。打開門一看，一名女性站在門口。她自我介紹說，她姓濱岡。

她一頭短髮，站得很直，緊抿的嘴唇在在顯示出她的強烈意志，渾身散發出不允許任何妥協的氣勢。

花惠轉告了丈夫的話。

「我瞭解了，他的工作果然很辛苦，但我也是帶著相當的決心上門造訪。如果可以讓我在這裡等他，我想再等一下，看他能不能馬上回來。」濱岡小夜子的語氣很堅定，她的表情讓人有點害怕。

花惠把她帶到客廳，雖然濱岡小夜子說不必招呼她，但花惠還是爲她泡了日本茶。

不一會兒，發生了意料之外的事。花惠聽到玄關的門打開後關上的聲音，以爲史也回來了。她走到玄關一看，竟然是父親作造在門口脫鞋子。

「你來幹什麼？」她問道。語氣中當然帶著怒氣。

作造皺起眉頭，臉上的無數皺紋也跟著扭曲起來。

「妳怎麼這樣說話？史也說，我隨時都可以來。」

「我不喜歡你來啊，今晚我很忙，你回去吧。」

「別這麼說嘛，我有事要拜託妳，不會耽誤妳太多時間。」他脫下破舊的鞋子，擅自進了屋。

「等一下，家裡有客人。」花惠壓低嗓門說，抓住了父親的手，「拜託你，今晚就先回去吧。」

作造摳著耳朵說：

「我也沒有時間。那我等一下，等客人離開後再說，這樣總沒問題了吧？」

八成又是要借錢。一定是他在經常去的酒店賒了太多帳，別人不讓他進門。反正這種事也不是第一次了。

「那你去裡面的房間等，不要干擾我們。」

「好，我知道了，最好給我來罐啤酒。」

這個死老頭子。花惠在心裡咒罵。

作造坐在餐桌前，花惠粗暴地把一罐啤酒放在他的面前，連杯子都不給他。

「客人是誰？這麼晚上門。」作造打開啤酒罐的拉環，小聲地問。

「和你沒有關係。」花惠冷冷地說。父女兩人單獨相處時，她從來不會叫作造「爸爸」。

七點半左右，史也打電話回來。花惠告訴他，濱岡小夜子在家裡等他，他似乎有點慌亂。

「我知道了，由我來向她解釋。妳把電話交給她。」

花惠把電話交給濱岡小夜子。

濱岡小夜子說了兩、三句後，把電話子機交還花惠。

「妳先生說，他不知道幾點到家，請我改天再來。雖然很遺憾，但也沒辦法，我今天就先回去了。」濱岡小夜子準備離開。

意想不到的發展令花惠不知所措。她今天爲不知道會聽到什麼事擔心了一整天，如果濱岡小夜子就這樣回去，接下來的幾天，她都必須帶著這份不安過日子。

花惠叫住了濱岡小夜子，告訴她丈夫只對自己說了一句讓人猜疑的話，自己一直很在意，可不可以請她把事情告訴自己。

但是，對方沒有點頭。濱岡小夜子對她說，今天先不要聽比較好。

「即使妳聽了，也只會感到沮喪。至少等到妳先生也在的時候再說，我這麼說是爲妳好。」

聽到她這麼說，反而更加在意了。花惠一再堅持，無論聽到什麼都不會驚訝，也不會慌亂，所以一定想要現在知道。濱岡小夜子似乎也不再那麼堅持。

「好吧，反正妳早晚會知道，那我就先告訴妳，你們夫妻也可以討論一下今後要怎麼做。我有言在先，眞的是很令人難過的事，雖然妳剛才說，妳不會驚訝，也不會慌亂，但我想應該不太可能。」

「沒關係。」花惠回答。因爲她無法在不知道任何事情的情況下，讓濱岡小夜子就這樣離開。

「好，那我就說了。」濱岡小夜子注視著花惠的雙眼開了口，「我先說結論，妳先生是殺人凶手。」

聽到這句話，花惠幾乎昏倒，她的身體搖晃了一下。

「妳沒事吧？」濱岡小夜子問，「我看今天還是不要說好了。」

「不，沒關係，請妳繼續說下去。」她調整呼吸，費力地說。事到如今，更要清楚知道到底發生了什麼事。

於是，花惠從濱岡小夜子口中得知了仁科史也和井口沙織，在二十一年前犯下的罪。這些內容完全超乎花惠的心理準備和想像，因爲太受打擊，聽完之後，感到一片茫然。

「妳是不是後悔聽到這件事？」濱岡小夜子說完後問道。

花惠的確不想聽到這種事，但不可能一輩子都不知道，而且，聽了之後，她有一種恍然大悟的感覺。

她始終不明白，當初史也爲什麼要救自己。

在青木原第一次見到史也時，史也說他算是去那裡掃墓。那是二月，和他們當年把嬰兒埋在樹林裡的季節一致，他應該是去悼念當初他們殺死的孩子。在準備離開時，剛好看到一個舉止奇怪的女人，看起來似乎想要自殺。而且，那個女人懷孕了，讓他無法袖手旁觀。

花惠終於發現，原來史也看到自己時，看到了前女友和她的孩子，他一定為過去犯下的錯悔恨不已，一直在煩惱如何才能彌補當年的過錯，所以才無法棄自己不顧。他也許希望拯救花惠，把即將出生的孩子當成自己的孩子養育長大，希望可以藉此贖罪。

多年的疑問終於有了答案，花惠對史也更加充滿了感謝。得知他的愛既不是同情，也不是心血來潮，而是源自於他崇高的靈魂，更加感激不已。正因為如此，她很想知道濱岡小夜子今後有什麼打算，今天來找史也又有什麼目的。

花惠問了這些問題，濱岡小夜子回答：「這要取決於妳先生的態度。我勸井口沙織小姐自首，她也打算去自首，但她希望先徵求仁科先生的同意。」

同意——這代表史也也要一起去自首。當她意識到這一點，渾身忍不住發抖。

「如果……外子不同意呢？」花惠戰戰兢兢地問。

濱岡小夜子立刻露出嚴厲的表情。

「妳認為妳先生不會同意嗎？」

她的聲音聽起來很冷漠。

「我不知道……」花惠回答說，但內心認為史也應該會同意，只是她不希望史也同意。

「如果無法徵得他的同意，那就沒辦法了。我會說服井口沙織小姐，帶她去警局。一旦事件曝光，案件成立後，井口小姐會被視爲自首，但我無法保證妳先生也可以被視爲自首。」

花惠聽了，頓時感到絕望。這代表已經走投無路了嗎？史也會被視爲殺人凶手，遭到懲罰嗎？

無論如何都要阻止這種情況發生，爲此，只能勸眼前這個女人改變主意。

當花惠回過神時，發現自己跪在地上，她對著濱岡小夜子磕頭，苦苦哀求：

「求求妳，請妳饒了他吧。他可能在年輕時犯下了錯，但現在是好人，他帶給我們幸福。希望妳、希望妳當作不知道這件事。求求妳了，求求妳了。」

但是，她無法說服濱岡小夜子改變主意。濱岡小夜子淡淡地說：「請妳不要這樣。我不可能當作不知道這件事。即使是剛出生的嬰兒，也是一個人。奪走了一個人的生命，怎麼可以不付出任何代價？我絕對不允許有這種情況發生。正因爲井口沙織小姐瞭解這一點，所以才深陷痛苦。妳先生也需要面對自己犯下的罪行。」

「他已經面對了。我相信外子知道自己罪孽深重，我比任何人都瞭解，他是多麼眞誠地面對自己的人生。」

「眞誠面對人生是作爲一個人最起碼的標準，根本不値得誇耀。」濱岡小夜子站了起來，「我認爲無論有任何理由，殺人就應該償命，應該被判死刑。生命就是這麼寶貴，無論凶手事後如何反省，多麼後悔，死去的生命都無法復活。」

「但是已經過了二十多年……」

「那又怎麼樣？這段歲月有什麼意義嗎？妳不是也有孩子嗎？如果妳的孩子被人殺害，凶手反省了二十年，妳就會原諒對方嗎？」

面對濱岡小夜子毅然的反駁，花惠無言以對。濱岡小夜子說的完全正確。

「我認爲妳先生應該被判處死刑，但法院應該不會判他死刑。因爲現在的法律只照顧罪犯的權益。要求殺人凶手自我懲戒，根本是空洞的十字架。然而，即使是這種無用的十字架，也必須讓凶手在監獄中背負著。如果對妳先生犯下的罪睜一隻眼，閉一隻眼，所有的殺人案都可能鑽空子，絕對不能允許這種情況發生。」

最後，濱岡小夜子說：「我改天再來，我的心意不會改變，請妳好好和妳先生談一談。」然後就離開了。

花惠跪在地上，聽到玄關的門關上的聲音。

22

中原從仁科花惠說的話中聽不出有任何謊言，也認爲小夜子的確會做出這樣的反應。從她那份『以廢除死刑爲名的暴力』的稿子中，就可以瞭解她認爲無論有任何理由，殺人就應該償命，應該被判死刑的信念。從量刑的角度來看，井口沙織和仁科史也的行爲不可能被判處死刑，但她無法原諒這件事隨著時間的過去而被埋葬。

「不久之後，外子回來了。他看到我的神情，猜想可能已經從濱岡女士的口中得知了眞相。」花惠看著身旁的丈夫。

「她臉色發白，而且眼睛都哭腫了。我問她，是不是得知了二十一年前的事。她回答說，對。——好吧，接下來由我說吧。」仁科對著妻子輕輕舉起手，看向中原。「花惠嘆著氣告訴我，雖然她拜託濱岡女士放過我，但濱岡女士並不同意。我認爲這也是無可奈何的事，因爲我早晚必須接受審判，所以對她說，要她做好心理準備。之後，我打電話給濱岡女士，但電話一直打不通。這時，花惠突然說了一件莫名的事。她說她父親不見了。我聽不懂她在說什麼，她告訴我，濱岡女士上門後不久，她父親也來家裡，她請父親等在飯廳，但不知道什麼時候不見了。」

「聽了濱岡女士的話之後，我一直處於驚慌失措的狀態，把父親的事忘得一乾二淨。」花惠在一旁補充道。

「原本以爲客人說得太久，他等不及了，所以就回家了。當時並沒有想得太嚴重，因爲我正面對更嚴重的問題。」

「沒想到事情並不是這麼簡單。」

聽到中原這麼說，仁科點了點頭。

「隔天晚上七點左右，岳父來到家裡。他一臉凝重的表情，說有重要的話要和我談。我仍然聯絡不到濱岡女士，所以感到惴惴不安，但還是決定先聽他說。聽了之後，眞是大驚失色。不，並不是驚訝而已，我以爲自己的心跳停止了。」

「他告訴你，他殺了濱岡小夜子嗎？」

「對。他說，我不必再擔心了，只要我不說出去就好。」

「不必再擔心，只要不說出去就好嗎？所以……」

「對，」仁科一度垂下雙眼，「岳父說，在隔壁房間聽到了濱岡女士和花惠的對話，心想大事不妙了，他必須阻止這件事。於是走去廚房，悄悄溜了出去，等濱岡女士離開。」

「所以，之後他跟蹤了小夜子，在她住家附近動手行凶嗎？」

「好像是。」仁科的聲音很沮喪。

「你知道町村在殺了小夜子之後，到翌日的晚上爲止，到底做了什麼嗎？」

「我知道。不，但是……」仁科抬起頭，「如果你和沙織見過面，應該已經知道了吧？」

「對，她告訴了我，」中原回答，「町村去了井口小姐家裡。」

「聽岳父說，濱岡女士的皮包裡有採訪筆記，上面寫了沙織的住址和聯絡電話。」

「井口小姐說，她做好了被殺的心理準備。」

仁科把手放在額頭上，「唯一慶幸的是，還好沒有發生這種事。」

「町村要井口小姐保證，今後無論發生任何事，都不可以說出殺死嬰兒的事。」

「岳父也這麼對我說，所以叫我不用擔心。我覺得他簡直在開玩笑，竟然做了這種蠢事。我叫他立刻去自首。我對他說，我會陪他去警局，也會自首二十一年前的事，但岳父說，這樣不行。這麼一來，他殺人就失去了意義。他哭著拜託我，叫我別再提這件事，希望我讓他的女兒和外孫幸福。」仁科看著身旁的花惠，「然後，花惠也和岳父一起拜託我，希望我答應她父親的要求。我對他們說，這件事瞞不過去的，沒有人能夠保證沙織會遵守和岳父之間的約定。於是他們說，至少在此之前不要主動提這件事。看到他們這樣，我也動搖了。然後……」他咬著嘴唇，沒有說下去。

「所以就繼續隱瞞一切。」

「我知道自己錯了，用謊言來掩蓋謊言，對任何人都沒有好處。雖然我知道這個道理，但我覺得背負著謊言活下去，或許是另一種承擔責任的方式……對不起，我太一廂情願了。」仁科垂下了頭。

花惠注視著身旁的丈夫，搖了搖頭，「不，沒這回事，這並不是一廂情願，我很瞭解你是多麼痛苦。」

然後，她看著中原，銳利的眼神讓中原忍不住倒吸一口氣。

「我認爲你的前妻……濱岡小夜子女士錯了。」她明確有力地說，和剛才判若兩人，「在這起事件發生後，我得知很久之前，你們的女兒被人殺害了。我很同情你們的遭遇，也許是因爲這個原因，讓濱岡女士有那種嚴酷的想法，但我認爲她錯了。」

「花惠，」仁科試圖制止，「妳在說什麼啊？」

「你先不要說話，讓我先說幾句。」

中原不由得警戒起來，「她有什麼錯？」

花惠舔了舔嘴唇，用力深呼吸後開了口。

「外子……我先生一直在彌補。」她好像在向眾人宣告似地高聲說道，淚水突然從她眼中流了出來，但她沒有擦拭眼淚，繼續說了下去。「我先生用至今爲止的所有人生，彌補在二十一年前犯下的罪。從濱岡女士口中得知這件事時，我第一次瞭解到這件事。同時，多年來一直感到納悶的事……爲什麼這麼優秀的人願意拯救我這種落魄的女人……這個疑問終於有了答案。我先生並不是我兒子的親生父親，當年我愚蠢無知，被人欺騙後懷了孕，但我先生視如己出地養育他，還願意照顧我父親。這一切都是我先生在贖罪。我父親在隔壁房間聽到濱岡女士的話之後，應該也瞭解到這件事，所以他想報恩，才會做出那種事。如果當時——」

花惠泣不成聲，但嚥了一口口水後，又繼續說了下去。

「如果當時沒有遇見我先生，我現在早就不在人世了，我兒子也不會來到這個世界。我先生或許在二十一年前奪走了一條生命，但他拯救了兩條生命。而且，他身爲醫生也持續拯救無數生命。你知道我先生拯救了多少罹患罕見疾病的兒童嗎？他不辭辛勞地拯救一個又一個小生命，即使這樣，仍然說他沒有付出任何代價，沒有做任何彌補嗎？有多少被關進監獄的人根本沒有反省，這種人背負的十字架或許很空洞，但我先生背負的十字架絕對不一樣。那是很沉重、很沉重，如山一般的十字架。中原先生，你的孩子曾經被人殺害，請身爲遺族的你回答我，被關進監獄，和我先生這樣的生活方式，哪一種才是眞正的彌補？」她越說越激動，最後發出像是尖叫般的聲音。

「好了，」仁科在一旁制止，「不要再說了。」

但花惠仍然用銳利的視線看著中原說：「請你回答我。」

「我叫妳別再說了。」仁科斥責她之後，向中原道歉，「對不起。」

花惠雙手捂著臉，然後趴了下來。她痛哭失聲。仁科沒有再責備她，一臉沉痛地低下了頭。

中原用力吐了一口氣。

「我完全能夠理解你太太的心情，至於正確答案，我也答不上來，所以我不會要求你們怎麼做。而且，我也曾經和井口小姐約定，我不會去報警。仁科先生，一切由你自己決定。」

仁科抬起頭，驚訝地張大了眼睛。

中原點了點頭。

「無論你做出什麼結論，我都不會有意見。殺人凶手該如何彌補這個問題，應該沒有標準答案。在這起案例上，我會把你在苦思後得出的結論視為正確答案。」

仁科眨了眨眼睛後，簡短地回答：「是。」

中原把攤在茶几上的雜誌收進公事包後站了起來。花惠仍然在哭，但已經聽不到哭聲了，只見她的後背微微顫抖著。

「打擾了。」中原走向門口。

他在玄關穿鞋子時，仁科走出來送他。

「那我就告辭了。」中原向他鞠了一躬。

「我想請教你一件事，」仁科說：「你知道她……沙織的電話嗎？」

中原注視著對方眞摯的雙眼後，拿出了手機，「我當然知道。」

23

沙織回到家，在流理台前，用水杯裝了水後喝了起來。她吐了一口氣，回頭看著桌上，那裡有一個白色塑膠袋，塑膠袋裡有一根曬衣繩。她在一百圓商店找到了這根繩子。她雙手空空地走出超市後，路過那家店，心血來潮地走了進去。

她在找繩子。想要找長度適中、堅固的繩子。

最後找到這條曬衣繩。從用途來看，散發出清潔感的鮮豔藍色似乎不太適合，但她並沒有找到其他適合的繩子。

沙織把曬衣繩拿去收銀台，付了錢後接了過來。這次她用買的。她爲自己可以很自然地付錢購物感到高興，覺得自己稍微正常一點了。

她拿出曬衣繩，長度有五公尺。雖然不太粗，但承受沙織一個人的體重應該不會斷。

她巡視室內，尋找是否有可以掛繩子的突出部分。突出部分必須很牢固，能夠承受她的體重。

在室內巡視一周後，她輕輕搖頭，在椅子上坐了下來。只要稍微想一下就知道，家裡怎麼可能剛好有符合要求的突出部分。她不由得厭惡滿腦子只想到買繩子的自己。唉，無論什麼事都做不好，根本沒資格活在這個世上。

她茫然地看向客廳的矮櫃。小相框內放了一張樹海的相片。去了青木原的一個星期後，史也送給她這張相片，之後她一直放在相框內。

這是拯救妳的唯一方法——耳邊響起濱岡小夜子的話。在她說出二十一年前犯下的過錯後，濱岡小夜子這麼對她說。

即使現在也不遲，妳要去自首。濱岡小夜子這麼對她說。

「因爲妳沒有認眞面對自己的罪行，所以無法珍惜自己，趕快拋棄這種虛假的人生，去警局吧，我會陪妳一起去。」

沙織知道她說的話很正確。從殺了嬰兒的那天開始，沙織的人生就變了調。無論做什麼事都不順利，無法和任何人建立良好的人際關係。雖然有不少男人對她示好，但都是爛男人。

然而，一旦去自首，她只擔心一件事。不用說，當然是仁科史也。沙織並不知道他目前在哪裡，過著怎樣的生活，但沙織去自首，就會追究他的罪責。

沙織把這份擔心告訴了濱岡小夜子，她點了點頭說：「我知道了。那我去查仁科先生的下落，徵求他的同意。他也同罪，所以要請他和妳一起自首。」

史也會同意嗎？沙織感到不安，但濱岡小夜子用強烈的口吻說：「問題不在這裡，因爲殺了人，當然要償還。如果他不自首，就會遭到逮捕，妳根本不需要猶豫。」

濱岡小夜子的女兒曾經遭到殺害，所以她的話具有強烈的說服力。沙織回答：「一切都交給妳。」

兩天後，她們一起去了青木原。因爲濱岡小夜子說，她想去看看那裡。還對沙織說，妳也該去看一看。

最後決定按照和當年相同的路線前往。她們先去了富士宮，發現街道和以前很不一樣。自從父親去世後，沙織已經九年沒有回富士宮了。當她告訴濱岡小夜子時，她問：「妳父親年紀應該不大吧？是生病嗎？」

「是火災。」沙織回答，電暖器的火燒到窗簾，又延燒到牆壁。那天晚上，洋介參加完宴席回到家，在二樓睡著了。滅火後，發現了焦黑的屍體。

守靈夜時，沙織不顧眾人的眼光，傷心地哭了，像少女般哭了。

她從來沒有好好孝順父親。

洋介看到女兒多次割腕，擔心地問她理由。沙織當然不可能告訴他實話，只說了一句「我覺得活著很無聊」。洋介當然無法接受，他想要帶女兒去看精神科，沙織拚命反抗，抵死不從，然後離家出走。三天沒有回家。回家之後，很少和洋介說話，父親也很少主動和她說話。

沙織內心充滿對父親的虧欠。在洋介賣命工作時，自己做了身爲人類最糟糕的行爲。沉溺性愛後懷孕，最後殺了嬰兒，埋進土裡。

她高中一畢業就去了東京，只爲了逃離這裡，逃離有著可怕記憶的這個城市。毫不知情的洋介在臨別時對她說：「只要妳覺得能夠找到生命的意義就好。」沙織去東京後，洋介也不時打電話給她，擔心她生活費不夠。

一年多後，她就不得不放棄美髮師的夢想。她不敢告訴洋介，也隱瞞了在新宿的酒店上班的事。

她在二十四歲時結了婚，卻無法讓洋介看到她穿婚紗的樣子。由於他們去夏威夷結婚，對方是比她大七歲的廚師，因爲外表帥氣，所以就愛上了他，但在共同生活後，發現對方是一個爛男人。他獨佔慾很強，愛鑽牛角尖，而且動不動就打人。當他把刀子刺進沙織背上時，沙織以爲自己會死在他手上。當時的傷痕至今仍然留在背上。

她向洋介報告離婚的事時，父親對她說，太好了。父親說，第一次見到那個男人時，就覺得她找到一個不好的男人，很爲她擔心。

沙織希望下次可以找一個讓洋介安心的對象，但這個願望終究沒有實現。沙織離婚半年後，父親死於火災。

一切都是自己的錯。沙織心想。自己無法得到幸福，父親用這種悲慘的方式走完人生，都是那時候殺了孩子的報應。

之後，她開始偷竊。

「所以妳必須面對自己的罪行。」濱岡小夜子聽完沙織的話後對她說。

來到史也家附近時，她心亂如麻，很擔心萬一他突然出現怎麼辦。濱岡小夜子似乎察覺了她的想法，對她說：「妳先回車站。」

沙織在車站等了一會兒後，濱岡小夜子出現了。

「我向左鄰右舍打聽了一下，立刻查到了他的下落。他進了慶明大學醫學院，畢業後就在附屬醫院上班。他很優秀嘛。」

醫生——

沙織並不感到意外，他完全有可能成爲醫生，和自己完全不一樣。

她們從富士宮車站搭公車，之後又轉了車，終於來到青木原。那天之後，沙織從來沒有再來過這裡。在散步道上走了一會兒，當時的記憶甦醒，一切就像是昨天才發生的。所有的記憶好像保存在大腦特別的地方，似乎就是爲了這一天的到來。

她們沿著散步道繼續前進，然後停下了腳步。周圍是鬱鬱蒼蒼的樹木，沙織說，應該就在這一帶。

「已經過了二十多年，妳記得眞清楚。」

「但應該就在這裡，」沙織指著茂密的樹林說，「在這裡正南方六十公尺的位置。」

濱岡小夜子點了點頭，拿出相機，拍了幾張周圍的照片。

「雖然很想進去看看，但還是忍耐吧。一方面很危險，更何況應該交給警方來挖。外行人亂挖一通，萬一破壞了證據就慘了。」

沙織想了一下，才發現濱岡小夜子說的證據是嬰兒的屍骨。沙織再度注視著樹林深處，當時的孩子就埋在那裡——

千頭萬緒突然湧上心頭，她蹲了下來，雙手撐在地上。淚水不停地滴落。

對不起，對不起，對不起——她向自己的孩子道歉，向投胎來到這個世界，卻沒有喝過母親的一口奶，也沒有被母親抱過，就被父母奪走生命的可憐孩子道歉。

「我相信妳也可以獲得重生。」濱岡小夜子撫摸著她的背。

一個星期後，接到了濱岡小夜子的電話。她在電話中說，找到了仁科史也，而且已經和他見過面了。

「因爲我剛好發現一個可以順利見到他的機會。我對他說了妳的事，我猜想他應該會和我聯絡。雖然他好像很受打擊，但感覺已經有了心理準備，應該不至於做奇怪的事。」

「奇怪的事是什麼事？」沙織問。濱岡小夜子猶豫了一下後回答說：

「自殺。因爲他有了地位和名譽，可能會因爲擔心失去這一切而選擇死亡，我原本以爲有這種可能，但我發現他不屬於這種人。」

聽到她這麼說，沙織的內心再度產生了動搖。她爲自己說出的一切對仁科史也的人生造成影響感到愧疚。

但是，已經無法回頭了。濱岡小夜子隔天打電話給她，說約好要去史也家。

啊，終於——

史也可能會恨自己。沙織心想。因爲原本約定這件事永遠是只有他們兩個人知道的秘密，自己單方面違背了承諾。告訴濱岡小夜子眞的是正確的決定嗎？如果說沙織完全沒有後悔，當然是騙人的。

濱岡小夜子去見史也的那一天，她整天坐立難安，完全沒有食慾，心跳不已。當然也請假沒有去上班。

直到深夜，都沒有接到濱岡小夜子的電話。因爲她太擔心了，所以就打了電話，但濱岡小夜子的手機打不通。

濱岡小夜子和史也之間發生了什麼事嗎？即使談得很不順利，不打一通電話未免太奇怪了。不安幾乎把她壓垮，即使上了床，也無法入睡。

沙織昏昏沉沉地躺在床上迎接了天亮，脖子上全是冷汗。

即使起床後，也提不起勁做任何事，只是等待濱岡小夜子的聯絡。她想到可能濱岡小夜子的手機掉了，所以可能會直接來家裡，於是，她也不敢出門去散心。

到了下午，時間再度一分一秒地過去。沙織沒有好好吃飯，只是默默等在家裡。除此以外，她不知道該怎麼辦。

下午五點多，玄關的門鈴響了。她在門內問：「請問是哪一位？」結果聽到了一個意想不到的回答。

「我是濱岡女士的朋友，她託我轉告妳一些話。」門外傳來一個男人沙啞的聲音。

沙織打開門，一個陌生的矮個子老人站在門外，彬彬有禮地鞠了一躬。他手上拿著紙袋。

「我有東西想給妳看，可以進屋談嗎？」

如果是平時，沙織可能會拒絕，但聽到濱岡小夜子的名字，她失去了冷靜的判斷力，想要趕快知道濱岡小夜子託老人轉達什麼話，也想知道老人想給自己看什麼。

她請老人進了屋。是不是該拿飲料給他喝？泡紅茶或咖啡太費時了，冰箱裡有寶特瓶裝的茶。

她心不在焉地想著這些事，老人從紙袋裡拿出什麼東西。她一時不知道那是什麼。可能因爲太突然了，一時反應不過來。

「不許出聲，如果妳敢出聲，我只能殺了妳。」老人說，他的態度和剛才完全不同，說話的語氣很急迫，也很凶。

這時，沙織才意識到老人手上拿的是菜刀，而且刀上有血跡。

雖然老人叫她不許出聲，但即使老人要她說話，恐怕她也做不到。她既恐懼，又驚訝，全身僵住了，發出聲音的器官好像也麻痺了。

「我的……我的女兒、是仁科史也的老婆。」老人說。

女兒？老婆？雖然是很簡單的字眼，但沙織搞不清楚這種人際關係，只知道這個老人和史也有關係。

「雖然很可憐，但我殺了那個叫濱岡的女人，昨天晚上，我殺了她。」

沙織聽到這裡，渾身寒毛都豎了起來。濱岡小夜子被殺了？爲什麼會有這種事？她完全無法相信。沙織站在那裡，搖著頭，還是無法發出聲音。

「警方已經開始偵查了，我不會逃，會讓他們找到我，但是在此之前，我必須先做一件事。」他手上的刀子上下移動著，雖然上面沾到了血，但金屬部分發出可怕的光。

爲什麼要殺濱岡女士——沙織語帶呻吟地問。

「因爲只能讓她死，」老人扭曲著臉，「我女婿眞是好得沒話說，是完人君子，多虧了他，我女兒才能得到幸福。不光是我女兒，他甚至願意照顧我這種人渣。妳知道如果他離開了，會造成多少人的困擾嗎？殺了二十多年前，因爲年輕無知而生下的孩子又怎麼樣？這和墮胎有什麼兩樣？到底造成了誰的困擾？讓誰傷心了？嬰兒的遺族是誰？雖然你們是加害者，但遺族也只有你們兩個人。除了你們以外，沒有人知道那個嬰兒的事，也只有你們爲那個孩子感到難過，卻要我女婿因爲這種事進監獄？要他離開家人去坐牢嗎？這到底有什麼意義？告訴我，即使妳現在自首去監獄，到底有什麼好處？只是爲了求心安罷了。」

老人像放連珠砲似地說道，沙織無言以對。她並沒有仔細想過史也目前過著怎樣的生活，也不知道自首進監獄後有什麼好處。因爲這是日本法律的規定，所以她以爲只能用這種方法面對自己的罪行，但她沒有自信可以明確說出這到底是自己的意思，還是濱岡小夜子灌輸給她的想法。

早知道不應該告訴濱岡小夜子。她後悔不已。應該把這個秘密帶進墳墓。

沙織雙腿一軟，她坐在地上，雙手抱著頭。自己犯了大錯，犯了無可挽回的錯誤，自責的念頭在她腦海中翻騰。

「不好意思，妳也必須死，」老人走到她面前，「在此之前，妳要先告訴我。除了濱岡以外，妳還有沒有把嬰兒的事告訴別人？如果有的話，我也必須去找他們。」

沙織用力搖頭回答說，沒有告訴任何其他人，然後哭著說，早知道不應該告訴濱岡小夜子，如果自己沒有說，就不會造成這樣的結果，一切都是自己的錯。

「你可以殺了我，」沙織哭著對老人說，「我終於知道，我活在世上，會造成很多人的困擾。如果濱岡女士不認識我，就不會死，你也不會成爲殺人凶手。全都是我的錯，所以我死了最好，請你殺了我。」

看到她已經做好了赴死的準備，老人反而有點害怕。他握著菜刀低聲吼著，但並沒有繼續靠近。

沙織反過來問他：「你怎麼了？」

老人沒有說話，喘著粗氣，隨即問她：

「妳願意保證嗎？妳願意保證到死之前，都不對任何人再提嬰兒的事嗎？也願意完全不提和史也之間的事嗎？如果妳願意保證，我馬上就離開，不會碰妳一根手指頭。」

沙織看著老人的眼，發現他眼中並沒有瘋狂，而是露出求助的眼神。於是終於知道，他並不想要殺人，他也是遊走在生死邊緣的人。

沙織點了點頭，回答說：「我向你保證。」

「眞的嗎？沒有騙我吧？」老人再度確認。

沙織再度告訴他，沒有騙他。即使現在說謊活了下來，之後去報警，對任何人都沒有好處，只會讓更多人不幸。她不想做這種事。

老人似乎相信了她，點了點頭，把菜刀放回紙袋。

「不要告訴任何人，我來過這裡。」老人說完就離開了。

沙織站在原地無法動彈，無法相信這一切是眞實的，但老人手上那把菜刀發出黯淡的光，深深地烙印在她眼中。

她上網看新聞，確認了老人所說的屬實。一名女性在江東區木場的路邊被刀刺殺身亡——一定就是這則新聞。她又從隔天的新聞中得知了老人自首的消息。

內心的歉意讓她越來越沮喪。那個老人恐怕會被關進監獄，他的女兒，和他的女婿仁科史也，也會成爲加害人的家屬，承受很多苦難。

而且——

悲劇並沒有結束。那個姓中原的人採取的行動，很可能讓悲劇繼續延續。

沙織再度拿起放在桌上的曬衣繩。既然無法受到法律制裁，只能自己親手了斷。

她再度巡視室內，目光終於停在廁所門上。

她想起之前曾經有音樂人用門把上吊身亡的消息。雖然不知道是自殺還是意外，但那個音樂人的確死了。怎樣用門把上吊？

沙織注視著門把，突然想到一個好主意。她走到門旁，把繩子的一端綁在內側門把上，把剩下的繩子繞過門的上方，在另一側用力拉了一下，繩子完全不動。

這樣就沒問題了。沙織心想。她把垂下的繩子繞了一個環，爲了避免鬆脫，綁了好幾個結。

她把椅子搬到門前，站在椅子上，把脖子套進繩環內。

是不是該寫遺書？這個想法掠過她的腦海，但她立刻打消了這個念頭。事到如今，到底要寫什麼？正因爲無法留下任何東西，所以才會選擇走這條路。

她閉上眼睛，回想起二十一年前的可怕景象。她和史也兩個人殺了嬰兒，雙手感受著嬰兒身體的溫度，做了殘酷的事。

對不起，媽媽現在就去向你道歉——她跳下椅子。

她感到頸動脈被勒緊。自己的一生就這樣畫上句點。正當她這麼想的時候，整個人掉了下來，她一屁股坐在地上，同時感到脖子完全放鬆。她不知道發生了什麼事，看著周圍。

曬衣繩掉了下來。剛才綁在門把上的那一端鬆脫了。沙織無力地垂下頭，自己什麼事都做不好，就連上吊也無法一次成功。

她站起來，重新把繩子綁在門把上，拉了好幾次，確認不會鬆脫。這次應該沒問題。她像剛才一樣，把打一個環的繩子繞過門的上方後垂了下來，正當她打算站上椅子時，手機響了。啊，對了，應該是打工的色情按摩店打來的，今天並沒有打電話去請假。沙織拿起手機，想要關機，發現手機上顯示了一個陌生號碼。她有點在意，接起了電話。

「喂？」

「啊……喂？請問是井口沙織小姐嗎？」一個男人的聲音問道。低沉的聲音很宏亮。

「是——」她在回答時，感到一陣慌亂。這個聲音很熟悉，自己對聲音的主人很熟悉——

對方停頓了一下說：「我是仁科史也。」

「是。」沙織回答，她的心跳加速。

「我有些話，無論如何都要告訴妳，妳願意和我見面嗎？」

沙織握緊電話，看向廁所門。她看著綁在門把上的繩子，覺得剛才也許是在那個世界的嬰兒讓繩子鬆脫了。

24

中原打開紙箱，身體忍不住向後仰。雖然他做好了心理準備，但實際看到時，發現比他想像中更震撼。大約有男人的手腕那麼粗，長度大約有兩公尺，白黑斑駁的圖案很鮮豔，那是一尾加州王蛇。

「牠死亡的原因是？」他問飼主。

「不知道，我發現時，牠就不動了。我朋友看了，說可能已經死了。」飼主是二十出頭的女人，染了一頭褐髮，眼妝很誇張，每根手指都搽著色彩鮮豔的指甲油。

「是妳養的嗎？」

「嗯，有點複雜。原本是我男朋友養的，但他最近搬走了。」

「所以由妳負責照顧嗎？」

「我……沒有照顧，沒有餵牠吃飼料，就放在水族箱裡，好幾天都沒回家，結果回家一看，牠就不動了。」

「原來是這樣。」中原只能這樣回答。他已經多次見識過缺德的人飼養寵物的悲劇，懶得再多說什麼。

「妳打算舉辦怎樣的葬禮？」

「也不用舉辦葬禮，只要你們能夠幫忙處理就好。這裡會幫忙把牠燒掉吧？」
「我們會進行火葬。」
「那就這麼辦吧。」
「遺骨呢？」
「遺骨？」
「就是骨灰，妳要帶回去嗎？」
「啊！我不要，我不要，請你們丟掉就好。」
「那就和其他飼物一起焚燒嗎？」
「焚燒？」
「就是火葬。」
「火葬的話，我要做什麼？」
「會在共同祭壇合祭，妳也可以參加。」中原在說明的同時，猜想她可能聽不懂「合祭」的意思。
「你說我可以參加，就代表也可以不參加吧，所以我可以走了？」
「當然。」
「好，那就這麼辦，就選那個。太好了，不會太麻煩。」她發自內心地鬆了一口氣。
中原告訴自己，她願意把遺體送來這裡就算不錯了。有些無良的飼主會當成可燃垃圾一起丟掉。

他向神田亮子招手，說明情況後，由她接手處理。她露出略微不悅的表情。雖然她喜歡動物，只有蛇是例外。

又有人從大門走了進來。中原抬頭一看，立刻倒吸了一口氣。佐山向他輕輕揮了揮手。

中原帶著佐山去了三樓的辦公室，還是用茶包爲他泡了日本茶。

「之後的情況怎麼樣？」中原問。

佐山喝了口茶，皺起眉頭。

「正爲了找證據忙得焦頭爛額，因爲你的關係，一切又回到了原點。」

「造成了你們的困擾嗎？」

佐山放下茶杯，聳了聳肩。

「接下來才要開始大忙，案情的內容完全不一樣了，在審判時爭論的焦點也和之前屬於不同的層次。我們警方只需要找出客觀的事實，但審判時如何看這些事實，就變得很重要。」

中原點了點頭，「應該是。」

中原去仁科家的三天後，仁科史也和井口沙織一起去自首。中原不知道他們之間談了什麼，八成是仁科主動聯絡了她。

佐山來向中原確認相關事實，可能仁科和井口也說了被中原揭露的過去。

「謝謝你借我這個，」佐山從皮包裡拿出刊登了偷竊癮報導的雜誌，上次來向中原瞭解情況時，把這本雜誌借走了。

「不知道審判會怎麼樣。」

「誰知道呢，」佐山偏著頭，「町村作造的律師精神大振。如果是強盜殺人，一定會被判處無期徒刑，但如果是為了隱瞞女婿的犯罪，就有酌情減輕量刑的餘地，他可能會爭取十年有期徒刑。」

聽了佐山的話，中原的心情很複雜。

「太諷刺了，小夜子的父母希望凶手被判死刑，但我揭露了眞相，反而遠離了死刑。」

中原曾經為這件事去向里江和宗一道歉，說自己可能太多事，反而弄巧成拙了。

但是，他們並沒有生氣，異口同聲地說，很高興知道眞相，只是對法官判處凶手的刑期可能縮短產生了強烈的疑問。

這和動機沒有關係，無論是基於任何理由殺人，遺族都無法走出傷痛，所以，他們仍然期待凶手可以被判處死刑——他們對中原這麼說。

「刑罰充滿了矛盾，」佐山說，「靜岡縣警傳來消息，在那個地方什麼也沒找到。」

「那個地方是……」

「青木原，他們埋葬嬰兒的地方。他們的證詞一致，雖然是在樹海這個特殊的地方，但聽起來位置應該很明確，靜岡縣警在大範圍調查，仍然一無所獲。」

「怎麼會這樣？已經變成泥土了嗎？」

「不，」佐山搖了搖頭，「即使是嬰兒，二十年的時間還不至於變成泥土。畢竟是樹海，有很多野生動物出沒，很可能被那些野生動物挖出來了。」

「如果一直沒有找到……」

「案子恐怕就很難成立。因爲無法證明他們殺了嬰兒，所以很可能做出不起訴處分。至於町村的案子，就會以二十一年前曾經發生過命案的前提進行審判。」

中原看著刑警的臉說：「的確充滿矛盾。」

「也許這代表人終究無法做出完美的審判。」

佐山站了起來，說了聲「打擾了」就離開了。

中原目送刑警離開後，走到窗邊，看著樓下。神田亮子正抱著紙箱走去火葬場。

中原想起井口沙織的家裡放了樹海的相片。對她來說，那張照片才是珍貴的遺骨吧。

春日 ハルヒブンコ 文庫
16

空洞的十字架
虛ろな十字架

空洞的十字架 / 東野圭吾著 ; 王蘊潔譯. -- 二版. -- 臺北市 : 春天出版國際, 2020.05
面 ; 公分. -- (春日文庫 ; 16)
譯自 : 虛ろな十字架
ISBN 978-957-741-266-9(平裝)

861.57 109004775

ISBN 978-957-741-266-9
Printed in Taiwan

作　　者　東野圭吾
譯　　者　王蘊潔
總 編 輯　莊宜勳
主　　編　鍾靈、孟繁珍

出 版 者　春天出版國際文化有限公司
地　　址　台北市信義路四段458號3樓
電　　話　02-7718-0898
傳　　眞　02-7718-2388
E－mail　story@bookspring.com.tw
網　　址　http://www.bookspring.com.tw
部 落 格　http://blog.pixnet.net/bookspring
郵政帳號　19705538
戶　　名　春天出版國際文化有限公司
法律顧問　蕭顯忠律師事務所
出版日期　二〇二〇年五月二版

定　　價　390元

總 經 銷　楨德圖書事業有限公司
地　　址　新北市新店區中興路二段196號8樓
電　　話　02-8919-3186
傳　　眞　02-8914-5524
香港總代理　一代匯集
地　　址　九龍旺角塘尾道64號 龍駒企業大廈10 B&D室
電　　話　852-2783-8102
傳　　眞　852-2396-0050